ハヤカワ文庫 SF
〈SF2096〉

アトランティス・ジーン３

転位宇宙

A・G・リドル
友廣　純訳

早川書房

7859

THE ATLANTIS WORLD

by

A.G. Riddle

Translated by

Jun Tomohiro

First published 2016 in Japan by

HAYAKAWA PUBLISHING, INC.

This book is published in Japan by

direct arrangement with

RIDDLE INC.

c/o THE GRAYHAWK AGENCY.

諦めるなと励ましてくれた両親へ

目次

転位宇宙

登場人物

ケイト・ワーナー……………………遺伝学の研究者
デヴィッド・ヴェイル…………………対テロリズム組織の元工作員
ドリアン・スローン……………………イマリ評議会の幹部。アレスの部下
ミロ………………………………………僧侶集団イマルの僧だったチベット出身の若者
ソニア……………………………………ベルベル人の族長
ドクタ・ポール・ブレンナー…………疾病対策センター（CDC）の研究者
ドクタ・メアリ・コールドウェル……アレシボ天文台の研究者。ポールの元妻
アレス将軍………………………………アトランティスの軍人
イシス……………………………………ケイトが記憶を持つ、アトランティス人科学者
ドクタ・アーサー・ヤヌス……………アトランティス人科学者。イシスのパートナー
リュコス…………………………………アトランティスの労働者勢力のリーダー

プロローグ

プエルトリコ　アレシボ――アレシボ天文台

　この四十八時間というもの、ドクタ・メアリ・コールドウェルは起きている時間のすべてを費やして電波望遠鏡が捉えたそのシグナルを調べていた。疲労と興奮のなか、頭はひとつのことを確信していた――これは規則性をもつ信号で、何らかの知的生命体が発したものにちがいない。

　背後では、この天文台の研究者仲間であるジョン・ビショップがまた一杯酒を注いでいた。スコッチやバーボンはとうになくなり、ラムも飲み尽くしてしまった彼は、その後も亡くなった同僚たちが残した酒を片っ端から空《から》にしていき、とうとうピーチ・シュナップスにまで手を出していた。しかも、割るものがないのでストレートで。彼はそれをひと口飲むなり顔をしかめた。

いまは午前九時だが、せいぜいあと二十分もすれば、ジョンはその蒸留酒の味にも慣れてせっせと三杯目を口に運びはじめることだろう。

「ただの思い過ごしだ、メア」彼は空っぽになったグラスを置き、さっそく次を注ぎにかかった。

彼に〝メア〟と呼ばれるたびにメアリは不快な気分になった。いままで誰にもそんな呼び方をされたことはない。まるで雌馬《メア》を呼ぶみたいではないか。だが、もはやここにいる仲間は彼しかいなかったし、これまでも互いにある種の折り合いをつけてやってきたのだった。

疫病が猛威を振るい、プエルトリコ全域で何万もの人々が死んでいくあいだ、彼らはひたすら天文台に閉じこもっていた。そして、二人きりになったとたんにジョンはメアリを口説きにかかった。メアリはまったく取り合わなかったが、彼がふたたび言い寄ってきたのはそのわずか二日後のことだった。以後は毎日のように迫ってきて、態度も日ごとに強引になっていったので、最後はやむなく彼の急所に膝蹴りを食らわせることになった。彼が大人しくなり、もっぱらアルコールと嫌味を口にすることに精を出すようになったのはそれからだ。

メアリは席を立って窓辺に近寄り、プエルトリコの丘を覆う鬱蒼《うっそう》とした緑の森を見渡した。文明を感じさせるものといえば、丘に囲まれた窪地でまっすぐ上空へ皿を広げている望遠鏡のアンテナぐらいだった。このアレシボ天文台の電波望遠鏡は、世界最大の規模を誇る。人類の技術が成し遂げたひとつの偉業だと言えるだろう。つまり、太古の時代を思い起こさせる原始的な風景のなかに、人間の到達点を象徴する科学力の結晶がはめ込まれているのだった。そして、それがついに究極の使命を果たしたのだ――地球外生命体とのコンタクトを。

「この信号は本物よ」メアリは言った。

「なぜそう言えるんだ？」

「この星の位置が含まれているからよ」

ジョンがグラスから口を離して顔を上げた。「ここを出たほうがいいな、メア。文明社会に戻って人と交わるんだ。そうすればきみも――」

「証明できるわ」メアリは窓辺からコンピュータのもとに戻り、いくつかキーを打って例のシグナルを呼び出した。「二種類の配列があるの。二つめのほうは意味がわからない、それは認めるわ。すごく複雑なのよ。でも、ひとつめの配列は単純な繰り返しだわ。オンとオフ、0と1、二進数よ」

「ビットか」

「そのとおりよ。それに、第三のコードもある――これは終止符を表わしていると考えられるわ。この終止符は八ビットごとに現われるの」

「八ビット。つまり一バイトだな」ジョンが酒のボトルを脇に置いた。

「これは何かを伝える信号なのよ」

「何かって？」

「それはまだわからない」メアリはコンピュータの進捗状況を確かめた。「一時間以内には分析が終わるはずよ」

「ただの偶然かもしれないぞ」

「いいえ、違うわ。一部を解読した結果、ひとつめの配列はこの星の住所で始まっていたんですもの」

ジョンは大声で笑いだし、また酒瓶を摑んだ。「一瞬きみの話を信じかけたよ、メア」

「もしあなたがほかの星に信号を送るとしたら、最初に何を記す？　住所でしょう」

ジョンが頷きながらグラスにたっぷりとシュナップスを注いだ。「もちろんだ。郵便番号だってちゃんと書くさ」

「開始部分のバイトは、二つの数字を表わしていた。２７６２４と０・０００１４９６よ」

ジョンの動きが止まった。

「考えてみて」メアリは言った。「この宇宙全体で不変のものといえば？」

「たしかに重力定数は一定だけど、実際の値は、時空の曲率や、質量をもつ物体間の距離などによって変わってくるでしょう。共通の基準が必要なのよ。どんな星の、どんな文明社会でも、その質量や位置に関係なく一定のもの。宇宙のどこにいても認識できるものが」

「重力か？」

ジョンが視線をさまよわせた。

「光の速度よ。宇宙全体で不変のものだわ。どんな場所でもけっして変わらない」

「そうだな……」

「ひとつめの数字、２７６２４は、この銀河の中心から地球まで何光年の距離があるかを示しているわ」

「その距離には、ほかにもたくさんの惑星が――」

「二つめの数字、０・０００００１４９６。これは、地球から太陽まで何光年あるかを正確に表わしているのよ」

ジョンは長いことじっと前方を見つめていたが、やがて酒瓶と飲みかけのグラスを脇へ押しやってこちらを向いた。「こいつはチャンスだぞ」

メアリは眉をひそめた。

ジョンが椅子にからだを沈めた。「売ろう」

「何のために？　いくらお金があったとしても、お店はどこも閉まってるじゃない」

「だが、物々交換のシステムはまだ生きてるだろ。これと引き替えに、保護やまともな食事や、欲しいものは何でも要求すればいいのさ」

「これは人類史上最大の発見なのよ。売る気はないわ」

「たしかに人類史上最大の発見だよ——しかも、史上もっとも絶望に見舞われた時代になされた発見だ。この信号は希望になる。人々の目を現実から逸《そ》らすことができるだろう。よく考えるんだ、メア」

「その呼び方はやめてちょうだい」

「疫病が広まったとき、きみは最後まで自分が好きなことをするためにここへ引きこもった。おれがここに来たのは、歩ける範囲で酒がいちばんある場所だったからだ。それに、きみが来ることもわかっていたからな。そうだよ、おれはこの島の空港に降りた瞬間からきみに一目惚れしていたんだ」彼はメアリが口を開くまえに両手を上げてみせた。「だが、要点はそこじゃない。おれが言いたいのは、きみが知っている世界はもうどこにもないということさ。人々は絶望している。みんな私欲を満たすことばかり考えているんだ。おれの場合はセックスと酒だな。きみが連絡しようとしている連中にとっては、自分たちの権力を守ることが第一だ。そして、きみはその手段をくれてやろうとしている。希望だよ。それを届けてしまえば、きみは用済みになるだろう。この世界はきみが覚えているものとは違う。きみはガムみたいに嚙んで吐き捨てられるだけなのさ、メアア」

「売るつもりはないの」

「わかってないな。この世界じゃ、理想主義者は食い殺されてしまうぞ」

背後でコンピュータがブザーを鳴らした。分析が終わったのだ。

だが、その結果を確かめる間もなく、オフィスの外の廊下に音が響いた。建物の反対側から聞こえてくるようだ。誰かがドアを叩いているのだろうか？　メアリはジョンと目を合わせ、しばらく様子をうかがった。

ドンドンという響きは次第に大きくなっていき、ついにはガラスが割れて床に飛び散る音がした。

足音だ。ゆっくり歩いてくる。

オフィスのドアに近づこうとしたが、ジョンに腕を摑まれた。「ここにいよう」彼がささやいた。

ジョンは、疫病の発生以後ずっと持ち歩いているバットを手に取った。「鍵をかけておくんだ。ここに押し入るってことは、島に食糧がなくなったのかもしれない」

メアリは電話に手を伸ばした。誰に連絡するべきか、いまでははっきりわかっていた。震える手で番号を押した。そして、唯一頼りにできる人物、別れた夫に電話をかけた。

I　盛衰

1

モロッコ北部沿岸　水深三百七十メートル――アルファ・ランダー

デヴィッド・ヴェイルは、ひたすら狭い寝室を歩きまわるしかない自分にうんざりしていた。ケイトは戻ってくるのか、だとすればいつになるのか、そればかりを考えている。血がついた枕に目をやった。十日まえに数滴の染みで始まったそれは、いまでは枕からベッドへ垂れるほどの血の筋に変わっていた。

「大丈夫よ」朝になるときまってケイトはそう言った。

「毎日どこへ行ってるんだ？」

「少しだけ時間が必要なの。ひとりにしてもらいたいのよ」

「ひとりで何をしている？」デヴィッドは訊いた。

「状況を改善しようとしているの」

だが、状況はいっこうに改善されなかった。日々、どこからか戻ってくるたびに、彼女の容体は悪くなっていた。毎夜の悪夢と汗は日を追うごとにひどくなり、鼻から流れる血は、もう二度と止まらないのではないかと思うほどに増えていった。デヴィッドはケイトを抱き締め、堪《こら》え、じっと待つしかなかった。自分の命を救ってくれ、二週間まえには自分が助け出した女性。その彼女がどうにか危機を乗り越え、また元気になってくれることを願うばかりだった。しかし、彼女は日に日に弱っていった。そしていま、彼女はなかなか戻ってこない。これまで帰りが遅れたことは一度もないのだが。

時計に目をやった。もう三時間も遅れている。

ケイトは、この巨大なアトランティスの船のどこにいてもおかしくなかった。しかも、ジブラルタルの真向かい、モロッコ北部の山岳地帯沿岸に沈んだこの船は、面積が百五十平方キロメートル近くもあった。

ケイトがどこかへ行くようになったこの二週間、デヴィッドは船の操作法を覚えることで時間を過ごしていた。もっとも、いまだに完全には使いこなせていない。ケイトは、扱い方がわからない機能でもデヴィッドが使えるように、音声コマンドを利用できるようにしてくれていた。

「アルファ、ドクタ・ワーナーはいまどこにいる?」デヴィッドは訊いた。

狭い室内に、〝アルファ・ランダー〟のコンピュータが発する無機質な声が響いた。

「それは機密情報です」

「なぜだ?」

「あなたは上級研究員ではありません」

どうやらアトランティスのコンピュータは、わかりきったことを訊かれるのに慣れていないようだ。デヴィッドはベッドに染みた血の傍らに腰を下ろした。何から確かめるべきだろう? とにかく彼女が無事かどうかを知る必要がある。ふと思いつき、こう訊くことにした。

「アルファ、ドクタ・ワーナーのバイタルサインを見せてもらえるか?」

小さなベッドの正面にある壁面パネルが明るくなり、デヴィッドはそこに現われた数字やグラフ——の理解できる箇所——に素早く目を走らせた。

〈血圧〉九十二/四十七mmHg
〈脈拍〉三十一回/分

負傷しているのだ。あるいは、もっと深刻で——死にかけているのかもしれない。いったい何があったんだ？

「アルファ、ドクタ・ワーナーのバイタルが異常な理由は？」

「それは機密——」

「それも機密か」デヴィッドはデスクの椅子を蹴った。

「問題は解決しましたか？」アルファが訊いた。

「そんなわけないだろう」

両開きのドアに近づくと、軽やかな音を立てて扉が開いた。デヴィッドはふと立ち止まり、万一に備えて拳銃を摑んだ。

薄暗い廊下を十分ほど進んだころ、暗がりの奥で誰かが動く音がした。デヴィッドは足を止めて目を凝らした。天井と床に並ぶ小さな明かりだけではよく見えなかった。アトランティス人は少ない光でも視界がきくのかもしれないし、ひょっとするとこの船は——と言っても、あくまで船の断片だが——省エネモードで稼働しているのかもしれない。いずれにせよ、ぼんやりとした照明はこの異星人の乗り物をいっそう神秘的な雰囲気に見せていた。

暗がりの人影が姿を現わした。

ミロだ。

このチベットの若者に船のこんな深部で出会うのは、かなり意外なことだった。デヴィッドとケイトのほかに船を使っているのはミロだけだが、たいていは船外にいるからだ。彼は船から山へと続く傾斜したトンネルを出てすぐの場所——ちなみに、そこにベルベル人が食糧を運んできてくれる——を寝床にしていた。ミロは、星空の下で眠り、太陽とともに目覚める生活が好きなのだ。夕食どきに、みんなで食事をとろうと外へ出ると、ミロがあぐらをかいて瞑想していることがよくあった。この二週間のあいだ、彼こそが精神的な指導者だったと言えるかもしれない。だが、薄暗い明かりの先にいま見えているのは、不安をあらわにした十代の若者の顔だった。

「ドクタ・ケイトの姿が見えませんね」ミロが言った。

「もし見かけたら船のインターコムで知らせてくれ」デヴィッドはまた先を急ぎはじめた。

ミロがめいっぱい脚を動かしてあとを追ってきた。百九十・五センチの背丈があり、筋肉も大きく盛り上がっているデヴィッドと比べると、それより三十センチほど背の低いミロはいかにも小柄な印象だった。はたから見れば、巨人とその年若い相棒が暗い迷宮かどこかを一心に突き進んでいるように映るだろう。

「それはできません」ミロが息を弾ませながら言った。

デヴィッドはちらりと彼を振り返った。

「私もいっしょに行きますから」

「上に戻ったほうがいい」

「放っておけるはずがないでしょう」ミロが言った。

「ケイトに怒られるぞ」

「ドクタ・ケイトが無事なら、いくら怒られたってかまいません」

まったくだ、デヴィッドは心のなかで頷いた。それからはどちらも黙って歩きつづけ、聞こえるのは規則的に金属の床を踏むデヴィッドのブーツの音と、それより小さなミロの足音だけになった。

大きな両開きのドアの前まで来ると、デヴィッドは壁のパネルを起動した。ディスプレイに文字が現われた。

十二番予備医療室

この船の断片にある医療室はここだけだった。そして、ケイトの毎日の行き先としてもっとも可能性が高いのもこの部屋だった。

パネルから立ちのぼる青白い霧に深く手を差し入れ、数秒ほど指を動かすと、小さな音を立ててドアが開いた。

デヴィッドはすぐさま戸口を抜けた。

中央に施術台が四つ置かれていた。壁面にはホログラム・ディスプレイが並んでいる——無人の部屋の端から端まで。ケイトはもうここを出たのだろうか？

「アルファ、この部屋が最後に使われた日時を教えてくれ」

「この部屋が最後に使用されたのは、調査基準暦で九・一二・三八・二八、標準暦では一二・三九・一二・四七・二九——」

デヴィッドは頭を振った。「現地時間で何日まえだ？」

「九百十二万八千——」

「わかった、もういい。船のこのセクションにはほかにも医療室があるのか？」

「ありません」

だったらどこへ行った？　彼女を追う方法はまだあるはずだ。

「アルファ、いま現在、このセクションでもっともエネルギーを消費している場所を教えてくれ」

壁のディスプレイが明るくなり、船の立体像が浮かび上がった。光っている区画は三つ。

ARC室一七〇一-D、十二番予備医療室、それに四十七番適応実験室だ。

「アルファ、四十七番適応実験室というのはどういう部屋だ？」

「適応実験室は、生物学的な実験など、様々な研究のために使用されます」

「四十七番適応実験室では、いまどんな実験が行われている？」デヴィッドは身を硬くして答えを待った。

「それは機密情報――」

「機密か」デヴィッドはつぶやいた。「間違いないな……」

ミロがプロテイン・バーを差し出した。「移動に備えて」

ミロを連れて廊下に引き返すと、そこで包みを破って茶色いバーにかじりつき、無言でそれを噛み砕いた。いくらかストレスを発散できた気がした。

いきなり立ち止まったせいで、ミロが背中に衝突しそうになった。

デヴィッドはその場にしゃがんで床を見つめた。

「何ですか？」ミロが訊いた。

「血だ」

それからはさらに足を速めた。床の血は、まばらな滴りから長く延びる筋へと量が増えていった。

四十七番適応実験室のドアに着くと、指先で壁のパネルの青白い光を操った。六回も試してみたが、解錠の指示を出すたびにディスプレイが同じメッセージを点滅させた。

入室を許可できません

「アルファ！　なぜドアが開かないんだ？」

「入室を許可できないからで――」

「どうすればこのドアの向こうに行ける？」

「それは不可能です」アルファのきっぱりとした返事が廊下に響いた。

デヴィッドもミロも、しばらくそこに立ち尽くしていた。

やがて、デヴィッドは静かに言った。「アルファ、ドクタ・ワーナーのバイタルサインを見せてくれ」

壁のディスプレイが変化し、数字とグラフを表示した。

〈血圧〉八十七／四十三ｍｍＨｇ
〈脈拍〉三十回／分

ミロがこちらに顔を向けた。

「悪化している」デヴィッドは言った。

「どうしますか？」

「待つしかない」

ミロがあぐらをかいて目を閉じた。彼はそうして内なる静寂を求めるのだ。一瞬、自分にも同じことができればいいのに、と思った。頭のなかを空っぽにできればいいのだが。不安が思考を鈍らせているのがわかる。ドアが開いてほしいと痛切に願う一方で、デヴィッドはその瞬間を怖れてもいた。ケイトの身に何が起きたのか、彼女がどんな実験を試みて自分に何をしたのか、知ってしまうことが怖かったのだ。


警報が鳴り響いたのは、デヴィッドのまぶたが重くなりはじめたころだった。狭い廊下にアルファの声が反響した。

「被験者に医療的緊急事態が発生しました。危機的状況であるため、入室制限を解除します」

実験室の幅の広いドアが左右にスライドした。

すぐさまなかへ飛び込み、眼前の光景を理解しようと目をこすった。

背後でミロが驚きの声を漏らした。「わあ」

2

モロッコ北部沿岸　水深三百七十メートル——アルファ・ランダー

「これは何なんですか？」ミロが訊いた。

デヴィッドは実験室を見まわした。「見当もつかない」

幅三十メートル、奥行き十五メートルはありそうな広大な部屋だった。医療室とは違い、施術台などは見当たらない。実のところ、その部屋の床に置かれているものといえば、直径が三メートルほどもある二本のガラスタンクだけだった。タンクの内部は黄色く光り、白い火花のようなものが底から天井に向かってゆらゆら上昇している。右側のタンクは空っぽで、もう一方にケイトが入っていた。

彼女は両腕をまっすぐに伸ばし、床から数十センチの位置に浮かんでいた。服装は今朝がた寝室を出たときと同じだが、新たに身につけているものがあった。銀色のヘルメットだ。それが彼女の顔を顎まですっぽりと覆い隠していた。最近染めたブルネットの髪がヘルメットから垂れているのが見える。目元を覆う細長いシールドは真っ黒で、そこを覗いても彼女がどんな状態なのかを探ることはできなかった。唯一わかるのは、ヘルメットの下からひと筋の血が流れ出し、首を伝って灰色のTシャツを染めているということだけだ。

そして、その染みは刻々と大きくなっているようだった。

「アルファ、いったい……何が起きている」

「具体的に質問して下さい」

「これは……どんな実験なんだ？　何の作業をしている？」

「記憶復活シミュレーションを行っています」

どういう意味だ？　そのシミュレーションとやらが、彼女の肉体を傷つけているのだろうか？

「どうすれば実験を止められる？」

「それは不可能です」

「なぜだ？」デヴィッドは苛立ちを感じながら訊いた。

「記憶復活実験を中断させると、被験者が死亡する危険があるからです」

ミロが怯えた目をこちらに向けた。

デヴィッドはあたりに視線を巡らせた。どうすればいい？　何かないか。とにかく、何らかの手がかりが必要だ。意識を集中させようと天を仰いだ。小さな黒いガラスのドームが、天井からデヴィッドを見下ろしていた。

「アルファ、この実験室を撮った画像データはあるか？」

「あります」

「再生してくれ」

「再生範囲を指定して下さい」

「今日、ドクタ・ワーナーがここへ来た瞬間からだ」

左手の壁から光が放たれ、徐々に実験室のホログラムが出来上がっていった。タンクはどちらも空っぽだ。両開きのドアがスライドし、ケイトが入ってきた。部屋の右手の壁に近づいていく。と、その壁面が光り、スクリーンいっぱいに謎の文字やシンボルが現われはじめた。ケイトはじっとそこに立ったまま、視線だけを小さく左右に動かしていた。画面は一秒と経たずに次々と切り替わっていくのに、内容をすべて読み取っているようだ。

「すごい」ミロがささやいた。

気づくとデヴィッドはあとずさっていた。いまになって、ケイトがどれほど変わったか、自分と彼女のあいだにどれほど知能の差ができているかを思い知らされたのだ。

ケイトがアトランティス病の治療法を発見したのは、二週間まえのことだ。世界全域に広まったこの疫病は、発生直後に十億人の犠牲者を出し、その後も突然変異によっておびただしい数の人命を奪っていった。そして、世界を分断した。致死率の高いこの病に耐性のあった者たちも、遺伝子レベルで変化してしまったのだ。生存者《サヴァイヴァー》の一部は疫病によって恩恵を授かり、以前より強く、賢くなったが、残りの者たちは原始的な状態へと退化してしまった。それに、人々は敵対する二つの勢力のどちらかに組み込まれていた。ひとつは、病の進行を遅らせて治療法を確立しようとするオーキッド同盟。もうひとつは、疫病を解き放った犯人であり、遺伝子の変化を支持するイマリ・インターナショナル。ケイトとデヴィッドは疫病の進行とイマリの企みを阻止すべく、兵士や科学者と力を合わせて治療法の鍵となる重要な要素を突き止めた――アトランティス人が人間の進化に介入した際に残していった、内在性レトロウイルスだ。これらのレトロウイルスは、人間の遺伝子に組込まれたいわばウイルスの化石で、アトランティス人によるヒトゲノムの修正過程を示す足跡のようなものだった。

そして、疫病の流行が最終段階を迎え、一分ごとに数百万人が死ぬという状況にまで至ったとき、ケイトがついにウイルスの化石を無害化して疫病を治す方法を見つけたのだった。彼女の治療法は、アトランティス人と人間がひとつに融合した安定したゲノムを作り出した。だが、その素晴らしい発見の裏で、ケイト自身は高い代償を払うことになった。彼女の知識は、それまで無意識の領域に押し込められていた記憶から得たものだった――数万年にわたって人間に遺伝子実験を行っていた、ひとりのアトランティス人科学者の記憶だ。疫病を治せたのはその記憶のおかげだが、同時にケイトは自分自身の人間性――アトランティス人科学者ではなく、あくまでケイトだけがもつ性質――の大部分を失ってしまった。タイムリミットが迫るなか、全世界に広がる疫病の脅威を前にして、ケイトはアトランティス人の記憶を取り除いて自己を守ることより、その知識を使って病を治すことを選んだのだ。

ケイトは、アトランティス人の記憶のせいで起きた問題を修復できるはずだと言った。だが、彼女の実験がうまくいっていないことは、その後の日々のなかで次第に明らかになっていった。彼女は弱っていく一方だったからだ。もっとも、彼女自身はけっして自分の状態を語ろうとしなかったが。デヴィッドは彼女がどこか遠くへ行ってしまうように感じていた。そしていま、再生されたホログラムのなかで、ケイトは瞬時にスクリーンの文字を読み取っている。自分の認識が甘かったと言うしかない。彼女はこんなにも急激に変化していたのだ。

「本当にこんな速さで読めるんでしょうか？」ミロが訊いた。

「読んでいるだけじゃない。きっとこの速度で理解しているんだ」デヴィッドはささやいた。

新たな不安が湧いてくるのを感じた。それがケイトの劇的な変わりようを目の当たりにしたせいなのか、それとも、自分にはとうてい歯が立たない問題だと気づきはじめたせいなのかはわからなかったが。

単純な疑問から片付けていこう、デヴィッドは思った。

「アルファ、ドクタ・ワーナーはなぜ声も手も使わずにおまえを操作できるんだ？」

「ドクタ・ワーナーは、現地時間で九日まえに神経移植手術を受けたのです」

「手術を受けた？　どうやって？」

「ドクタ・ワーナーが移植手術をするように私をプログラムしたのです」

またひとつ、〝ハニー、今日はどんな一日だった？〟という夜の会話で語られなかった事実を知ったというわけだ。

ミロが口元に小さな笑みを浮かべて振り返った。「私も受けてみたいです」

「二人で受ければ、どっちかは成功するかもな」デヴィッドはホログラムに注意を戻した。

「アルファ、再生速度を上げてくれ」

「比率は？」

「一秒で五分ぶんを再生するんだ」

スクリーンに映っている文字が隙間のない波状の線に変わった。黒い水槽のなかで白い波が激しく揺れているかのようだ。ケイトは身じろぎひとつしなかった。

数秒が経過した。スクリーンは暗くなっており、ケイトが黄色く光るタンクのなかに浮いていた。

「止めろ」デヴィッドは言った。「ドクタ・ワーナーが、その……呼び方はわからないが、この筒みたいなものに入る直前から再生してくれ」

息を凝らしてホログラムを見つめた。文字の並んだ画面が消え、ケイトが部屋の奥の、タンクの傍らまで歩いていった。スライドして開いた壁面から、銀色のヘルメットを取り出している。続いて彼女がタンクに近づくと、その扉が開いた。なかに入り、ヘルメットを被る。ガラスのタンクが閉じたところで、彼女のからだが宙に浮いた。

「アルファ、また再生速度を上げてくれ」

それからは何の変化もなかった。ひとつの例外を除いては。ゆっくりと、ヘルメットの下から血が漏れはじめたのだ。

最後にデヴィッドとミロが入ってきて、その直後に壁のスクリーンに文字が現われた。

再生終了

ミロがこちらを向いた。「それで、どうしますか?」

デヴィッドは壁の文字からケイトのタンクへと視線を移した。そして、空っぽのタンクを見つめた。

「アルファ、おれがドクタ・ワーナーの……実験に参加することはできるか?」

奥の壁面のパネルが開き、銀色のヘルメットが現われた。

ミロが目を丸くした。「それは危険ですよ、ミスタ・デヴィッド」

「ほかにいい手があるか?」

「考え直すべきです」

「やるしかないだろう」

ガラスのタンクが回転して扉が開いた。なかに足を踏み入れ、ヘルメットを被った。視界から実験室が消えた。

3

その空間を照らす眩しい光に目が慣れるまで、何秒かかかった。まっすぐ前方に、何やら文字が並んだ横長のディスプレイがある。まるで、列車の発車案内板が掲げられた、がらんとした駅のような場所だった。もっとも、出入り口はどこにも見当たらないが。あるのは真っ白な硬い床とアーチ状の柱ばかりで、柱の合間から明るい光が差し込んでいる。

アルファの声があたりに反響した。「復活データ保管室にようこそ。指示をどうぞ」

デヴィッドは案内板に近づき、文字に目を走らせた。

〈記憶保存時期〉	〈健康状態〉	〈再生〉
一二・三七・四〇・一三	ダメージあり	終了
一三・四八・一九・二三	正常	終了

一三・五六・六四・一五　ダメージあり　終了

その先にも十二行ほど数字と文字が並んでおり、どれもが〝再生終了〟になっていた。そして、最後の行にこう書かれていた。

一四・七二・四七・三三　ダメージあり　進行中

「アルファ、おれはここで何ができる？」

「保存された記憶を開くか、進行中のシミュレーションに参加することができます」

進行中――ケイトはそこにいるにちがいない。もし彼女が負傷しているか……攻撃を受けていたら？　デヴィッドはあたりに目をやった。彼女を護るための武器は何もない。だが、かまうものか。

「進行中のシミュレーションに参加する」

「ほかの参加者に通知しますか？」

「いや」反射的にそう答えた。不意打ちができれば、いくらか優位に立てるはずだ。

明るい駅と案内板が次第に消えていき、もっと薄暗い、狭い空間が現われた。どうやら宇宙船のブリッジのようだ。デヴィッドは、その楕円形の部屋のうしろの方に立っていた。

壁面には、次々と変わる文字やらグラフやら、画像やらがびっしりと並んでいる。前方の広いビュースクリーンの前に二人の人物が立ち、黒い宇宙空間に浮かぶどこかの星を眺めていた。その二人が誰なのかは、デヴィッドにもすぐにわかった。

左側にいるのは、アトランティスの科学調査チームのひとり、ドクタ・アーサー・ヤヌスだ。彼は、アトランティス病の危機が最終局面を迎えたときに、デヴィッドに協力してドリアン・スローンとアレスの手からケイトを救い出してくれたのだった。だが、デヴィッドは彼に対していまだに複雑な思いを抱いていた。この天才科学者は、疫病の偽の治療法を広め、人間の七万年ぶんの進化をなかったことにしようとしたのだ――人間をアトランティス遺伝子が組み込まれる以前の段階まで逆戻りさせて。想像を絶する強敵から人間を護るには、退化させるしか道がない、というのがヤヌスの言い分だった。

一方、彼の隣にいる科学者に対しては、そのようなわだかまりは一切なかった。感じているのは愛情だけだ。ビュースクリーンの黒い宇宙が鏡の役割を果たし、かろうじてだがそこに映るケイトの美しい顔を見て取ることができた。一心に前方の星を見つめている。これまでにも何度も目にしたことがある表情だ。いつしかその顔に見とれていたデヴィッドは、ふいに頭上で響いた鋭い声で我に返った。

「ここは軍事隔離区域です。直ちに避難して下さい。繰り返します。ここは軍事隔離区域です」

違う声が割り込んできた。アルファの声質とよく似ている。「避難飛行経路を算定しました。実行しますか？」

「いいえ」ケイトが首を振った。「シグマ、探知ブイの警報を止めて。このまま対地同期軌道を保ってちょうだい」

「無茶をするな」ヤヌスが言った。

「確かめなくてはならないの」

デヴィッドもスクリーンの方へ足を踏み出した。その星は地球に似ていたが、色が違った。海が緑だし、雲は黄色がかっている。陸地にも、赤と茶色と淡い黄褐色しか見当たらない。樹木が生えていないのだろう。不毛の大地にあるのは、あちこちにできた円い真っ黒なクレーターだけだった。

「自然災害かもしれないだろう」ヤヌスが言った。「彗星や小惑星の群れがぶつかったのかもしれない」

「そうじゃないわ」

「なぜそんなことが――」

「これは違う」ビュースクリーンが衝突クレーターのひとつを拡大した。「それぞれのクレーターから道が延びているでしょう。都市があったのよ。これは攻撃の跡だわ。きっと小惑星群を人為的に落として、運動エネルギー爆撃を行ったのよ」ビュースクリーンの映像がまた変わり、荒野に囲まれた崩れた都市が映し出された。「主要都市の外にいる住民も、環境の激変で死滅させられたんだわ。あっちに行けば答えがわかるはずよ」ケイトはきっぱりとした口調で言った。彼女がこういう口調になったらどうなるか、デヴィッドはよく知っていた。自分も何度か聞かされているからだ。

それはヤヌスも同じだったようだ。彼は諦めたようにうなだれた。「ベータ・ランダーを使うといい。ARC室がないぶん機動性が高いだろう」

彼はスクリーンに背を向け、ブリッジの後方にあるドアに向かって歩いてきた。

デヴィッドは身を硬くした。が、ヤヌスにはこちらの姿が見えていないようだった。ケイトはどうなのだろう？

彼女はヤヌスのあとに続いていたが、ふと立ち止まってこちらに目を向けた。「あなたはここに来ちゃだめよ」

「どうなってるんだ、ケイト？　外ではきみに異変が起きている。きみは死にかけているんだ」

ケイトは出口の方へ大股でさらに二歩進んだ。「ここではあなたを護れないわ」

「何からおれを護る？」

彼女がまた一歩足を出した。「ついてこないで」そう言うと、さっさと出口を抜けてしまった。

急いであとを追った。

デヴィッドは外に立っていた。先ほどの星だ。あたりを見まわし、彼女を――。ケイト。前方に、船外活動スーツを身につけ、崩れた都市を目指して跳ねるように進んでいく彼女の姿が見えた。背後の赤茶けた岩場には、黒い小型の船が停まっている。

「ケイト！」大声で呼び、そちらに向かって走りだした。

彼女が足を止めた。

と、いきなり大地が震え、もう一度大きく震えてデヴィッドを地面に叩きつけた。頭上の空が裂けていた。赤い物体が降ってくる。目がくらみ、熱で息ができなかった。まるで小惑星サイズの巨大な火かき棒が迫ってくるかのようだ。

必死で立とうとしたが、激しい揺れでふたたび地面に引き戻された。

大地を這った。焼けた岩と頭上の熱波に挟まれて、からだが溶けてしまいそうだった。

ケイトは、揺れる地面の上に浮いているように見えた。前方に大きく跳ねてタイミングよく着地し、揺れをバネのように利用してまた前へ跳んでいる。そして、どんどんこちらに近づいてくる。

彼女が覆い被さってきた。その顔を見たかったが、ヘルメットのミラーガラス越しでは無理だった。

ふいに落下を感じた。足が冷たい床に触れ、頭がガラスにぶつかった。タンクだ。実験室に戻ってきたらしい。

ガラスが回転して開くと、ミロが駆け寄ってきた。大きく眉を上げ、口をあんぐりと開けている。「ミスタ・デヴィッド……」

デヴィッドは自分のからだを見下ろした。焼けた跡はないが、全身にびっしょりと汗をかいていた。鼻血も出ている。

ケイト。

震える腕でからだを起こし、足を引きずりながら彼女のタンクに向かった。ガラスが開き、まるで的当てゲームで水中に落とされた出場者のように、ケイトがどさりと降ってきた。

とっさにそのからだを抱えたが、踏ん張りがきかなかった。そのまま冷たい床にひっくり返り、胸で彼女を受け止めた。

すぐにケイトの首に手をやった。かなり弱いが——それでも脈を感じる。

「アルファ！　彼女を助けられるか？」

「不明です」

「なぜ不明なんだ？」デヴィッドは叫んだ。

「最新の診断結果がないからです」

「そいつはどうすれば手に入る？」

壁の円形のパネルが開き、そこから平たい台が伸びてきた。

「全身をスキャンします」

ミロが大急ぎでケイトの足を摑んだので、デヴィッドも腋の下に手を入れ、力を振り絞るようにして彼女を台に引っぱり上げた。

ふたたび台が壁に滑り込んでいったが、その動きはやけに鈍《のろ》く感じられた。パネルの内部は黒っぽいガラスで覆われており、覗き込むと、青い光線がケイトの足から頭に向かって移動していた。

壁のスクリーンが明るくなり、一行だけメッセージが表示された。


診断スキャン実行中……


「どんな様子ですか？」ミロが訊いた。

「いま……その……」デヴィッドは頭を振った。「さっぱりわからない」

スクリーンの文字が変わった。

一次診断
復活症候群による神経変性疾患

予後

致死的

予測生存期間

四－七日（現地時間）

緊急の処置を要する症状

くも膜下出血

脳血栓

推奨される処置

手術

手術の推定成功率

三十九パーセント

ことばをひとつ読むごとに、あたりがかすんでいくようだった。感覚が痺れていく。気づくとタンクに手を伸ばしてからだを支えていた。ひたすらスクリーンを見つめた。

アルファのことばに押し潰されそうだった。あの荒れた星で火かき棒の熱を浴びたときのように、呼吸が苦しい。「推奨される手術を行いますか？」

そうしてくれ、と答える自分の声が聞こえ、ぼんやりとだが、めいっぱい手を伸ばして肩を抱いてくるミロの腕を感じた。

4

南極氷下およそ二キロメートル

ドリアンは、その悲鳴だけを頼りに船の暗い廊下を進んでいた。もう何日も声の出どころを探している。だが、近くなるときまってそれはぷつりと途絶え、どこからか現われたアレスに追い返されてしまうのだった。そして、南極の氷下に埋まる、広さ約六百五十平方キロメートルのアトランティスの船から地上へと戻され、最終攻撃に向けた準備を再開させられるのだ——自分には不釣り合いな、単調な労働を。

アレスがずっとこの船にいて、一日中悲鳴の響く部屋にこもっているのだとすれば、事が動いているのはそこなのだ。ドリアンは確信していた。

悲鳴がやんだ。ドリアンは足を止めた。

また叫び声が上がり、それを追って二つほど角を曲がった。声は、目の前にある両開きのドアの奥から聞こえていた。

壁に寄りかかって待った。答えが手に入るのを。アレスは答えを、彼の過去についての真相を教えてくれると約束した。ケイト・ワーナーと同様、ドリアンがこの世に生を享《う》けたのはべつの時代だった——第一次大戦まえのことで、スペイン風邪で死にかけた際にアトランティスのチューブに入れられ、一九七八年に新たにアトランティス人の記憶をもって目覚めたのだ。

ドリアンはアレスの記憶をもっており、無意識下に存在するその記憶がこれまでずっと彼の生き方を決定づけてきた。だが、実際に思い出せたアレスの過去はあくまで断片的なものだった——陸や海や空での戦い、そして、宇宙で行われた最大の戦闘。アレスに何があったのか、彼の歴史を知りたくてたまらなかった。それはドリアン自身の過去でもあり、自分のルーツだった。自分という人間を理解すること、自分の人生がなぜこうなったかを知ること、それが最大の望みなのだ。

また垂れてきた鼻血を拭いた。頭痛や悪夢もそうだが、最近は鼻血が出る回数が増えていた。〝何か異変が起きているのかもしれない〟そう思ったが、無理に頭を切り替えた。

ドアが開き、勢いよくアレスが出てきた。こちらの姿を見ても驚いた様子はない。

ドリアンは首を伸ばして室内を覗いた。壁に男が吊るされていた。ばんざいのような姿勢をさせられており、ベルトが食い込んだ両手首からも、胸や脚の傷口からも血が流れていた。ドアが閉じられ、アレスが廊下の真ん中で立ち止まった。「失望したぞ、ドリアン」

「こっちの台詞だ。答えを教えると約束しただろう」

「ちゃんと教える」

「いつ？」

「もうすぐだ」

ドリアンはアレスに詰め寄った。「いま教えろ」

いきなりアレスの手が飛んできて、まっすぐ伸びた指先が喉を直撃した。たまらず膝を突き、空気を求めてあえいだ。

「今度この私に命令したら命はないぞ、ドリアン。わかったか？　相手がおまえでなければ、いまの態度だって許しはしない。だが、おまえは私だからな。おまえが思っている以上に我々は同一なのだ。それに、おまえのこともおまえ以上に知っている。我々の過去を教えないのは、おまえの判断力が鈍るとわかっているからだ。我々にはやるべきことがある。すべての真実を教えておまえの身を危うくするわけにはいかない。おまえを頼りにしているのだよ、ドリアン。あと数日もすれば、我々はこの星を支配できる。生存者《サヴァイヴァー》たちが、生き残った人間たちが――忘れるな、いまの人間を創り、絶滅から救う手助けをしたのはこの私だ――いよいよ我々の軍隊を築くのだ」

「おれたちは誰と戦うんだ？」

「おまえには想像もつかない強敵だ」

ドリアンは立ち上がったが、距離は保つようにした。「想像力には自信があるがな」

アレスがまた足早に歩きはじめたので、ドリアンも少し離れてあとを追った。「彼らはたった一昼夜で我々を滅ぼしたのだ、ドリアン。想像してみろ。知る限り、我々は宇宙でもっとも先進的な種族だった――かつて存在したどんな文明よりも進んでいるという自負があったのだ」

廊下の十字路にある巨大な扉の前まで来ていた。開いた扉の先に、アトランティス人の生き残りが入ったチューブの列が見えている。「だが、もう彼らしか残っていない」

「たしか、彼らは二度と目覚めないと言ってなかったか。攻撃されたときのトラウマが大きすぎて、彼らには耐えられないと」

「そのとおりだ」

「だがチューブから誰か出したようじゃないか。あの男は何者なんだ？」

「あの男は違う、我々の種族ではない。おまえは気にしなくていい。おまえが考えるべきなのは、待ち受けている戦いのことだ」

「待ち受けている戦いか」ドリアンはぼそりと言った。「人数が足りない」

「諦めるな、ドリアン。信じろ。あと何日かで世界が手に入る。そのときこそ偉大な軍事作戦を、すべての人類世界を救うための戦いを始めるのだ。この敵はおまえたちの敵でもある。人間には我々のDNAが入っているからな。遅かれ早かれ、敵はおまえたちのもとにもやって来るだろう。どこにも隠れることはできない。しかし、力を合わせれば戦えるはずだ。まだチャンスがあるうちに軍隊を築かなければ、我々はすべてを失ってしまう。数多《あまた》の世界の運命がおまえたちの手に委ねられているのだよ」

「なるほど。数多の世界か。だが、そのまえに重要な問題を忘れてないか？　人員だ。この地球上にいる人間はせいぜい数十億人だろう。しかも、病人や衰弱した者や、飢えているような者だらけだ。おれたちはそこから兵士を集めなくちゃならない――まあ、これだって地球を征服できればの話だし、おれは半信半疑だがな。つまり、おれたちに作れるのは、必ずしも強いとは言えない者を集めた数十億人程度の〝軍隊〟だ。軍隊と呼べるかどうかもわからない。それで銀河を支配するような勢力と対戦する……。悪いが、とても勝ち目があるとは思えないね」

「おまえはもっと賢いはずだろう、ドリアン。この戦いが、おまえたちのイメージする原始的な宇宙戦争みたいなものだと思ってるのか？　金属やプラスティックでできた宇宙船が宇宙を飛び交い、レーザーやらミサイルやらを撃ち合うとでも？　勘弁しろ。私が状況を把握していないはずがないだろう。勝つために重要なのは人数ではないんだ。私は五万年もまえから計画を練ってきた。おまえはまだ三カ月しか関わっていない。信じることだ、ドリアン」

「信じる根拠が欲しい」

アレスが薄笑いを浮かべた。「ドリアン、本気で期待してるのか？　私に訊けば、おまえの弱い心が求める答えをすべて得られるはずだと？　おまえは私から安心と満足を得て、自信をつけさせてもらいたいのか？　この南極へ来たのも、もともとはそれが目的なんだろう。おまえは父親を探し求めていたんだ。そして、本当の自分というものを知りたかったんだ」

「そういう態度をとるのか——あんたにずっと協力してきたのに」

「おまえは自分自身のためにやったんだ、ドリアン。いいだろう、おまえが本当に訊きたいことを口にしてみろ」

ドリアンは首を振った。

「どうした、言ってみろ」

「おれはどうなっていくんだ？」ドリアンはアレスを見つめた。「おれに何をした？」

「我々は着々と目標に向かって進んでいる」

「おれのからだはどこかおかしい、そうだろ？」

「もちろんだ。おまえはただの人間だからな」

「そういう意味じゃない。おれは死にかけている。感じるんだ」

「もう少し待て、ドリアン。私はおまえたちの種族を救った。私には計画がある。我々はこの宇宙に永遠の平和を築くのだ。それがどんなに得がたいものか、おまえにはまだわからないだろうがな」アレスがこちらに足を踏み出した。「おまえには明かせない真実もある。おまえの準備ができていないからだ。慌てるな、いずれ答えは手に入る。おまえが正しく過去を理解するには、私の助けが欠かせない。もし誤解でもされたら、我々は共倒れになりかねないからな、ドリアン。おまえは大切な存在だ。この件は私ひとりでもやり遂げられるが、そうはしたくない。私は長いあいだおまえのような味方が現われるのを待っていた。おまえが信念を強くもてば、我々にできないことなど何もないだろう」

アレスが背を向けて十字路を抜け、チューブが連なる部屋から離れていった。ドリアンも無言であとを追ったが、心には葛藤が生じはじめていた――このまま大人しく従うべきか、逆らうべきか。二人はひと言もことばを交わさずスーツを身につけ、ベルがぶら下がる戸口を抜けて氷の洞窟に出た。

ドリアンはしばし立ち止まり、父親を見つけた氷の壁に視線を向けた。父はそこで凍りつき、防護服ごと氷の下に閉じ込められていたのだ。イマリの副将に裏切られ、ベルの犠牲になって。

アレスが金属の籠に乗り込んだ。「大切なのは未来だ、ドリアン」

真っ暗な縦穴が静かに下へ去っていき、籠が地表に出て停止した。氷原には移動式住居の列が並んでおり、まるで雪を被った白いムカデがあたり一帯を覆い尽くしているかのようだった。

ドリアンはドイツで生まれ、その後、ロンドンで育った。自分では寒さというものをよく知っているつもりだった。だが、南極の気候の厳しさは桁が違う。

アレスとともに中央司令部の建物へ近づいていくと、白い分厚いジャケットを着込んだイマリの職員たちが住居の列のあいだを走ってきた。なかには敬礼している者もいるが、大半は下を向いて吹きすさぶ風に耐えていた。

ムカデ風の住居の向こう、防衛境界線のそばでは、重機や作業班がいまや〝南極要塞〟と呼ばれるようになったこの基地を造りつづけていた。境界線には二ダースほどのレールガンが並び、静かに銃口を北へ向けている。イマリは近々攻撃を受けることになると知っているのだ。

この要塞と戦える戦力をもつ軍隊など、地球上のどこにも存在しないはずだった――疫病以前の世界にも、もちろんその後の世界にも。たとえどんな空軍力を有していようと、レールガンに狙われればひとたまりもないだろうし、もし艦砲《かんぽう》射撃で援護しつつ、大規模な地上攻撃を行ったとしても、とても成功するとは思えなかった。ドリアンはふと、父の後釜に坐ったナチスがソ連で行った、愚かな真冬の軍事作戦を思い出した。オーキッド同盟も、もしこの地に上陸したら——と言うより、まず間違いなく来るだろうが——ナチスと同じ運命を辿ることになるだろう。

ドリアンとアレスが中央司令部に入ると、兵士たちが直立不動の姿勢で廊下に並び、彼らの二人のリーダーを出迎えた。危機管理室に着いたところで、アレスが作戦指揮官に言った。「準備はできたか？」

「はい。世界各地の内偵者の安全も確保しました。死傷者は最小限に抑えられるでしょう」

「それで、探索班のほうは？」

「持ち場に就いています。各班、大陸周縁に沿って所定の深度まで掘削を終えています。氷の空洞に当たってしまった班もありますが、これには応援チームを送って対処しました」指揮官がそこでことばを区切った。「しかし、どの班でも何も見つかっておりません」彼はキーボードを打って南極大陸の地図を表示した。赤い点が地図上に散らばっている。

〝アレスは何を探してるんだ？〟ドリアンは内心、首を傾げた。〝まだ船があるのか？

いや、あればマーティンが必ず気づいていたはずだ。ほかに何か埋まっているのだろうか？〃

アレスが振り返り、じっとこちらを見つめた。その瞬間、ドリアンは久しく忘れていた感覚を味わった。氷の下の廊下で、アレスに襲われたときにも感じなかった感覚。恐怖だ。

「渡した装置はなかへ下ろしたか？」

「はい」指揮官が答えた。

アレスが部屋の前方へ進んでいった。「音声放送の用意を。基地内全域に届ける」指揮官がまたキーボードを打ち、アレスに頷いた。

「大義のために働く勇敢な諸君。我らの目標のために身を捧げ、力を尽くしてきたきみたちに告げる。ついに我々が待っていた日が訪れた。いまから数分以内に、我々はオーキッド同盟に和平を申し出る。受諾されることを願うばかりである。この地球が平和でなければ、平和を知らぬ敵との最終決戦に備えることはできないからだ。その危機は目前に迫っている。私は今日ここで、きみたちの献身に感謝の意を表したい。そして、お願いしたい。この先に待っている時間を、信念をもって乗り切ってくれるようにと」アレスはドリアンに顔を向けた。「だが、もし信念が揺らぎそうになったときは、このことを思い出してほしい。よりよい世界を築きたいなら、まずは既存の世界を壊す勇気をもたねばならないのだ」

5

ジョージア州 アトランタ

ドクタ・ポール・ブレンナーは寝返りを打ち、時計に目をやった。

五時二十五分。

あと五分で目覚ましのアラームが鳴るだろう。そしたらそれを止め、起き上がり、身支度をして——また、何もすることのない一日を過ごすのだ。通うべき職場はないし、するべき仕事もない。急いで片付けなければならない用事のリストもない。あるのは必死で進むべき道を模索する壊れた世界だけだったが、この二週間のあいだ、自分がそうした模索と関わるような機会も一度もなかった。となれば、いまこそ心ゆくまで眠ればよさそうなものだが、何かが欠けていてそれもできなかった。どういうわけか、毎朝きまって五時半よりほんの少しまえに目を覚ましてしまうのだ。そして、今日こそすべてを変える何かが起きるとでもいうように、やがて鳴りだすアラームをじっと待つのだ。

ベッドカバーをめくり、ふらふらと主寝室のバスルームへ行って顔を洗いはじめた。朝にシャワーを浴びる習慣はなかった——朝はなるべく早く支度を終え、職場に一番乗りして部下たちよりも先に仕事を始めたかったからだ。帰りにはいつもジムに立ち寄った。そうして一日を終えたほうが、気持ちが切り替わり、家でくつろぐことができた。あるいは、そうできるよう努力していた、と言うべきかもしれないが。ポールの仕事は何かと気苦労が多かった。日々、新たな流行病や、流行病と疑われる事案が発生したし、ごたごたした役所絡みの問題も処理しなければならなかった。疾病対策センター《CDC》の〝世界疾病検出および緊急対応部門〟を率いるのは、けっして楽《らく》な仕事ではない。問題の半分は病原体とは関係のないものだ。

それに、ポールには隠しつづけている秘密があった。この二十年のあいだ、人類を滅亡させるという究極の疫病に備えるべく、国際的な共同研究組織のために働いていたのだ——事実、それはアトランティス病という形でやって来た。ポールの長年の苦労は実を結んだ。疫病に備えてきたその国際組織、〝コンティニュイティ〟が、最終的にはアトランティス病を封じ込めて治療法を見つけることに成功したのだ——一度も会ったことのない科学者、ドクタ・ケイト・ワーナーのおかげで。ポールにとってアトランティス病はいまだに謎の多い病だったが、ひとつだけはっきりしていることがあった。この疫病は終息したということだ。本来なら、大いによろこぶべきところだろう。しかし、実際にポールの心にあるのは何とも言えない虚しさで、目標もなく、ただぼんやりと過ぎていく日々への物足りなさだった。

顔を洗い終えると、短く刈った硬い黒髪に手ぐしを入れ、寝癖がないかどうか確かめた。鏡に空っぽのキングサイズのベッドが映っており、一瞬、寝直すことを考えた。

いったい何のために支度しているんだ？　疫病は終わった。やることなど何もないじゃないか。

いや、何もない、というのは言いすぎかもしれない。彼女が待っているのだから。

ベッドは空っぽでも、家のなかは無人ではなかった。先ほどから朝食を用意する匂いが漂っている。

足音を忍ばせ、十二歳になる甥のマシューを起こさないよう注意して階段を下りた。

キッチンでガチャンと鍋が鳴った。

「おはよう」入口を抜けたところで、声を潜めて言った。

「おはよう」ナタリーも挨拶を返し、フライパンを傾けて皿にスクランブルエッグを滑らせた。「コーヒーは？」

彼女に頷くと、庭のスロープが見える出窓の方へ行き、小さな円テーブルに着いた。

卵を盛った皿が運ばれてきて、トウモロコシ粥の大きな鉢の横に置かれた。そして、ベーコンも来たところですべての料理が揃った。冷めないよう、ベーコンはアルミホイルで覆われている。ポールは黙って二人の皿を配置した。疫病以前は、朝食はテレビを見ながら慌ただしく済ませていたが、こちらのほうがはるかによかった——誰かといっしょに食べるほうが。食事をともにする相手がいるなど、ずいぶん久しぶりのことだ。

ナタリーが自分の粥にコショウをひと振りした。「マシューがまた夢にうなされていたわ」

「そうなのか？　まったく気づかなかったな」

「三時ごろよ。どうにか落ち着かせたけど」彼女は粥に卵をのせてひと口食べ、それから少し塩を足した。「そろそろお母さんのことを話すべきだと思うわ」

ポールはその問題をずっと避けつづけていた。「そうだな」

「今日は何をする予定なの？」

「決めていない。倉庫にでも行こうかと思ってるが」ポールは食品をしまっているウォークイン・クローゼットを指し示した。「あと二、三週間しかもたないだろう。オーキッド管轄区の在庫が切れて騒ぎになるまえに、少し蓄えておいたほうがいいと思ってね」

「いい考えね」そう答えると、彼女は話題を変えようとするように、しばし間を置いた。「トマスという友だちがいるの。私と同じぐらいの歳なんだけど」

ポールは顔を上げた。彼女はいくつなのだろう。

「念のために言うと、私は三十五よ」ナタリーは小さく笑い、ポールの頭に浮かんだ疑問に答えた。そして、また料理に視線を向け、口元から微笑みを消した。「彼は二年ほどまえに奥さんをがんで亡くしたの。ひどく落ち込んでしまって。家中に写真を飾ったままにしていたわ。でも、奥さんのことを人に話すようになって、ようやく立ち直ることができたの。彼にとってはそれが前へ進む鍵だったのね」

彼女は夫を亡くしたのだろうか？ アトランティス病で？ あるいはそれ以前に？ これはそういう話なのだろうか？ レトロウイルスであれ何であれ、相手が研究室で扱う類《たぐい》のものなら、ポールにも謎を解き明かす自信があった。だが人間は、とりわけ女性は……本当にわからないことだらけだ。「ああ、そうかもしれないな。誰かを……失ってしまったときは、ひとりで抱え込まないほうがずっと回復しやすいだろう」

ナタリーが身を乗り出してきたが、ちょうどそのとき、部屋の向こうでアラームが鳴り響いた。いや、これはアラームではなく電話だ。自宅の回線にかかってきたのだ。

ポールは立ち上がり、受話器を取った。

「ポール・ブレンナーです」

耳を傾けて何度か頷き、質問をしようとしたが、声を発する間もなく電話を切られてしまった。

「誰から？」

「政府からだ」ポールは答えた。「迎えの車が来るらしい。オーキッド管轄区で何か問題が起きたようだ」

「疫病が変異したのかしら？　次の流行が始まるの？」

「そうかもしれない」

「私もいっしょに行きましょうか？」

ナタリーは、わずかに残ったコンティニュイティの研究スタッフ――世界各地で行われるアトランティス病の研究を集約し、分析していたチーム――のひとりだった。疫病以前はCDCで研究者として働いていた。研究という面だけで言えば、行くのはポールひとりで充分だったが、なぜか彼女にも来てほしいと強く思った。だが、いまは自分の望みよりも大事な問題がある。「誰かにマシューをみていてもらわなくちゃならない。きみに頼める筋合いじゃないんだが……」

「気にしないで。二人であなたが戻ってくるのを待ってるわ」

二階に上がり、手早く服を着替えた。まだナタリーと話していたい気持ちはあったが、正直に言えば、仕事のために身支度をしていることがうれしかった。必要とされ、行くべき場所があるということが。外でクラクションが鳴った。窓を覗くと、スモークフィルムを貼った黒いセダンが停まっており、まだ明け切らない冷たい朝の空に排気ガスの煙を吐き出していた。

玄関へ行き、クローゼットからトレンチ・コートを摑み出した。ロビーにある小さなテーブルに、額に入ったポールと妻の結婚写真が飾られていた。と言っても彼女は元妻で、四年まえに出ていってしまったのだが。

ナタリーはこのことを言っていたのだろうか？　私が妻を亡くしたと思っているのか？　きっとそうだ。自分も家中に写真を飾ったままにしている。

出ていくまえに、どうしても誤解を解いておきたいと思った。「ナタリー」

「ちょっと待って」彼女がキッチンで叫んだ。

また結婚写真に目をやった。妻との最後の会話が脳裏に浮かんだ。

〝あなたは仕事ばかりなのよ、ポール。いつだって仕事を優先する。もうやっていけないわ〟

あのときポールは、いま立っている場所から三メートルほど離れたカウチに坐り、じっと床を見つめていた。

〝明日、引っ越し業者が私の荷物を取りにくるわ。言い争いはしたくないの〟

その希望どおり、言い争いはしなかった。実のところ、ポールは一度も彼女を恨んだことがなかった。彼女はその後ニューメキシコ州に移り、そして、連絡もとらずに四年が過ぎたが、写真は飾ったままだった。片付けるという発想がなかったのだ。いまになって、ポールはそのことを後悔した。

ナタリーの声で物思いから覚めた。「食事が出なかったときのために」

彼女から茶色い紙袋を受け取ると、ポールはテーブルの写真を示した。「おれの妻は――

――」

クラクションが、今度は長々と鳴らされた。

「戻ったら話しましょう。気をつけてね」

彼女に手を伸ばそうとしたが、できなかった。代わりにドアを開き、重い足取りで車に向かった。海兵隊員が二人降りてきて、手前にいるほうがポールのためにドアを開けた。その数秒後には車が走りだしていた。

ポールは後部ウィンドウを振り返り、二階建ての煉瓦造りの我が家を見つめた。もっとあの家にいたかった、と思いながら。

6

ジョージア州 アトランタ――オーキッド管轄区〝ベータ〟

ポール・ブレンナーは四階の会議室の窓から外を見つめ、どういう状況なのか理解しようとした。通りにいくつも行列ができていた。医療スタッフが列に並んだ人々を調べ、あちこちの建物に振り分けている。建物からは疲れきった様子の人々が出てきていた。何やら集団で健康診断を受けているようにも見える。

「感想は、ポール？」

振り返ると、新任の国防長官、テレンス・ノースが戸口に立っていた。ノースは元海兵隊員で、その引き締まった顔やぴんと反った背筋のために、細身の紺のスーツに身を包んでいても軍人にしか見えなかった。彼とはアトランティス病の流行中に何度かテレビ会議で話していたが、直接会うのは初めてだった。画面で見るよりずっと迫力がある。

ポールは眼下の通りを指差した。「何をしているのか、私にはよくわかりません」

「戦争の準備をしているんだ」

「戦争？　相手は？」

「イマリさ」

「まさか。スペイン南部のイマリはヨーロッパ諸国に鎮圧されたでしょう。彼らの組織は崩壊寸前だし、疫病も治りました。彼らが脅威になるとは思えませんが」

ノースは背後のドアを閉め、会議室の大型スクリーンのスウィッチを入れた。「きみが言っているのは組織的な戦争の話だ。従来の武力衝突をイメージしているんだろう」

「では、どういう話なんですか？」

「これは新しいタイプの戦いなのだよ」ノースがラップトップをいじると、スクリーンに一連の映像が映し出された。記章のない黒一色の服を着た武装集団が、工場や倉庫を襲っていた。場所はわからないが、軍の基地ではないようだ。

「食糧倉庫だ」ノースが言った。「疫病が流行してからすぐに、オーキッド諸国の政府は食糧の分配を国で管理しはじめただろう。それ以来、警備が手薄になっていたんだ。この最後の映像に映っているのは、イリノイ州のディケーターにあるアーチャー・ダニエルズ・ミッドランド社の施設だ。一週間まえに、ここを含めて一ダースほどの主要な食品加工工場が、イマリの武装勢力によって占拠されてしまった」

「こちらを飢えさせるのが狙いですか？」

「それは連中の計画のほんの一部にすぎない」

「奪い返すことはできないんですか？」

「もちろんできる。だが、もし攻撃すれば連中は施設を破壊するだろう。そうなればこちらが困ることになる。すぐに工場を再建することなどできないからな」

「では、人を集めて食品加工の――」

「我々もすでに検討を始めている。きみに来てもらったのは、そのことを相談するためではない」

「そうでしょうね。なぜ私をお呼びになったんですか？」

「きみにはわかっていることをすべて教える。その上でどうするか決めてもらいたい」

〝何を決めろというのだろう？〟ポールは思った。

ノースがまたラップトップのキーボードを打つと、しわくちゃの書類をスキャンした画像が現われた。「世に出まわっているイマリの宣言文だ。連中はこのなかで、来《きた》るべき人類の滅亡を予言している。この世に大変動が起きる、裁きの日というやつだ。もし人類の存続を願うならイマリの大義のもとに結束しろ、とも書いてある。それに、この文書には連中が立てた戦略が記されている。その第一段階が食糧供給施設の占拠だ――大規模な食品加工工場から農場に至るまで、すべてを押さえるつもりらしい。そして、第二段階が電力供給網だ」

質問しようとしたが、ノースに遮られた。「我々はすでに、採掘可能量の八割にあたる石炭を押さえられてしまった」

「石炭？」

「アメリカはいまも電力の四割を石炭からつくっている。石炭がなければ発電所はすぐに動かなくなるだろう。たとえ原子力や水力があっても、石炭関連施設を掌握されたら我々は大打撃をこうむるんだ」

ポールは頷いた。どこかでウイルスや生物学に関わる話が出てくるはずだ。食糧や電力の問題だけなら……自分が呼ばれるはずはない。「その宣言文には、第三段階も書かれているんですか？」

「まあ待て。イマリは、自分たちの呼びかけに応じる者は助けると約束している――史上類を見ない、大規模攻撃からな。連中はこう断言しているんだ。破壊的な一昼夜ののちに、オーキッド諸国は滅びるだろうと」

「核攻撃でしょうか？」

「おそらくそれはないだろう。核への警戒網は厳重だ。それに、誰でも思いつく。きっと予想もつかない何かを企んでいるはずだ。ただ、手がかりもある。衛星だよ。昨夜、オーキッド同盟諸国の衛星がすべて交信不能になった。国際宇宙ステーションも、民間衛星もだ。そして、今朝になって一部の衛星が大気圏に落下した。日暮れまでには残りもすべて燃えかすになって落ちてくるだろう」

「撃墜されたんですか？」

「いや。ハッキングされたんだ。制御システムに、非常に手の込んだウイルスが仕掛けられていたのだよ。いまや我々は目隠しされたも同然だ。連中がこんな行動に出たのは、おそらく攻撃の準備が整ったからだろう。その攻撃が、連中の言う大変動とやらが何であれ、もうすぐ始まると見るべきだ」

「生物兵器が使われるかもしれないとお考えですか？　また疫病が広まると？」

「可能性はある」ノースが答えた。「正直、我々にも何もわからないのだ。大統領はあらゆる事態に備えたいと考えている」

ノースの部下が会議室に入ってきた。「長官、来て頂けますか」

彼が去ってひとりになると、ポールはいまの話について考え込んだ。もし生物兵器が使用され、世界規模の対応が必要になれば、きっと自分が指揮を任されることになるだろう。心の準備をしておかねばならない。いろいろな筋書きが頭を駆け巡り、ナタリーとマシューのことに思いが至った。二人をコンティニュイティに移したほうが――。

ドアが開き、ノースがゆっくりと入ってきた。「ついに始まったぞ」

7

ジョージア州　アトランタ――疾病対策センター（CDC）本部

コンティニュイティの廊下を歩きながら、ポールは奇妙な感覚を味わっていた。CDC本部のこの区画は、ポールやコンティニュイティのスタッフが、八十一日間でおよそ二十億人の命を奪っていった疫病と格闘しつづけた場所だった。八十一日にわたってオフィスのカウチで眠り、ひっきりなしにコーヒーを飲み、激論を交わし、打ちひしがれ、そして最後に快挙を成し遂げたのだ。

しかし、いまこの廊下を歩いている顔ぶれは、あのころとはまるで違っていた――兵士や国防総省の職員、それにポールにはどこの誰だかわからない人々。

ノース国防長官はコンティニュイティの作戦指令室で待っていた。ガラスのドアが左右に分かれ、ポールの背後で閉まると、彼と二人きりになった。奥のスクリーンには、二週間まえにポールが出ていったときと同じ画面が表示されていた——世界各地のオーキッド管轄区の死亡率だ。数値はどこも二十から四十パーセントになっているが、たったひとつ、マルタだけが例外だった。ドクタ・ワーナーとその一行は、この地で治療法の最後のピースを見つけたのだ。画面のマルタは緑に光っており、隣には〝ゼロパーセント、死亡確認〟の文字が浮かんでいた。

ノースが長テーブルのひとつに坐った。「いま私の部下がきみの甥とナタリーを迎えにいってる、ポール。もうすぐここへ着くだろう」

「ありがとうございます。私も研究チームに電話をしておきました——と言っても、残っている者だけですが。彼らが着き次第、各国の研究責任者とも連絡をとるつもりです」

「ぜひそうしてくれ。いまごろ向こうも、我々と同じような話をしているはずだ。さて、まずは大事な用件を片付けるとしよう。コンティニュイティの制御プログラムにアクセスするには、きみの管理者用コードが必要だな。それを教えてくれ」

ポールは眉をひそめた。「私のアクセス・コードをですか？」

ノースがペンを手に取り、平然と頷いた。「そうだ」

「なぜですか？」

「きみのコードがないと、オーキッドの移植チップに新たな治療法を送れないと聞いている」

「そのとおりです」ポールの頭のなかで、警報が鳴りはじめていた。

「安全のためだ、ポール。きみがいないとすべてが止まってしまうじゃないか。もしきみが死んで、コードも消えてしまったら──どう考えてもコンティニュイティは機能しなくなる。いくらシステムがあっても、新たな治療を施せないなら何の意味もないからな。予備の対策が必要だろう」

「対策は講じてあります。アクセス・コードを知る人間は二人いるんです。私と、私が選んだチーム内の人間です。その人物の名は誰にも明かしていません。安全のためですよ。考えてもみて下さい。万が一イマリにコードが知られてしまったらどうなりますか？　ほんの数時間で私たちは全滅させられてしまいます」

「それで、きみは誰を選んだ？」

ポールは腰を上げ、明らかに顔つきが変わったノースのそばを離れた。コードを知るもうひとりの人物は、すでに死んでいた──流行の最終段階で大勢のスタッフが命を落としたが、彼もそのひとりだったのだ。ポールは、残ったスタッフが到着した時点で次の人物を選ぶつもりだった。だが、こうなるとためらいが生じる。「これ以上コードに関することは答えられません。ですが、私が保証しましょう。プログラムにアクセスできなくなるという事態はけっして起こりません」

ノースも椅子から立ち上がった。「オーキッド管轄区でしていた話だが、あれにはまだ先があるんだ。我々は正式に交戦状態に入った。海軍艦隊に連絡する手段を探してはいるが、彼らはあらかじめある指示を受けている。国防総省と一定期間交信できなかった場合、攻撃を開始せよという指示だ。間もなく南極のイマリ本部に爆弾が降りはじめるだろう。ケープタウンやブエノスアイレスなどにあるイマリの拠点も、すでに避難は済ませたようだが、どのみち壊滅させられるはずだ。我々が恐れているのは、イマリとの直接対決ではない。このアメリカ本国で起きる戦いなのだ。国内にいるイマリ勢力は四万人前後だと推測される。むろんこの数では、食糧や電力の供給は断てても、それ以上のことはできないだろう」

「そうでしょうね」

「きみの経歴を読ませてもらった、ポール。きみは切れ者だ。優秀な科学者だよ。私も兵士としては優秀だったが、政治の世界のスピードに慣れるには何年もかかった。このゲームは勝手が違うからな。だが、きみは得意だろう。このCDCで部局を任されているぐらいだ、ゲームを勝ち抜いてきたにちがいない。そんなきみなら、この話がどこへ向かっているかもすでに察しがついているだろう」

「どうやら、私はあなたが思っているほど賢くないようです」

「イマリはな、オーキッド管轄区に入る食糧や電力を断ち、我々の蓄えが底を突くのを待っているんだ。そして、飢えに耐えきれなくなった人々が管轄区を出るようになったところで、勧誘活動を始めるつもりなのさ。彼らのメッセージは、我々のもとを去った何百万もの人々の心を惹きつけるだろう。つまり、我々はプロパガンダ戦を戦わねばならないということなんだ。我々を非難するイマリのイデオロギーと。敵はイマリ軍ではなく、連中のメッセージなのだよ。連中が唱えるのは、ひとことで言えば福祉国家の廃絶だ。イマリが目指しているのは、政府に頼らず、独力で生きられる者たちだけで築く世界国家だからな。こうした考え方に賛同する者は大勢いるはずだし、彼らは過去の社会に戻ることを嫌うだろう。すると、我々はどうなるか。単純な答えが待っている。イマリの武装勢力を追い払うことができず、その結果、どのみち我々も戦う力のない弱者を世話することができなくなるんだ。アメリカ国内には、あと十日ぶんのインシュリンしか残っていない。抗生剤など実質なくなったと言っていい――いまは、どうしても必要なときだけ使っている。これまではオーキッド管轄区のすぐ外で遺体を火葬していたが、それもできなくなるだろう。距離が近かったせいで、抗生剤の効かない新たなスーパー耐性菌がどこかの管轄区に入り込んだらしいんだ」

「スーパー耐性菌に対処することは可能です。そのためにコンティニュイティがあるんですから」

「いま話したのは、我々が抱えている問題のほんの一部だ。たとえイマリの脅威がなくても、このままでは世界中が人道的な危機に直面するだろう。社会を再建しなければならないうえに、養わねばならない者があまりに大勢いるからだ。だが、打つ手がないわけじゃない。世話をしてやれない者を減らし、なおかつ、人々がイマリになびくのを防ぐことは可能なのだよ。我々に残された道はそれしかない。ここで鍵になるのが、コンティニュイティとオーキッドの移植チップだ。我々も自分たちの軍隊を築かねばならない――我々と同じ部類の、強い人間が揃った軍隊をな」

ポールは唾を呑んだ。「その……少し考える時間を――」

「我々には時間などないんだ、ポール。コードを教えろ。いいか、ナタリーと甥は私が預かっているということを忘れるな」

気づくとポールはあとずさっていた。「まずは……どういう計画なのか聞かせて下さい」

「コードを」ノースがちらりと視線を動かし、ガラスドアの外にいる兵士を示した。

脅しているのだ。ポールはテーブルに戻って腰を下ろし、努めて冷静な声を出した。

「これまでも、コードを解き明かそうとしていたのでしょうね？」

「一週間以上もまえからな。国家安全保障局《NSA》はあと数日で突き止められると言っている。

だが、衛星が落ちた時点できみを呼び出すことにしたんだ。我々としては、なるべく余計な手間をかけずにコードを知りたいと願っている」

ポールは頷いた。〝余計な手間〟とは何なのか、察しはついた。自分が拷問されるイメージを懸命に頭から追い払い、コードを明かしたらどうなるかを考えた。二つの可能性に思い至った。その一、実はノースはイマリの手先で、コードを使って膨大な数の人間を殺そうとしている。その二、アメリカとオーキッド同盟諸国は、人類史上最悪の過ちを犯そうとしている。そしてそうなった場合、彼らはポールに責任をなすりつけるつもりでいる。

とにかく情報が足りない。計画を練るための時間も必要だった。「よくわかりました。ほら、私はこの二週間ずっと家にこもっていたでしょう。そんなことになっているとは知らなかったんです。たしかに我々は窮地に立たされているようですね。コードはお教えしましょう。ですが、あらかじめ言っておくと、コンティニュイティのプログラムには何重にもセキュリティがかけられています。偽のアクセス経路やプロトコルなどが仕掛けてあって、コンティニュイティのスタッフでなければ、管轄区の居住者の移植チップに治療法を送信できないようになっているんです。私がやるしかありません。私も、いまが危機的状況だという点は納得しました。ですからお願いします。どういう解決策を考えているのか、私にも具体的に教えて下さい」

ノースが椅子に戻り、キーボードを引き寄せた。「どうやら我々はわかり合えそうだな」スクリーンの画面が変わり、様々な統計データが現われた。なかには見覚えのあるものもあった。

「やはり身体検査を――」

「ああ、簡単な検査だがな。言ってみれば、人間を対象にした大がかりな在庫調べをしているのだよ。オーキッドの旗の下に集まる、すべての人間が対象だ」

「目的は？」

「ここに二つのリストがある。ひとつは救える者のリスト――つまり、戦力になる者や役に立つ者たち。もうひとつは、不適格者のリストだ」

「なるほど」

「我々はこの不適格者たちに安楽死計画を実行せねばならない。それも、いますぐにだ」

「しかし、世間は納得しないでしょう。暴動が起きるかも――」

「イマリの仕業ということにする。連中は食糧と電力を押さえたんだ。信憑性はあるだろう。実際、もし連中がコンティニュイティを掌握したら同じことをするはずだ――弱者の処分をな。何百万人も死ねば、生存者たちもイマリを打倒するべく立ち上がる。それに、イマリの売り――福祉国家を廃絶するという主張――も無価値になるだろう。そう、我々の社会からも弱者が消えれば、イマリでなければ与えられないものなど何もなくなるんだ。もうすぐ世界は、イマリに共鳴する者たちが望む形になるんだからな」ノースがポールの方へ身を乗り出した。

「ここでキーボードを打つだけで、我々は戦いが始まるまえから勝利することができる。大変動が起きるまえにだ。さあ、きみの答えを聞かせてくれ」

ポールはガラスドアの外に目をやった。研究チームが到着しはじめたようだが、みな警備兵に追い払われていた。この部屋から逃げ出す手はなさそうだ。

「わかりました」ポールは言った。

「よし」ノースが警備兵に合図すると、間もなく痩せた若い男がラップトップを手にして入ってきた。「この若者がずっとコンティニュイティのプログラムを解析していたんだ。彼を指導してやってくれ、ポール。彼はきみのすることをよく見て――メモをとることになる。アクセス・コードを含めてだ。むろん、予備の対策としてだが」

「かまいません」

新しい〝助手〟が準備するあいだに、ポールはキーボードを打ちはじめた。

数分後には、コンティニュイティのメイン制御プログラムを開いて次々と作業を片付けていた。「安楽死計画は、実はあらかじめ処方がプログラムされていて――」

さらに十五分が過ぎ、ポールが最終認証コードを打ち込んだところで、メイン・スクリーンが点滅を始めた。

ポールは立ち上がって言った。「自分のオフィスでひとりになりたいのですが」

「もちろんかまわないぞ、ポール」ノースが兵士のひとりに声をかけた。「ドクタ・ブレンナーを彼のオフィスまで送り届けろ。コンピュータや電話は取り外せよ。飲み物でも食事でも、望みのものを運んでさしあげろ」

オフィスに着くと、ポールはカウチに坐り込んで床を見つめた。人生最悪の気分だった。

8

ジョージア州　アトランタ——疾病対策センター（CDC）本部

ポール・ブレンナーは繰り返し時刻を確認し、もう一度確かめたところでカウチから窓辺に行った。CDCのビルを三重に取り囲んでいる軍用車に動きはなく、兵士たちも、立って一服している者を除けばみな装甲車のなか土嚢《どのう》の傍らに腰を落ち着けていた。

オフィスの外の受付でわめき声がした。と、いきなりドアノブが激しくまわされ、堅いドア板がドンドンと叩かれて揺れはじめた。

「ドアを開けろ、ブレンナー！」ノースの声はかすれていたが、ポールを震え上がらせるだけの凄みは残っていた。

〝生きてるのか〟ポールはまた腕時計に目をやった。

「三秒だけ待ってやる、ブレンナー！　開けないならぶち破るぞ」

ポールは凍りついた。

ドアの向こうで話し声がした。どうやら〝下向きに狙え、やつを生け捕りにする〟というようなことを言っているらしい。とたんに銃声がし、木片が飛び散ってドアが大きく開いた。

テレンス・ノースが、胸元を握り締めてよろよろと入ってきた。「おれを殺そうとしたな」

「早く医務室に行ったほうが――」

「ふざけるなよ、ポール」ノースが顎を振って警備兵に合図した。「こいつを連れていけ」

兵士たちがポールの両腕を掴み、廊下を引きずっていった。

コンティニュイティの作戦指令室では、あの若いコンピュータ・プログラマーが静かにこちらを見つめていた。ポールを壁に叩きつけると、ノースは顔面を寄せてゆっくりと言った。「いますぐ止めるんだ。さもないと、あの兵士たちがおまえをハチの巣にするぞ」

ポールには、この男がまだ立てるというだけでも驚きだった。ノースの心機能がよほど丈夫なのだろう。そのために、予想よりもだいぶ生存時間が延びてしまったのだ。何とかごまかして時間を稼げないかと、必死で頭を回転させた。

視界の隅に、廊下をやって来るナタリーとマシューの姿が見えた。すぐに目を逸らしたが、間に合わなかった――ノースが二人に気づいたのだ。

「まずはあのガキから片付けてやる。よく見ておけ」ノースが苦しそうに息を吸い込んだ。彼はポールを放してテーブルに倒れ込み、ぜいぜいと荒い呼吸を繰り返した。「少佐――」

ポールは唾を呑み、三人の兵士に顔を向けた。「やめろ。少佐、きみは国外の敵であれ国内の敵であれ、あらゆる敵からこの国を護ると誓ったんじゃないか？　私もまさにそのために行動したんだ。三十分ほどまえ、国防長官は私にこう命じたんだよ。コンティニュイティを利用して、何百万人もの市民を殺せとな」

「でまかせを言うな！」

「いいえ、本当のことです」痩せたプログラマーが口を開いた。「ノースはぼくにも同じことを命じました。従う気はありませんでしたが。実は、アクセス・コードは数日まえに判明していたんです。ずっと嘘をついていたんですよ」

ノースが頭を振り、嫌悪感に満ちた目をポールに向けた。「なんて愚かなやつだ。おまえは全員を殺したんだぞ。イマリが来れば、我々はひとり残らず消されてしまうんだからな」

兵士たちがゆっくりとライフルを下ろした。ポールは深いため息をつき、テレンス・ノースが痙攣して床に崩れ、息を引き取るのを見届けた。ポール・ブレンナーが奪った初めての命だ。これが最後になることを願うばかりだった。

穴の空いたオフィスのドアがきしんで開いたのは、ポールがこめかみを揉みながら窓の外を見つめているときだった。

ナタリーが入ってきて、彼の隣に立った。しばらく彼女もビルを囲む軍用車の列を見つめていたが、やがてそっと口を開いた。「私にできることはある？」

「かなり厳しい状況になったよ。ホワイト・ハウスがどう出るかにかかっている。トマス少佐はいまのところおれを支持してくれているし、コンティニュイティ内の海兵隊員は少佐に従うだろうがね。もし政府がこのビルへの全面攻撃を命じたら、そう長くは持ち堪えられないだろう」

「じゃあ……」

「マシューをここから避難させないと。それに、きみにも逃げてもらいたい」

「どうやって？　どこへ逃げればいいの？」

「オーキッド管轄区は安全じゃない。都市部も危険だ。ついでに言えば道路も。ノースカロライナの山中に、祖母がもっている山小屋があるんだ」ポールは道順をペンでなぞった地図を渡した。「二、三人の隊員といっしょに、マシューを連れて一刻も早くここへ行ってくれないか。CDCの貯蔵室にはまだたっぷり物資が残っている。水と食糧を取って――装甲車に積めるだけ積んで――次の騒ぎが起きるまえに出発してほしい」

「だけど、あなたは――」

「失礼、お電話が入ってますよ」ポールの秘書のスーザンが、戸口に寄りかかっていた。

ポールははっとした。電話というと――投降の呼びかけか、それとも、一斉攻撃を宣言されるのだろうか？「誰から……」

「まえの奥様ですって」

不安がたちまち驚きに変わった。

ナタリーのほうがもっと驚いた顔をしていたが。

ポールは指を立てて言った。「そうなんだ。おれの元妻は生きてるんだよ。まあ、もう何年も連絡をとってなかったが」そして、スーザンの方を向いた。「いまは話せないと――」

「重要な用件だそうよ。何だか怯えた声だったわ、ポール」

秘書室へ行き、受話器を取った。どう話しはじめるべきか迷ったが、意を決して口を開いた。「ブレンナーです」思ったよりとげのある声が出てしまった。

「久しぶり、あの、メアリよ。その……いきなり電話してごめんなさい――」

「ああ、メアリ。いまは……ちょっとタイミングが悪いんだ」

「ポール、実は大変なものを見つけたのよ。電波望遠鏡が受信したシグナルなんだけど。規則性があって、何かを伝える信号らしいの」

「何の信号だ？」

会話が終わり、受話器を置くと、ポールは窓の外でビルを警護している兵士たちに目をやった。アトランタから出る必要があった。おそらくこの国からも。もし信号が本物なら、世界の情勢が一変する可能性がある。アトランティス人の陰謀と何か関わりがあると思われたが、どう関係するのかはわからなかった。しかし、このタイミングだ。疫病が終息したとたんに届いたのは、けっして偶然ではないだろう。ポールはオフィスにやって来たその海兵隊員に声をかけた。「少佐、もしここから出られたら、飛行機を用意できるか？」

三時間後、ポールはメアリのオフィスに立ち、彼女の話を呑み込もうとしていた。

「待ってくれ」ポールは手を上げた。「信号はひとつか二つか、どっちなんだ？」

「二つよ」メアリが答えた。「もっとも、同じメッセージを二種類の信号で送った可能性もあるけど——」

「それ以上ひと言も喋るな、メアリ！」メアリの同僚、ジョン・ビショップが彼女の腕に触れ、ポールの方を向いた。「まだ肝心な話をしてない」

「肝心な話？」

「一千万ドルもらいたい」ジョンはそこで一瞬止まった。「いや——一億ドルだ！」そう言うと、人差し指をテーブルに押しつけた。「本気だぞ。一億ドルだ——いますぐ出さないと、このデータを消去しちまうからな」

ポールは困惑してメアリに目を向けた。「酔ってるのか？」

「かなりね」

ポールが海兵隊員に小さく頷くと、彼ともうひとりの隊員が足をばたつかせてわめき散らすジョンを部屋の外へ引きずっていった。

そうして二人きりになると、メアリの表情が変わった。「ポール、来てくれて本当にありがとう。びっくりしたわ。正直なところ、ここから出られれば充分だと思っていたから」

「出られるとも」ポールはスクリーンを指差した。「それで、どういう信号なんだ？」

「ひとつめの信号だけど、これは二進法になっているの。内容は数字だけ——銀河や太陽系の中心部からの距離を使って、地球の位置を示しているわ」

「二つめの信号は？」

「それが、まだわからないのよ。こちらの配列は四つの値で構成されている。ひとつめの信号には二つの値しか出てこなかったけど――0と1、オンとオフよ。もしかすると、二つめの配列は静止画か動画なのかもしれないわ」

「なぜだい？」

「四つの値は、それぞれCMYKを示しているんじゃないかと思うの。シアン、マゼンタ、イエロー、キー・プレートあるいは黒、の四色よ。この方法なら高解像度の画像も正確に送れるわ。映っているのはメッセージかもしれないし、宇宙共通の挨拶かもしれない。そうでなければ、メッセージを送り返す方法を解説しているのかもしれないわね」

「なるほど。あるいは、ウイルスを送りつけてきたのかもな」

「たしかにそうよね。思いつかなかったわ」メアリは唇を噛んだ。「ひとつめの信号の二進法を解読できるなら、私たちには二進法を使うコンピュータ技術があると予想される。だとすれば、CMYKの画像をコンピュータ・ファイルとして保存する可能性も充分にあるわけよね。もし、それがウイルスなら――」

「いや、おれが言ってるのは本物のウイルスだ。DNAウイルスさ。その四つの値はA・T・G・Cを示しているのかもしれない。つまり、アデニン、チミン、グアニン、シトシンだ。DNAを構成する四つの塩基だよ。もしくは、RNAウイルスか。その場合はチミンの部分がウラシルになるな。いずれにせよ、その信号が何かのゲノムの配列を表わしている可能性もあるだろう。一個の生物の配列とか、遺伝子療法の配列とか」

メアリが眉を上げた。「なるほど、そうね。可能性はある。とても……興味深い仮説だわ」

「まあ、彼らのDNAを構成する塩基がおれたちと同じとは限らないが」ポールはゆっくり歩きだし、じっと考えを巡らせた。

メアリがあたりに目をやった。「あなたは……そう考えたから、ここへ来ることにしたの?」

「いや」

「それじゃあ……」

「おれは、このシグナルはアトランティス病と関係があると踏んでいるんだ。ひょっとすると、いままさに始まろうとしている戦いとも」

「え?」メアリが動きを止めた。「まあ」

「ある人に相談する必要がある。この謎を解き明かせるのは、おそらく地球上で彼女ひとりだろう」

「すごいわ。さっそく電話を──」

「衛星電話はすべて繋がらないんだ」

「そうなの？」

「彼女のところへ行くしかない。最後に聞いた話では、彼女はモロッコ北部にいた」

モロッコ北部の沿岸、水深三百七十メートルの地点で、デヴィッド・ヴェイルは金属製のテーブルに坐って壁のパネルの文字を見つめていた。

手術中……

残り時間を示すカウントが一秒刻みに動きつづけている。

03:41:08
03:41:07
03:41:06
03:41:05

だが、デヴィッドの頭にはひたすらひとつの数字が居座っていた。三十九パーセント。ケイトが無事に手術を終えられる確率は、わずか三十九パーセントなのだ。

9

南極大陸——イマリ作戦基地〝プリズム〟

危機管理室に入ってきた分析員は、ドリアンや作戦指揮官とともに坐っているアレスに向かって言った。

「中国から返答がありました」

「それで?」

「こういう内容です。『三峡《さんきょう》ダムを破壊する恐れのある敵とは、それが誰であれ和睦を結べるはずがない。中国の壁はこれまで何世紀にもわたり、侵入を試みる蛮族を跳ね返してきた。今回もまた——』」

アレスが手を上げた。「わかった。今後のために注意しておくが、ひと言〝断わられた〟と言えば充分だ」

「しかし、実際これはチャンスだと思われます。交渉の糸口が——話し合いに応じさせる材料が——見つかったのです。こちらが三峡ダムの占拠を解けば、おそらくは——」

「もういい、黙れ。聞いてるとこっちまでおかしくなる。いいか、我々が求めたのは無条件降伏だ」

分析員が頷いた。「わかりました」

その数分後、同じ分析員が戻ってきた。この度は、彼はアレスと目を合わさず、一枚の紙をドリアンの前のテーブルに置いた。「アメリカからの返答です」

ドリアンが顔を上げたときには、彼はすでに去っていた。その紙を摑んで目を落とすと、単語がひとつだけ記されていた。ドリアンは口の端に笑いを浮かべた。愚かなやつらだ。いや、勇敢な愚か者と言ってやろう。

アレスに紙を渡し、その単語を見せた。

「ナッツ。どういうことだ?」

「有名なことばの引用さ」

アレスがじっと見つめてきた。

ドリアンはにんまりした。珍しくこちらが答えを出し惜しみできる立場になったのだ。少しばかり、アレスに仕返ししてやることにした。「あんたの歴史の知識では、言っても理解できないだろうよ」

「では、その歴史とやらをぜひご教示願おうか。無理な頼みでなければだが」

「ああ、お安いご用だとも。おれたちは味方同士だろ。言うまでもないが、情報はちゃんと教え合うのが鉄則だ。そうだよな？」

アレスは何も言わずにこちらを見ていた。

「つまりだな……第二次大戦中の一九四四年のことだ。バルジの戦いの際に、ベルギーの都市バストーニュにいたアメリカの第一〇一空挺師団が、ドイツの重砲部隊に包囲されてしまったんだ。彼らはドイツ軍の指揮官から降伏勧告を受けた。飢えと疲労に苦しんでいたし、兵器の数でも負けている。とても勝ち目などない状況だ。だが、彼らはひと言こう答えたんだよ。くそ食らえ《ナッツ》！」

アレスは相変わらず黙ってドリアンを見ていたが、その顔には次第に苛立ちの色が広がりはじめていた。

「ドイツ軍は、町を破壊し尽くすほどの勢いで砲弾を放った。だが、それでもアメリカ人たちは持ち堪え、それから一週間ほどでパットンの第三軍と合流することができた。そして、最終的には連合国側が戦争に勝ったんだ」

アレスが奥歯を噛みしめた。「だから何なんだ、ドリアン？」

「つまりやつらは、最後のひとりになるまで戦い抜くつもりだ、と言ってるのさ」

「それならそれでいい」アレスは乱暴な足取りでドアへ向かった。「おまえの種族は実に愚かだな、ドリアン」

そのとおりだ、ドリアンは思った。しかし、勇敢な愚か者だ。ドリアンにとってその違いは重要だった。そしてその瞬間、おかしなことに、彼らの返答を少しだけ誇りに思った。まったく、愚かな《ナッツ》ことだ。

いつしか眠りかけていたドリアンの耳に、危機管理室のけたたましい警報が飛び込んできた。

「敵機です」技術兵のひとりが叫んだ。「百機以上います」

部屋の中央にある大スクリーンが切り替わり、南極大陸とその先にある大西洋の地図を映し出した。イマリの基地を中心に大きな白い輪が広がっており、輪のすぐ外では、明るい緑の点が青い海を背にしていくつも点滅していた。オーキッド同盟の艦隊――アメリカ、イギリス、オーストラリア、日本、中国などの航空母艦や駆逐艦で編制されているのだろう――が、じわじわと輪の白い線に近づいてきているのだ。線を越えた艦はまだないようだが、航空機を表わす小さな黄色い点は刻々と白い大陸に迫っていた。

「船舶はまだレールガンの射程範囲外にいます。航空機はたったいま入りました。戦闘を開始しますか？」

「向こうはあとどれぐらいで攻撃できる？」

「五分です」

「ドローンを出せ」アレスが言った。

ドリアンは彼に顔を向けた。「ドローン？」

「見ていればわかる、ドリアン」

スクリーンの画像が変わった。やや小さめの緑の点が三つ、艦隊を離れて南下し、白い線を越えた。

「駆逐艦三隻が来ます」技術兵はいったん口を閉じ、スクリーンを見まわした。「前面砲列のレールガンで撃てますが」

「駆逐艦の射程にレールガンが入るのは？」

技術兵がキーボードを叩いた。「二十分後か、遅くても三十分後には」

「無視していい」アレスが言った。

その後、誰も口を開かぬまま二分が経過した。ドリアンは室内にみなぎる緊張を感じ取っていた。

艦隊から新たに黄色い点の一群が飛び出した。何百もの点が一斉に射程範囲線を越え、まるで砂時計の砂が落ちるように白い大陸と基地に迫ってくる。

「第二陣の編隊です。三百、いえ、四百機はいます」技術兵の顔に警戒の色が走った。「巡航ミサイルのようです。すぐに――」

「いいから撃つな」

ドリアンはまじまじとアレスを見つめた。いったい何を企んでいるんだ？　レールガンは、航空機は撃墜できてもその発射物を仕留めることはできない。もし第一陣の編隊がミサイルでも放ってしまったら、基地側にできることはほとんど何もなくなるのだ。それに、たとえ最初の爆撃を耐え抜き、敵機を撃ち落としたとしても、レールガンが蓄えられる電力には限りがある——そして、再充電には数時間かかる。撃つならいまだろう。

「ドローンのカメラ映像を見せてくれ」アレスが言った。

大スクリーンの右端に、いくつかの映像がタイルのように並べられた。離れた位置から、アメリカ、インド、イギリスの航空機を撮影しているようだ。カメラ映像が映る枠のうち、三つは真っ暗になっていた。

「ドローン三機が撃墜されたようです」

先頭を飛ぶ敵機のうちの二機が、ミサイルを発射した。

技術兵がアレスとドリアンの方を振り返った。「ミサイルです。標的はレールガンの砲列だと思われます。こちらも——」

アレスが手を上げた。「もういい。ドローンをUターンさせろ。撮影は続行しろよ」そう言うと、彼は部屋の前方へ歩いていき、そこで一同を見まわした。「この戦いを始めたのは彼らだ。我々はそれを終わらせなければならない——できる限り人道的な方法で。強烈な一撃を与え、彼らの戦意を完全に奪うのだ」

ドリアンはアレスの方へ足を踏み出した。〝いったい何の話をしている？〟

アレスが手首の操作装置に触れた。その動作で彼が何をしたのかは、ドローンのカメラ映像が教えてくれた。一瞬で氷に巨大な亀裂が走り、そこから光が噴き出したかと思うと、次の瞬間にはスクリーンの右端に並んだ枠がすべて真っ暗になった。

地図上から、航空機やミサイルを示す数百の黄色い点が消えた。

その地図もチカチカと瞬きはじめ、やがてフリーズした。

それらを目にしたとき、ドリアンはようやく真相に気がついた。あの掘削作業、アレスが埋めさせた装置。彼は南極の周縁の氷を溶かしたのだ。基地からは距離があり、艦隊には近い部分の氷を。それにドローン。写真やビデオを撮らせていた。それを証拠にして、戦争を始めたのはオーキッド同盟で、同盟が洪水を引き起こしたと主張するつもりなのだろう。世界は信じるだろうか？　アレスはどれだけの氷を溶かしたのか？　史上最大規模の大洪水が、いままさに世界を呑み込もうとしているのかもしれない。

〝人道的な方法〟とアレスは表現した。果たして本当にそう言えるのか、ドリアンにはわからなかった。

10

「お腹は空いてませんか？」ミロが訊いた。

「いや、空いてない」デヴィッドはそう答えたが、自分でも実際のところはわからなかった。

ミロが頷いた。

「おまえは行ってくれ」床に視線を落としたまま、虚ろな声で言った。「戻るときに少しもってきてもらえるか。終わったあとケイトが食べたがるかもしれない」

「ええ、もちろん」

ミロがいつ出ていったのか、デヴィッドは思い出せなかった。まばたきをすると、若者はいなくなっていた。自分はいま、適応実験室にある金属製のテーブルの前に坐っている。ミロといっしょにケイトを見つけた実験室だ。おぼろげながらその認識はあった。部屋の真ん中にガラスのタンクが二つそびえており、すぐ傍らの、光が明滅する円筒形の穴のなかにケイトが横たわっていた。この謎めいた船が彼女の手術を行っているのだ。

いつの間にかまた視線が下がり、周囲の景色がかすんでいった。なぜか、残り時間のカウントが一瞬で大きく進んだようだった。

03:14:04

02:52:39

おれはどうしてしまったんだろう？
テーブルに頭を乗せ、ときおり視線を上げてカウントを確かめた。

02:27:28

ミロが戻ってきてテーブルの椅子に坐った。食品の包みが並んでいる。彼が質問をしてきた。そして、また何か訊いた。

02:03:59
01:46:10
01:34:01
01:16:52
00:52:48

00:34:29

ミロは静かに坐っていた。

デヴィッドは椅子を離れ、うろうろと歩きながらカウントを見つめていた。

00:21:38

00:15:19

00:08:55

手術終了

しばらくその文字が点滅したあと、新たな文字がスクリーンに並びはじめた。デヴィッドは深いため息をついて微笑み、飛びついてきたミロを受け止めた。

生存確率——九十三パーセント

術後回復作業を開始

医療的昏睡状態を維持します

所要時間——02:14:00

術後作業があるとは思いもしなかった。何しろ、大昔のアトランティス人の船に恋人の手術をしてもらうのはこれが初めてなのだ。落ち着いたらブログに書かなければ——今後、同じ経験をする人の参考になるように。デヴィッドは口元の笑みを大きくした。有頂天になってついふざけてしまった。集中しなければ。「アルファ、術後作業のあとは何がある?」

「それで作業は完了です」

デヴィッドはイマリ軍の携行食に目をやった。自分が飢え死にしそうなほど空腹だったことに気づいた。手前の包みを摑み取り、包装を破った。「おまえはもう食べたのか?」

「いえ、あなたを待っていました」

デヴィッドは頭を振った。「どんどん食え。腹ぺこだろ」

ミロがラベルも見ずに手近な包みを開け、すぐにスプーンを突き立てて山盛りの携行食を口に詰め込んだ。

「温めなくていいか?」デヴィッドは訊いた。

ミロが嚙むのを中断してもごもごと言った。「あなたは冷たいままでしょう?」

「ああ。だが、おれはむかしの習慣が残ってるだけだ」

「火を使うと敵に見つかるからですか?」

「そうだ。それに犬が嗅ぎつけるからな。冷たいまま素早く食べ、終わったらさっさとゴミを埋めて移動したほうがいいんだ」

「私もあなたと同じように食べたいんです、ミスタ・デヴィッド」

結局、二人とも携行食を二パック平らげた。

デヴィッドはもうカウントを気にしていなかった。先ほどまでとは違い、いまはケイトの生還を信じていた。もっとも、彼女がいつまで生きられるかはわからなかったが。アルファの一度目のスキャンでは、余命は四日から七日と診断されていたのだ。とにかく、彼女といっしょに行けるところまで行くしかない。それに、いまのところこれだけは確かだ。自分はまた彼女と話せるし、彼女を腕に抱くこともできる。

思い出が一気に溢れてきた――手術中は振り返らないようにしていた、数々の出来事が。まるで、これまでは彼女との記憶をひとつ残らず頭から締め出していたかのようだ。インドネシアで初めて出会った日に彼女とした言い合い。その数時間後の救出劇。自分が中国で負った重傷。あのとき彼女がおれを救い、文字通り死の淵から連れ戻してくれたのだ。二人とも相手のためなら自分を犠牲にし、すべてを危険にさらしてきた。愛し合っているからこそだろう。

ふいにデヴィッドは悟った。ここで何をしているにせよ、彼女はいまもおれを護ろうとしているのだ。だが、いったい何から？

円い扉がスライドして開くと、デヴィッドもミロも急いでそちらへ駆け寄った。脇へどいた二人の前に施術台が伸びてきた。

ケイトが目を開け、じっと天井を見つめた。戸惑っているのだろうか……？　だが、デヴィッドとミロの姿を認めたとたん、彼女の表情が変わった。微笑んだのだ。

ミロが、ケイトとデヴィッドのあいだで視線を往復させた。「本当に無事でよかったです、ドクタ・ケイト。私は……そろそろ上に行かなくちゃなりません」そう言うと、彼はお辞儀をして出ていった。

デヴィッドはその若者の勘のよさにつくづく感心させられた。ミロには驚かされっぱなしだ。

ケイトがからだを起こした。さっぱりした顔つきで、鼻血も止まっており、肌つやもよくなっていた。あるものが目に留まった。小さな範囲だが、耳のうしろのあたりの髪がなくなっている。アルファが脳をいじるために剃ったのだろう。

ケイトが素早くそこにブルネットの髪を被せ、剃り跡を隠すように顔を背けた。「どうして私の居場所がわかったの？」

「エネルギーが消費されている部屋を探したんだ」

「頭がいいわね」

「いまごろわかったのか」デヴィッドは硬い施術台に坐り、彼女に腕をまわした。

「怒らないのね」

「ああ」

ケイトが目を細めた。「なぜ？」

「実は、悪い知らせがある」デヴィッドは深く息を吸った。「手術のまえにアルファがきみをスキャンした。きみは神経系の病気を患っている。正確な名前は思い出せないが。余命は……アルファが間違ってるってことも考えられるが、四日から七日だそうだ」

ケイトの表情には、何の変化もなかった。

「知ってたのか？」

彼女が黙ってこちらを見つめた。

デヴィッドは施術台から飛び下り、彼女と向かい合った。「いつから知ってた？」

「それを聞いてどうするの？」

「いつからだ？」

「疫病が終息した翌日よ」

「二週間もまえから知ってたのか？」デヴィッドは叫んだ。

「言えなかったの」そう答えると、ケイトは施術台から滑り下り、二人の距離を縮めた。

「なぜだ？」

「あと数日しか残されてないのよ。知ってしまったら、あなたは毎日苦しむことになるでしょう？　このほうがいいの。ぎりぎりまで知らないほうが。大丈夫よ、あなたは私がいなくなってもちゃんと前へ進めるわ」

「前へ進みたいとは思わないね」

「努力するのよ。あなたのだめなところだわ、デヴィッド。何か悪いことが起きると、すぐに立ち止まってしまう――」

「きみに何が起きてるんだ？」デヴィッドはタンクを指差した。「こいつは何だ？　なぜきみは死にかけてる？」

ケイトは床に目を落とした。「いろいろと入り組んだ話なのよ」

「かまわない。聞きたいんだ――何もかも、初めから」

「話しても何も変わらないわよ」

「おれにはそれぐらいしてもいいはずだろ。さあ、聞かせてくれ」

「わかったわ。私は、一九一七年に母の胎内に宿った。でも、母はスペイン風邪の大流行で翌年に死んでしまった。父がジブラルタル湾に埋まっていたアトランティスの船を発掘したときに、意図せず病原体を解き放ってしまったのが原因よ。そして、私は父の手でチューブに入れられ、一九七八年に誕生するまでそのなかに留まることになった。これは数週間まえにわかったことだけど、そのチューブは、万一アトランティス人科学者たちが不慮の死を遂げた場合に彼らを復活させるためのものだった」

「きみは、その科学者のひとりなんだよな」

「そうとも言えるわ。生物学的には、私はパトリック・ピアースとヘレナ・バートンの子どもよ。でも、私のなかにはアトランティスの調査隊だった科学者の記憶がある。完全ではない記憶が。これまで知らなかったけど、ヤヌスは――」

「アトランティスの調査隊の片割れだな」

「ええ。ヤヌスは、パートナーの記憶の一部を抜き取っていたの。私が与えられた記憶は不完全なものだったのよ。そのパートナーはアレスに殺された」

「もうひとりのアトランティス人か」

ケイトが頷いた。「軍人よ。壊滅した故郷の星から逃げてきた男。一万二千五百年まえ、彼はジブラルタルの海岸で科学者たちの船を――つまりこの船を――破壊しようとした。結果的にはほとんど二つに割れただけだったけど。そしてヤヌスは、ジブラルタル海峡のモロッコ側にある断片に閉じ込められてしまった。彼はどうにかしてパートナーを復活させようとした。ただ、彼には秘密があったの。私も一週間まえまでは知らなかったことよ」

「それは？」

「ヤヌスは、記憶の一部を抜いた状態で彼女を蘇らせようとしたのよ」

「つまり、復活データが損傷してたってことか」

「ええ。抜かれた記憶は、彼女が行った何かに関するものだと思う。彼女はアトランティスの星で何かをしたのよ。あるいは調査活動中のことかもしれないけど」

「なぜ彼はその記憶をパートナーから隠そうとした？」

「きっとその何かは、彼女の心に二度と癒えない傷を負わせて、彼女を変えてしまうような出来事だったんだと思うわ」

「ところで、きみは最近になるまで記憶の存在を知らなかったんだよな？　なぜいまになってこんなことに？」

「たぶん、これまでも彼女の記憶は私のなかで働きつづけていたの。私を駆り立てて、数々の決断を左右してきたのよ。自閉症の研究者になると決めたこと、アトランティス遺伝子を突き止めようとしたこと——何もかも、無意識の領域にある彼女の記憶が影響したと考えれば納得がいくわ。ただ、今回アトランティス病が起きたことで、この無意識の記憶が活性化しはじめたのだと思う。私が記憶を見られるようになったのは、流行が最終段階に入ってからだもの」

デヴィッドは頷き、先を続けるように促した。

「アトランティス人は老化を進める遺伝子群を特定できていて、深宇宙の調査員はこの遺伝子群が働かないようになっている。彼らは標準年齢のまま歳をとらないわ。復活作業は、本来ならまず胎児をつくり、そこに記憶を移植して標準年齢まで——いまの私ぐらいの年齢よ——成長させるという過程を踏むはずだった」

「そうすれば、チューブを出てすぐに同じ状態から再スタートできるというわけだな」デヴィッドは言った。

「そうよ。でも、私の場合はそうならなかった。私は母の肉体に閉じ込められた胎児だったから。アトランティス人の記憶——ヤヌスが一部を抜き取った記憶——は移植されたけど、チューブのなかで標準年齢まで成長することができなかった。私は人間として生まれ、人間として育った。そして、私自身の記憶を蓄積していった」ケイトが微笑んだ。「あなたとの記憶とかね。そんなとき、アトランティス病が発生した。たぶん、あの放射線が復活作業を再開させる引き金になったんだと思う。進化を促されたということかもしれないわ。とにかく、再開した復活作業はいまも私の記憶を上書きしようとしているけど、うまくいっていない。実は、復活作業には安全対策が施されているの。もし脳に損傷があったり、正常な復活ができなかったりした場合、チューブは生体を分解して材料を再利用することになっているのよ。一からやり直すということね」

「だが、きみはチューブに入ってないだろ」

「たしかにそうね。でも、頭に組み込まれた復活作業でも同じことが起きるのよ。私の脳、とくに側頭葉は、あと数日で停止してしまう——四日から七日で。そしたら心臓も止まって、私は死を迎えるわ」

「また復活しないのか？」

「しないわ。この船にあるチューブはぜんぶ破壊されたから」

デヴィッドの頭に、自分がここで復活したときの光景が蘇った。ここにあった四本のチューブは、すべて粉々に割れて白い塵の山になったのだ。

「それでよかったのよ。たとえ復活して、いまの年齢まで成長しても、記憶や神経の状態は変わらないわ。同じ結果が待っているだけ。無限に死を繰り返すことになるのよ」

「煉獄に閉じ込められるのか。あの南極のアトランティス人たちのように」

ケイトが頷いた。「このほうがいい。ここで死んで、二度と目覚めないほうが。とても安らかな死だわ」

「安らかなもんか」

「私にできることは何もないのよ」

「じゃあ、なぜこんなことを？」デヴィッドはガラスのタンクを指差した。

「移植されなかった記憶を探していたの。それが手に入れば、自分の状態を修復できるかもしれないと思って」

デヴィッドは彼女を見つめた。「結果は？」

「どこにもなかったわ。きっとヤヌスが消してしまったのね。方法はわからないけど――復活データは、厳格な規定のもとで管理されているはずなのよ。もしかすると、船が壊れたときにコンピュータの基幹部も損傷を受けたのかもしれない。いくつかエラーのある記憶データも見つかったし。実は、アトランティスの星を破壊した敵についても何か手がかりがないか探していたのよ。いつかこの地球にもやって来る敵だから。それを調べることが、残された時間で私にできる最善のことだと思うわ」

「それは違う」

「あなたは私にどうしてほしいの？」

「ここを出よう」

「無理よ――」

「きみがこんな場所で死ぬのを見ているつもりはない。実験室で、モルモットか何かみたいにタンクに浮かんだまま死ぬなんて。きみはおれとここを出て――」

「できないわ」

「できる。聞いてくれ、おれはノースカロライナの小さな農場で育った。中世ヨーロッパ史の博士号をとる直前までいき、射撃がかなりうまい。おれという人間を要約するとそんなもんだ。この問題はおれの手に負える代物じゃないし、解決法なんてわかるはずもない。だが、たとえ何が待っていようと最後まで歩きつづけるつもりだ――きみといっしょならな。きみを愛している。もっと言えば、おれがこの世で愛せるのはきみだけだ。ここを出よう。おれが面倒をみる。きみは人間らしい最期を迎えるんだ。残された時間を楽しんで、一日一日を精いっぱい生きるんだよ」

「でも……」

「何をためらうことがある？」

ケイトが歩きだし、そばから離れていった。「ここを逃げ出して、徐々に弱って死ぬのを待つのはいやなの。私は闘いたいのよ。行けるところまで行って、人を助けるためにできるだけのことをしたい。それを目指して科学者になったんですもの。これまでそのために生きてきたのに、最後の数日間の安らぎと引き替えに自分を変えるなんてできないわ。私はここで最後の時間を過ごしたいの」

「尊厳をもって死にたいとは思わないのか？　二人で最後の時間を過ごしたいとは？」

「もちろん、そうしたいとも思うわ」

「きみのためを思って、無理矢理ここから引きずり出すこともできるんだぞ」

ケイトが微笑んだ。「あなたが言っても怖くないわね」

デヴィッドも思わず頭を振って笑みを浮かべた。「おれが訓練された殺人者だってことを忘れてないか？」

「怖いのは、訓練されてない殺人者のほうよ」

意に反し、デヴィッドは声を上げて笑ってしまった。「まいったな。わかったよ、とにかく検討してみてほしいんだ――ここを出ることを。イマリは負けた。疫病も治った。きみは充分に貢献しただろう。ひと晩寝て考えてくれ。朝になったらまた話そう。できればいっしょに出ていきたいがな」

デヴィッドはドアに向かった。

「どこへ行くの？」

「少し外の空気を吸いたいんだ」

11

ポールは飛行機の窓からひたすら空模様を観察していた。これはハリケーンなのか、それともただの激しい嵐なのか。初めは土砂降りの雨だけだったのが、やがて猛烈な風がひっきりなしに水の塊をぶつけてくるようになり、機体を押し下げてエンジンに絡みつき、彼やメアリや、三人の兵士を揺さぶった。

機体がまた傾いたかと思うとがくんと落ち、ポールの腰にシートベルトが食い込んだ。メアリがこちらの手に触れ、きつく握り締めてくるのを感じた。果たしてモロッコまで辿り着けるのか、ポールは不安を感じていた。

モロッコ北部沿岸　水深三百七十メートル——アルファ・ランダー

ケイトがひとりきりの時間を欲したように、いまはデヴィッドにもそれが必要だった。なるべく何も考えないようにし、重い足取りで船の細い廊下を進んだ。エレヴェータに乗って階上に昇り、じめじめとした真っ暗なトンネルに出て地上を目指した。意志とは裏腹に、気づくと頭は目の前の決断のことでいっぱいになっていた。残るのか、去るのか。決めるのはケイトだし、たとえどちらになっても最後まで彼女のそばにいる。その点ははっきりしていた。

だが、できればこんな場所が終焉の地であってほしくなかった——こんなに冷え冷えとした、薄暗い異星人の船が。デヴィッドの実家で、二人いっしょに暖炉の前に坐っている姿を想像した。デヴィッドは読書をし、ケイトは彼の腕のなかでうたた寝をしている。朝は日が高くなるまでぐっすり眠り、目覚めたあとも、誰にも何にも邪魔されずにのんびりと時を過ごす。世界のことなどすべて忘れて。二人には、その資格があるはずだった。それだけのことはしてきただろう。

小さな星の光がトンネルの円い闇に穴を空け、やがてデヴィッドは月明かりに照らされた外へ出た。補給物資の箱がパレットに積まれており、箱のいくつかはデヴィッドやミロが携行食を選んで取り出したときに開封されていた。モロッコ北部を支配しているベルベル人たちは、物資が不足しないよう常に気を配ってくれていた。デヴィッドがイマリのセウタ基地の制圧に協力したので、恩義を感じているのだ。向こうの方に明るく輝く巨大な基地が見えた。防衛線を見張る監視塔のライトがきらきらと瞬き、その先では司令部の建物や兵舎が煌々と明かりを灯している。

頭上の月明かりと基地のまばゆい光のせいで、いちばん奥の箱の陰に坐っているミロを見落としそうになった。

若者はあぐらをかいて目をつぶっていた。眠っているのかと思ったが、ほどなくしてその目がゆっくりと開き、彼が大きく息を吸い込んだ。

「少し寝たほうがいいぞ、ミロ」

「そうしたいんですが、頭が言うことを聞いてくれないんです」彼が立ち上がった。「ドクタ・ケイトはどうですか？　治るのでしょうか？」

「どうだろうな……」

「私にもちゃんと教えて下さい」

「彼女自身は、もう治らないと言ってる。アルファの診断は正しいと」

ミロが顔を背けた。「あなたにできることは何もないんですか？」

「ときには、何もできず、ただ残された時間を楽しむしかない場合もあるんだ。それはけっして悪いことじゃない」

それからはどちらも口を開かなかった。二人で仰向けに寝そべり、黙って夜空の星を見つめていた。

一時間ほど経っただろうか。もっとかもしれない。いつの間にかデヴィッドは時間の感覚を失っていた。うっすらと目を覚ましたのは、ミロが沈黙を破ったからだった。「ずっとここにいるつもりですか？」

「できれば出たい」

「出てどこへ？」

「アメリカだ」

「あなたの故郷ですね」

「ああ、そうだ。ノースカロライナだよ。おれが育った土地さ。もし彼女が行くと言えばだが」

「私もアメリカを見てみたいです」ミロが遠くに目を向けた。「そのために英語を勉強したんですから」

「ああ、ぜひ行くといい」

ふいに鋭い音がした。誰かが枝を踏んだような音。眠気を振り払って耳を澄ましたが、もう何も聞こえなかった。

「ミロ、まだ無線はもってるか？」デヴィッドはささやいた。

「はい」彼が腰を叩いてみせた。

「下へ降りてろ。おれが呼ぶまで出てくるな」

目を細め、それからひとつ頷くと、ミロは山腹の空き地から暗いトンネルへそっと戻っていった。

デヴィッドはいちばん手前に積まれた箱の陰に隠れ、拳銃を握った。足音は止まっているが、誰かがまだそこにいた。感じるのだ。

二人の寝室に辿り着くころには、ケイトはくたくたになっていた。それが手術による消耗のせいなのか、連日の実験のせいなのかはわからなかったが。あるいは、ずっとデヴィッドに隠し事をしていたことや、それをついに打ち明けたという安堵感が原因なのかもしれない。ぐったりとベッドに坐り込んだ。傍らの枕とシーツに血の筋が滲んでいた。ゆっくり枕カバーやシーツを引き剝がすと、向かいの船室のベッドにそれを放り、新しいシーツを敷いた。

枕に頭を沈めたとたん、ケイトは眠りに落ちていた。

目を開けるまえから、ケイトはベッドが空っぽであることに気づいていた。船員居住区の狭いベッドは二人用にできていないし、デヴィッドといっしょならもっと暖かく眠れるのだ。それでも、手を伸ばして彼がいるはずの冷たい場所に触れてみた。

その瞬間、ケイトは決心した。

最後の日々はデヴィッドと過ごそう。彼の望む場所で。それは彼のためであり、同じぐらい自分のためでもあった。

また目を閉じた。やがて、心地のいい眠りがやって来た。こんなに穏やかな気持ちで眠るのは……いったいいつ以来だろう。


待つのは拙《まず》い作戦だ。デヴィッドは、木立に潜む者がこちらのおおよその位置を摑んでおり、かつ、ひとりではないと仮定した。

隣の物資の箱まで一気に走ろうとしたときだった。力強い声が夜空に響いた。知っている声だ。「まだ勘が鈍っていないようで安心したぞ」

立ち上がると、ベルベル人の族長であり、現在のセウタ基地を支配しているソニアの姿があった。彼女はどこか愉快そうな顔で木立から出てきた。

「何もそんなふうにこっそり来ることはないだろう」

「おまえと同じで、不意打ちが好きなんだ」

デヴィッドは笑みを浮かべた。彼女は、デヴィッドが奇襲攻撃によってイマリの基地を制圧したことを言っているのだ――彼女とその部族の助けがあってできたことなのだが。

デヴィッドは物資の箱を示して言った。「ちょっと運ばせすぎたんじゃないか？」

ソニアの顔からいたずらっぽい笑みが消えた。「これから起きることを考えれば、そんなことはない」

デヴィッドは基地に目をやった。たしかに、いつもより夜警のライトが多い。攻撃を警戒しているのだ。

「いつだ？」

「数日以内だろう。明日でもおかしくない。スパイの情報が正しければ、イマリは世界規模の反撃を企てている。全大陸を巻き込む戦いだ」

「なぜそんなことができる？　イマリは壊滅したとばかり思っていたが」

「残った軍を強化したようだ。それに、新たな信奉者も集まっている。彼らはすでに世界中の発電所や食糧庫を占拠しはじめているんだ」

「冗談だろ」

「世界が以前の状態に戻るのを嫌う者は多い。彼らにとって、イマリの代案や世界観は魅力的に映るのだろう」

デヴィッドは改めて基地を見渡した。「護りを強化しているわけではないようだな。ということは、攻撃を仕掛けるつもりか」

ソニアが頷いた。「イマリは山岳地帯に移動している。高地に拠点を構えて戦いを引き延ばそうとしているのだ。スペインは、彼らを海へ追い込み、こちらのレールガンの射程範囲に入れる計画を立てている。我々がとどめを刺して降伏させるんだ——ただし、それも基地を固守できればの話だが」

デヴィッドは頷いた。「いい作戦だ」

「これはもっと大きな計画の一部にすぎない。オーキッド同盟は最終攻撃の準備をしているのだ——イマリを完全に消滅させるためにな」彼女が滑走路で待機している飛行機を指差した。「私は夜が明けたらアメリカに飛ぶ。北アフリカの代表として参加するんだ」

「参加するって?」

「世界軍事戦略会議にだ」

だんだんと話の流れが見えてきた。「おめでとう」そう告げると、デヴィッドはくるりと踵《きびす》を返した。

「できれば……」

「あんたが留守のあいだ、おれにセウタを任せたいと言うんだろ?」

「それで命を救えるんだ——もう一度な」

デヴィッドは、船に続く暗いトンネルから視線を逸らさなかった。ケイトへと続くトンネルから。「無理だ」

「例の女性か。おまえがここへ助けにきた」

「ああ。病気なんだ。おれがそばにいないと」

「愛する者が苦しむ姿を見ることほど、つらい拷問はない。もしここに残るなら、物資を下に運んだほうがいいぞ。戦闘がいつまで続くかわからないからな」

「実は、最後の時間をアメリカで過ごそうかと考えていたんだ」デヴィッドは滑走路を振り返り、あのときマルタからセウタまで乗ってきた飛行機に目をやった。「だが、あんたが使うなら」

ソニアが微笑んだ。「いっしょに乗ってくれ。おまえが我々にしてくれたことを思えば、礼にもならないが」

「助かるよ」

降りはじめた雨のなか、二人は遠くを見つめていた。雨脚は一秒ごとに強くなっていくようだった。

「かなり降りそうだな」デヴィッドは言った。

ソニアが、何かを聞きつけたように素早く顔の向きを変えた。

デヴィッドもすぐに防御姿勢をとり、彼女の方へ近寄った。

彼女がイアフォンを指で押した。「航空機だ。アメリカの軍用輸送機が着陸許可を求めている。乗っているのは、ドクタ・ポール・ブレンナーと名乗る男だ。ドクタ・ワーナーと話したい、彼女が身元を保証してくれる、と言っている」

デヴィッドはどうするべきか迷った。ポール・ブレンナーには直接会ったことがないので、彼の身元を確認しようがなかった。目前に戦いが迫っていることを考えれば、イマリが彼の名を騙《かた》っていても不思議はないだろう。そうしてレールガンの防衛網をすり抜け、基地を攻撃するのかもしれない。「その男に、ドクタ・ワーナーがどうやって疫病を治したか訊いてくれ」

ほどなくして、ソニアがブレンナーの返答を伝えた。「その質問はひっかけだと言っている。彼は知らないそうだ。わかるのは、彼女がマルタで何かを見つけ、治療法をコンティニュイティの彼のもとへ送ってきたということのみ。自分も彼女に同じ質問をしたい、という話だ」

「それがここへ来た目的なのか確かめてくれ」

「そうではないらしい」ソニアが答えた。「電波望遠鏡の信号のことで用事があるそうだ。ジブラルタルや南極で見つかったものと関係があるかもしれない、と言っている」

デヴィッドは眉根を寄せた。降りしきる雨はすでに土砂降りになっていた。

「追い返すか？」

「いや」デヴィッドは言った。「着陸させてくれ。ただし監視付きでだ。何人かで見張ってここまで連れてきてほしい。だが、なかへは入れないでくれ」理由は定かでないが、船内には誰も立ち入らせないほうがいいと感じていた。「おれがケイトを連れてくる」

12

モロッコ北部沿岸　水深三百七十メートル――アルファ・ランダー

寝室へ入るとき、デヴィッドは精いっぱい足音を忍ばせていたのだが、すぐにそんな気遣いは無用だったことを知った。

デヴィッドは小さなテーブルの椅子に坐ってベッドにからだを向けていた。「起きてるんだろ」

ケイトが起き上がった。「どうしていつもばれちゃうの？」

「口元が笑ってるからさ。私、隠し事をしてます、って顔でな。きみがスパイになったら大変だ」

ケイトはもう何秒か、デヴィッドが大好きなその愛らしい笑顔を見せてくれた。やがてそれが消えたとき、デヴィッドは室内の空気がひとつ残らず吸い取られたような息苦しさを感じた。

「決めたわ」

デヴィッドは思わず目を伏せた。

「ノースカロライナに行ってみたい。きっといいところでしょうね」

「ああ、もちろんだ。それに、あそこでなら幸せに過ごせる」

「ええ、そうだと思う。自分に残された時間があまりないと知って、悟ったことがあるの。私にとって大切なものは何なのか。それはあなたよ。ただ……二つだけ、お願いしたいことがある」

みぞおちのあたりがちくりと痛んだ。「続けてくれ」

「ひとつは、私の研究所から連れ去られた二人の少年のこと。イマリがマルベーリャの管轄区に攻め込んできたときに、スペイン人の夫婦のもとへ残してきたでしょ。私が……いなくなったら、あの子たちを探してほしいの。安全に不自由なく暮らしているか、あなたに確かめてもらいたい」

「わかった、そうするよ。二つめは？」

ケイトからすべて聞き終えると、デヴィッドは静かに彼女を見つめた。「難しい注文だな」

「断わられても無理ないと思う」

「引き受けるさ。ちゃんとやるよ、たとえ命を落とすことになっても」

「そうならないよう願ってるわ」

あの飛行と着陸を経験したポールにとっては、モロッコ山中をジープで移動するなどピクニックをしているようなものだった。彼はメアリと並んで後部座席に収まっており、前の座席にはモロッコ人の警備兵が二人坐っていた。彼らはポールに同行してきた兵士を機内で待たせ、ジープに乗ってからは、第二次大戦の遺物のようなライフルを手にしたひとりが絶えずうしろのポールたちを見張っていた。その男の姿は、この激しい雨や荒っぽい運転よりもよほどポールの神経をまいらせた。

遠方で、耳をつんざくような雷鳴が轟いた。

振り返ったが、視界はほとんど雨に塗りつぶされていた。が、わずかに垣間見えたその光景に、ポールは凍りついた。六メートルはあろうかという高波が海からせり上がり、岸に広がる軍事基地に襲いかかっていたのだ。そして、また一波。その波は何かを運んでいた。ポールは目を凝らした。あれは……クルーズ客船か？　浜辺で波に洗われるプラスティックの玩具のように、高波の頂でひっくり返っている。船は基地に激突して転げまわり、下敷きになったものをすべてすり潰していった。

ポールの口のなかが乾いていった。

未舗装の山道に水が流れ込み、ジープが横滑りするのを感じた。斜面を登るタイヤが摩擦力を失いかけているのだ。

「スピードを落とせ！」ポールは叫んだ。

兵士がこちらにライフルを向けて何かわめいた。

運転手はさらにアクセルを踏み込んでいる。ポールはシートベルトをするようメアリに合図した。ジープが波にさらわれて泥道を外れたのは、その数秒後のことだった。

「何が決め手だったんだ？」デヴィッドは訊いた。

「そうね……」ケイトがシャツを脱いだ。「残された時間を楽しもう、という部分かもしれないわ」

デヴィッドがキスをすると、ケイトがシャツに手を伸ばしてきた。

「あなたは説得が上手だもの」

「まあな……」自分でシャツを脱ごうとしたところで、デヴィッドははたと手を止めた。

「待った。忘れるところだった。ポール・ブレンナーが来てるんだ」

「え？」

「ああ、理由はおれにもわからない。とにかく上へ行って話を――」

いきなり船が揺れ、デヴィッドは部屋の反対側の隔壁まで投げ飛ばされた。続いてケイトもデヴィッドの上に飛んできた。

彼女がすぐさまデヴィッドの頭を摑み、出血がないかどうか探りはじめた。

デヴィッドは目を見開き、頭をひと振りした。ぼやけていた音と感覚が引き締まり、集中力が戻ってきた。「大丈夫だ」

「船に爆発物が当たったのよ」ケイトが言った。

「何だって？　なぜそんなことが――」

「神経移植をしたからよ」

ふたたび揺れに襲われたが、今回は心構えができていた。片手で壁に取り付けられたデスクを摑み、もう片方の手でケイトを支えた。

「地震じゃないのか？」デヴィッドは轟音に負けないよう声を張り上げた。

「いいえ。たぶん、イギリスが海峡に仕掛けた機雷だわ。何かが原因で海底まで引きずり下ろされたのよ」

またもや船が揺さぶられた。今回は一段と激しい揺れだった。

「船が壊れかけているわ」ケイトが言った。「アルファが応答しない」

「行こう」彼女を引いて立たせると、ふらつく足に力を込め、出口を目指して暗い廊下を進みはじめた。

出血している傷口を確かめようと、ポールはメアリの顔にかかる髪を払った。彼女の目が開き、とっさにポールは身を退いた。

「大丈夫よ」そう言うと、彼女は空っぽの前の座席を覗いた。「警備兵が」

「いない。投げ出されたんだ」

ポールがシートベルトを外し、続いてメアリのベルトに取りかかっているあいだにも、床にはどんどん水が流れ込んでいた。

「これは何なの、ポール？」

「わからない」

「ハリケーン？」

「たぶんな」その嘘で彼女が安心してくれればと思った。

だが、メアリの顔を見れば信じていないことはすぐにわかった。それに、二人が結婚していたころの何かを思い出しているということも。

「行こう、高いところへ避難するんだ」

メアリがラップトップのバッグを摑んだ。

「置いていけ、メアリ」

「だめよ――」

「どうせずぶ濡れになる。邪魔になるだけだ。さあ、行くぞ」

彼女をジープから引っぱり出して泥道に降ろした。とたんに風と雨の壁に突き倒され、二人とも二度ほど泥のなかを転がったところでようやく停止した。

立ち上がったポールは、そこで初めて眼下に広がる破壊の全容を見て取った。つい先ほどまではセウタがあった場所の。

メアリの顔に浮かんだ表情を見た瞬間、ポールは腹を据えた。彼女の手を摑んで振り向かせ、大声で言った。「走れ！」

13

爆発の間隔はだいぶ開いてきたが、デヴィッドとケイトは気を抜かずに注意深く走っていた。

「何が原因だろう？」デヴィッドは訊いた。

「津波なら、機雷を船まで押し流してくる可能性はあるわ」

ソニアとの会話を思い出した。津波——イマリが世界規模の攻撃を企てているという、まさにそのタイミングで？　偶然であるはずがない。「アレスとドリアンの仕業だ」

「どうやって津波を起こすの？」

「南極の氷さ。やつらが溶かしたんだ。あっちの船には何か兵器があるのか？」

「ないわ。いいえ、待って。緊急時に小惑星や彗星を破壊するための機雷があるはずよ」

「それで氷を溶かすことは？」

「もちろんできるわ。彗星はほとんど氷だから」

「なぜそんなことを知ってるんだ？」

ケイトが速度を緩めた。「私は知らないわ」彼女は少し考え、こう言った。「彼女が知っていたから、私も知っているの。何だかおかしな感じね」彗星の話は、ごく自然に彼女の口から出てきた――まるで自分自身の記憶であるかのように。少しまえ、疫病の治療法を見つけたときは、彼女はもっぱら研究に関する記憶を引き出そうとしていた。アトランティス人科学者としての知識を思い出す必要があったからだ。

「急ごう」デヴィッドは言った。

二人は廊下を駆け抜け、ときおり爆発が起きると足を止めて隔壁にしがみついた。地上に出たところで、デヴィッドは即座に状況の深刻さを感じ取った。すでに朝日が昇っている時刻のはずだが、あたりは真っ暗と言えるほどの闇に閉ざされており、かといって星もどこにも見当たらなかった。破壊の音が溢れていた――波が下方の岩を砕き、どこかで建物が崩れ落ち、空に轟く雷鳴がデヴィッドの胸まで震わせた。

二人ともしばしその場に立ち尽くしていた。激しく叩きつける雨が体温を奪っていく。嵐の音に掻き消されないよう、ケイトの方へ顔を寄せて叫んだ。「下に戻れ。おれもすぐに行く」

空き地を走り抜け、物資の箱の脇を通り過ぎた。山麓の、海抜が低い地帯を見下ろすと、瓦礫と化したセウタの要塞にさらに波が襲いかかっていた。

基地はほぼ完全に水没していた。頭を突き出している建物も二、三あるが、それらも急速に崩れつつある。

移動手段になるはずだったジェット機も、やはり水底に沈んでしまった滑走路から百メートルほど外れた場所でひっくり返っていた。

目が開けられないほどの猛烈な雨のなか、デヴィッドはどうにか雨粒を避けようと顔の向きを変えた。

視界の隅で動くものがあった。ミロとソニアだ。こちらへ駆け寄ってきた二人とともに、空き地を囲む木立に逃げ込んだ。風がにわかに勢いを増しており、木にしがみついて足を踏ん張らなければ飛ばされてしまいそうなほどだった。

「あなたを探しに上に出てきたんです」ミロが叫んだ。

「賢明な判断だ」デヴィッドは答えた。「よくやったぞ」

ソニアがデヴィッドの耳元に顔を寄せて言った。「どうやら我々は敵を見くびっていたようだな」

「ああ、かなり甘く見ていた」

背後から何か聞こえた。まるで、周囲の音や空気を残らず吸い込もうとしているかのような低いうなり。雨がやみかけている。振り返ったデヴィッドの目が、それを捉えた。暗闇の向こうで海が盛り上がり、巨大な水の壁となってこちらに迫ってくるのだ。それはこの山を呑み込み、すべてを――そして、あらゆる者を――押し流してしまうほどの大波だった。


ポールは、冷たい水が徐々にその嵩《かさ》を増し、あたかも彼とメアリの死を予告するカウントダウンのように脚を上ってくるのを感じていた。

先を急ごうと必死に足を動かしたが、どうがんばっても、山の湖の浅瀬で水中エアロビクスに励んでいるような動きにしかならなかった。

うしろのメアリは限界が近づいているようだった。

「ちょっと休ませて」そう言うと、腰を屈めて深呼吸を繰り返した。

ポールは山頂までの距離を目で測った。二百、いや、三百メートルぐらいか？

雨がやみかけていた。この特大の嵐もそろそろ終わるのかもしれない。もっとも、水はまだ脚を這い上がってきているが――もうすぐ膝まで届きそうだ。もし最終的にこの水位で落ち着くなら、あるいは陸まで泳げるかもしれなかった。途中、木の突端やセウタからの漂流物に摑まって休憩をとれば、何とかなるだろう。

だが、もし水が山頂まで達するようなら、何か見つけて筏《いかだ》を作り、もっと内陸へ移動して陸地を探すしかなかった。と言っても、新たな海岸線がどの辺にできるのかはわからない。何キロ、いや、何百キロも先という可能性だってあるだろう。

尾根の向こうから何か聞こえた——地球が深々と息を吸い込むような音。強い風が吹き下りて海の方へ流れていくのを感じた。

「行こう」メアリの手を取ると、すでに膝まで来ている水を懸命に押し分け、彼女を尾根の方へ引いていった。だが、そこで海から迫ってくる水の壁を目にしたとき、ポールにできるのはせめて後退しないように立ち止まることだけだった。

メアリは一瞬手を離そうとしたようだったが、すぐにいっそう強くこちらの手を握ってきた。

ポールは山から谷へと視線を下ろした——すでに水に沈んだ一帯へ。あそこまで急いで戻って、水中で何かにしがみついてやり過ごすか？　それで助かるだろうか？　まるで見当がつかない。

あるいは山頂まで走るか。しかし、もし波がそこまで到達したら……。

覚悟を決めた。

メアリの手を強く引くと、彼女は何も言わずに精いっぱい急いでついてきた。

足に力を込め直し、ひたすら前へ進んだ。彼女が弱ってきているのを感じたが、それはポールも同じだった。

とうとうメアリが水のなかに倒れ込んでしまった。ポールはその手を引いて立たせた。「止まっちゃだめだ」そう言うと彼女の肩を抱き、また水を蹴って歩きはじめた彼女を半分持ち上げるようにして進んだ。

前方で森が途切れ、空き地が広がっているのが見えた。まだ山頂ではないが、しかし……。

いくつか動く人影が見えた。山肌に露出した岩壁の方へ向かっている。

「助けてくれ！」ポールは叫んだ。手を離したとたんにメアリが崩れ落ち、水中で四つん這いになった。夢中で前へ出て、両手を大きく振った。「おーい！」

人影が立ち止まり、そのうちの二つがこちらへ走ってきた。驚くほどの速さで水中を突っ切ってくる。男性は背が高く、百九十センチはありそうで、体格もがっしりしていた。おそらく兵士だろう。女性のほうも同様の印象だったが、からだつきはほっそりしており、肌は褐色だった。

こちらの腹に肩を押し当てたかと思うと、兵士があっという間にポールを担ぎ、両脚を抱えて空き地へ引き返しはじめた。ポールの重さが加わっても、速度はほとんど落ちなかった。見ると女性も同じようにメアリを担ぎ、すぐあとに続いていた。

空き地では、短い黒髪の痩せたアジア人の若者が、パレットにうずたかく積まれた箱からせっせと何かの包みを取り出していた。

「行くぞ、ミロ」男が叫んだ。

彼がポールを下ろし、女性もメアリを肩から下ろした。と、その救助者たちがまっすぐ岩壁めがけて走りだし……ふいに消えた。

アジア人の若者が岩のすぐ手前で足を止め、こちらに頷いた。「行きましょう」そう言うと、彼もやはりその壁を通り抜けた。

ポールとメアリも急いであとを追い、そのまま壁に飛び込んだ。どうやらこれはホログラムのようなものらしい。

なかは真っ暗だったが、トンネルのずっと奥にひとつだけ、小さな黄色い明かりが灯っていた。列車のテールライトが遠くで光っているようにも見える。

「さあ、早く！」前方で誰かが呼んだ。

ポールはまたメアリの手を握り、疲れた脚を引きずるようにして暗闇を進んだ。

波は、凄まじい轟音とともに山に激突した。まるで発砲直後の銃身のなかにでもいるようだった。ポールもメアリもその衝撃で左手の壁に叩きつけられ、地面に転がった。とたんに水が覆い被さってきた。このトンネルは地中に向かって下り坂になっている。すぐに水が溜まって……。

ふたたび誰かの手を感じ、からだが浮いたと思うと、宙を飛んでトンネルを下りはじめていた。あの兵士が運んでくれているのだ。

黄色いライトがみるみる明るさを増し、水しぶきの音が一段と激しくなったころ、ドアが左右に開くのが見えた。五人はトンネルを抜けて、エレヴェータのようなものに乗っていた。男がパネルをいじってすぐにドアを閉めた。床にはまだ一メートルほど水が溜まっていたが、彼はまるで気にしていないようだった。ライトがチカチカと瞬き、エレヴェータが何度か震えた。ひょっとして停電でもするのだろうか。

ポールは壁にもたれ、怪我がないかどうか自分のからだを点検した。どこもかしこも傷だらけだった。筋肉もずきずきとうずいている。これでは、どこに問題があるのか特定することさえできない。

「ポール・ブレンナーです」誰に言うともなく、自己紹介をした。

「だろうと思っていた」兵士が答えた。「デヴィッド・ヴェイルだ」

「助けてくれてありがとう……これで二度目だな」

「気にしなくていい」彼は足元の水を見つめていた。「自分の仕事をしたまでだ」

若者が微笑みかけてきた。「私はミロといいます」

エレヴェータのドアが開き、水が乾いた廊下に流れ出した。そして、そこにひとりの女性が立っていた。彼女を知っていた。アトランティス病の治験を行っていた数カ月のあいだ、何度も彼女の映像を目にしたし、幾度か電話で話したこともある。だが、ポールがケイト・ワーナーに直接会うのはこれが初めてだった。

14

ケイトがくれたまっさらな乾いた服を広げると、ポールはずぶ濡れになった自分のシャツとパンツを脱いだ。それを小さなベッドに放り、枕を使ってからだの水気を吸い取った。二度と乾かないのではないかと思うほど全身びしょ濡れだった。

「あなたは、このことを知っていたの？」

メアリがこちらを見つめていた。まだ濡れた服を着ており、着替えはデスクに置きっぱなしになっている。寝室にいるのは二人だけで、その狭い空間に彼女の声がやけに大きく響いた。

「ああ」

「私たちが結婚したのはいつだったかしら？」

彼女が何を言いたいのか、察しがついた。「知ったのは二十年くらいまえだ――」

「あなたは……二十年もまえから、宇宙人の船が海底に埋まっていることを知っていたのね。私たちが結婚していたあいだもずっと。それなのに、天文学者の妻にはただのひと言も話さなかったということ？　あなたの妻は、わずかでもいい、ほんのひと欠片《かけら》でもいいから地球外生命体の痕跡はないか、日夜探しつづけていたのよ?」

「メアリ――」

「裏切られた気分だわ。あなたは私を信用していなかった――」

「誓約を立てさせられたんだ、メアリ。船の存在は知っていたが、おれもなかへ入ったことは一度もなかった。詳しいことは何も知らなかったんだ。いまだってわからない。コンティニュイティでのおれの役割は、疫病と闘うことだったからな」

「疫病と船に何か関係があるの?」

「ああ。疫病は、もともとこの船についている侵入防止装置から広まったんだ。それが掘り出されたのは一九一八年のことだ」ポールはそこでことばを切り、服を脱ぎはじめたメアリを見つめた。「外に出ていよう」

「ここにいて。話を聞きたいの――二人きりでいられるうちに」

「だが……」

「初めて見るわけじゃないでしょ、ポール」

それでもやはり、ポールはうしろを向いた。その生真面目さを笑うメアリの顔が目に浮かぶようだった。

「それじゃあ、この船を造った者が疫病を引き起こしたということ?」彼女が訊いた。

「そうだ。アトランティス人は七万年もまえから――トバ事変で人間が絶滅しかけたときから——人間に対して遺伝子実験を行ってきた。そうして進化を導いてきたんだ。一九一八年のスペイン風邪も、彼らの装置、つまり〝ベル〟が放った放射線が原因だが、このときの流行はおそらく彼らにしてみれば誤算だったと考えられる。そして、疫病の治療法を発見したのが先ほど会った女性、ケイト・ワーナーだ。彼女は第一次大戦に従軍した兵士の娘で、この兵士はベルの発見者でもある。彼は、スペイン風邪で死んでしまった妻をお腹のケイトごと復活用チューブに入れた。この船のべつのセクションにあった装置だよ。その結果、ケイトは一九七八年に誕生することになった。だが、八〇年代には彼女の父親が行方不明になってしまう。そのとき彼女を養子として引き取ったのがドクタ・マーティン・グレイだ。ドクタ・グレイはコンティニュイティの創設者で、責任者だった。おれは九〇年代初頭に参加した会議で彼と出会い、スカウトされたんだ。もっとも、その彼も今回の疫病騒ぎで死んでしまったがね」

「あなたは、あの人たちを信用しているの？」

ポールはちらりと彼女を振り返った。「ああ。ケイトはもちろんだが、さっき山中で助けてもらったことを思えば、ほかの人たちも信用できるだろう」

「こちらの情報を明かして相談するべきだと思う？」

「そうしたほうがいい。いろいろとおれの知らない事実があるはずだ。何しろ、おれはひたすらコンティニュイティで疫病だけを相手に働いてきたからな」

メアリは少しのあいだ黙り込んでいた。「つまり、それだけ熱中する価値があったということよね」

ポールは、彼女が静かにドアを出て廊下へ去っていくのを見つめていた。

たしかに、自分でも己の仕事にはすべてを捧げる価値があると信じてきた――いま、このときまでは。

会議室にポールとメアリが入ってきたのは、ケイトが船の破損状況を確認しているときだった。二人ともケイトが渡した乾いた衣服に着替えている。

デヴィッド、ソニア、それにミロの三人はテーブルの端に集まり、携行食や銃や、その他の物資を整理していた。ポールは真っ先にデヴィッドに声をかけた。「助けてくれてありがとう。改めて礼を言うよ」

「なに、お安いご用だ」

「実は、きみたちに聞いてもらいたいことがあるんだ。おれたちはそのためにここへ来た」そう言うと、ポールはメアリに頷いた。

メアリが自己紹介を始めた。それによると、彼女は電波天文学者で、主に地球外生命体の痕跡を探す研究をしているとのことだった。

「二週間ほどまえに、電波望遠鏡が規則性のあるシグナルを捉えたの。地球外からの信号よ」

「まさか、あり得ないわ」ケイトは言った。

「本物だということは私が確認したわ」

「シグナルのコピーはある？」

「ええ」メアリがUSBメモリを持ち上げてみせた。「シグナルには二つの配列があるの。ひとつめは二進法になっていて、二種類の数字を表わしている。地球の正確な位置を示す数字よ。二つめは四つの値で構成されているわ」

ケイトはシグナルが本物かどうか確かめるため、監視所《ビーコン》と繋がるアルファのリンクにアクセスしようとした。

デヴィッドがそれに気づいたようだった。彼が目顔でこう注意した。〝客との会話に集中しろ〟

だが、ケイトが口を開くまえにポールが言った。「〝あり得ない〟と言っていたが、何か理由があるのか？」

「ええ。いまから十五万年まえの話だけど、二人のアトランティス人科学者が初期の人類を調査するためにこの星へやって来たの。彼らは調査規定に従ってビーコンを配備した。これは地球人に見える光を取捨選択する設備で、出入りする信号もすべてこのビーコンによって遮断されているはずなのよ」

見ると、メアリはいまにも泣きだしそうな顔をしていた。「どうしたの?」ケイトは訊いてみた。

「何でもないわ……ただ、心が中性子星みたいに崩壊しかけているだけ」メアリが答えた。

やけに大げさなたとえをするものだ、とケイトは思った。

「彼らはなぜ、そのビーコンとやらを配備したんだ? 何のために光や信号を制限する?」ポールが訊いた。

「防衛のためよ。科学者たちは、この銀河にいろいろな脅威があることを知っていて——」

「たとえばどんな脅威が——」デヴィッドが口を開いたが、それを遮って言った。「わからないわ。それに関する記憶はないの」

訊かれるまえに、ケイトは自分のねじれた運命について話して聞かせた。一九七八年に生まれた際に、アトランティス人科学者の記憶を——もうひとりの科学者、ドクタ・アーサー・ヤヌスが一部を消去した復活データを——埋め込まれていた、ということを。

「それじゃあ……」メアリが言った。「その科学者たちが、いえ、あなたたちが——」

「科学者たち、でいいわ」ケイトは訂正した。「すべては彼らがしたことで、私はその記憶を見ているだけだから」

「わかったわ。その科学者たちがビーコンを配備したのは、地球人を護るためなの? それとも自分たちを護るため？」

「両方よ」

「じゃあ、このシグナルはどうして届いたのかしら？」

ケイトはアルファのリンクを使ってビーコンと繫がった。その設備には通信中継所としての機能もあり、一本のシグナルが入ってきたことや、地球への通過を許可した事実が記録されていた。それに、もっと驚くべき事実も発覚した。「本当ね、二週間まえの通信記録が残ってる。一本は発信されたものよ。ビーコンから地球外へメッセージが送られているわ」

「誰が送ったんだ？」デヴィッドが訊いた。

「ヤヌス以外には考えられない」ケイトは言った。「私を助けるために、あなたとアトランティスの母船へ入ったときに送ったんだと思うわ。ドリアンがアレスを解放したときよ」

「通信内容は見られるのか？」デヴィッドが言った。

「いいえ。本来は可能なんだけど、ここからはメッセージにアクセスできなくなってる。理由はわからないわ。船が損傷したせいで接続が途切れたのかもしれない」

「入ってきたシグナルのほうは？」メアリが訊いた。

ビーコンのデータを確認しようとしたが、こちらもやはりアクセスできなかった。しかし……。

「そんなことがあり得るのか？」デヴィッドが言った。「アトランティス人が送ったものね」

「いいえ、考えられない」ケイトは、アトランティスの星が破壊され、唯一生き残った人々がおよそ五万年まえに地球へ逃げてきたことを話した。ビーコンに護られている地球なら敵から隠れられるという理由で、アトランティスの軍人、アレス将軍が彼らを連れてきたのだ。アレスは科学者たちの調査に参加し、密かにヤヌスのパートナーを説得して人間の進化を操作しようとした。そして、最終的には科学者たちを裏切った。ヤヌスのパートナーは彼に殺され、ヤヌスも撃たれたうえに船に閉じ込められてしまったのだ。

「それじゃあ、こういうことか。ヤヌスは誰かにメッセージを送った――おそらくはアトランティス人に」デヴィッドが言った。「そして、おそらくそのアトランティス人から返事を受け取った――ビーコンを通過できたのは、送り主がアトランティス人だったから」

「ええ」ケイトは頷いた。

「返事を送ったのが誰で、どんな内容なのか、見当はつかないのか？」デヴィッドが訊いた。

「つかないわ」そう答えると、ケイトはじっと考えを巡らせた。

「同盟側の味方になってくれるかもしれない」ソニアが口を開いた。「援軍を期待できるかもしれないぞ」

「いや、同盟諸国には気をつけたほうがいい」そう言って、ポールが自分の経験を話しはじめた。何でもアメリカ政府は、コンティニュイティを利用し、戦力にならない者や自力で生きられない者を消そうとしたという話だった。「ほかの国も同じ方針だと見たほうがいいだろう。それに、この地球規模の洪水でいよいよ危機感が高まっているはずだ」

「となると、もはや誰が敵で誰が味方なのかもわからないな」デヴィッドが言った。

「まったくだ」

「おれたちが置かれている状況は？」デヴィッドがケイトに訊いた。

「かなり厳しいわね。外部との接続はほぼ断たれている。メイン・コンピュータの基幹部がやられてしまったのよ。いまは緊急時用の動力と回線を使っていて、それでどうにかビーコンにアクセスできたけど。船の外壁はどこも破壊されて近づけないし、山中に通じるトンネルも完全に水没してしまった。

たとえまだ海に沈んでいない山があるとしても、そこへ行くには泳いでいくしかないわ」ケイトはデヴィッドの表情を読んで答えた。「いいえ、ここに圧縮ボンベはないわ。船外活動スーツはたくさん積んでいるけど、あるのはこの区画なの」スクリーンに船内図を呼び出した。「すべて爆発で破壊されてしまったわ」

「閉じ込められたわけか」

「ほとんどね。ただ、船の反対端に門《ポータル》の部屋があるのよ」

「ジブラルタル湾の船にあったのと同じものか？——あの、南極の船に通じていたポータルと？」

「ええ。状況から考えて、ポータルで行ける場所は二カ所よ。南極か、ビーコンか。だけど、南極は向こう側から封鎖されているわ」

「どのみち南極へ行くのは危険すぎる」デヴィッドが言った。

「そうね。私たちがポータルを抜ければ、その瞬間にアレスに気づかれるから。でも、ビーコンへは行ける。向こうに着けば、メッセージも見られるし、返事を送ることもできるわ」

「悪くないな」デヴィッドが言った。「溺れ死ぬよりずっといい」

「同感よ。ただ、もしかしたら……ポータルへ行くまでに、ちょっと問題があるかもしれないの」

15

南極大陸——イマリ作戦基地〝プリズム〟

ドリアンは移動式住居の大きな窓の前に立ち、イマリの隊員たちが南極要塞の白いムカデ状の建物やそのほかの設備を分解するのを眺めていた。基地をたためというアレスの指示は意外だったが、分解した設備の行く先も、やはり予想外のものだった。すべて海に捨てろと言うのだ。

隊員たちはもう何時間もかけてレールガンや建物をばらばらにし、その部品をひとつ残らず氷原の滑走路に並んだ航空機に積み込んでいた。そうして海上まで運んで投棄するのだ。

なぜそんな真似をするのか、ドリアンには理解できなかった。わけがわからない――これだけの基地を築いたのちに、すべてを海に投げ込むとは。

ドリアンはアレスから、残った職員を南アフリカの山中に撤退させるよう指示を受けていた。そこに新たなイマリの本部を築く予定なのだという。

背後では、中間管理職の間抜けどもや科学者たちが数人集まり、何やら細かいことを話し合っていた。時間の無駄だとしか思えず、ドリアンは早々にその輪から抜け出していたが。まったく無意味な議論だった。どのみち自分たちはアレスの命令に従って動くだけなのだ。彼は数万年まえから一連の計画を練ってきたそうだが、ドリアンには詳しいことを何ひとつ明かさなかった。軽く見られているのだろう。

「もしパナマ地峡も水没したのであれば、大西洋と太平洋がまた繋がったということだ。

我々の予想図はすべて間違っていたことになる。世界の海流が変わって……」

〝我々の予想図か〟ドリアンはひとり薄笑いを浮かべた。

「それより地軸のほうが問題だ。地軸の傾きは南極の氷の重さと関係がある。氷の減少量によっては傾きが変化するだろう。そうなれば、赤道も移動して――」

「もっと氷が溶けるな」

「そうだ。すべて溶けてしまう可能性もある。やはり完全撤退に踏み切るべきだ」

「もっと人員を増やすか？」

「いや、彼の指示では――」

「ある程度は判断を任されているはずだ。一刻も早い完全撤退、それしかないだろう」

技術兵のひとりがドリアンに近づいてきた。「アレス将軍が、船に来るようにと仰っています」

アレス様からの呼び出しだ。いっそ知るかと怒鳴りつけてやりたかったが、結局は口をつぐんだまま のろのろと部屋をあとにした。

十五分後、ドリアンは氷下二キロメートル地点にある巨大なアトランティスの船のなかに立っていた。そこは初めて見る部屋で、アレスの背後には何やら謎の文字が並んだスクリーンがあった。

「おまえが不満を感じていることはわかっている、ドリアン」

「だいぶ控えめな表現だが、そういうことにしておこう」

「私は今日、大勢の命を救ったんだ」

「本当か？　もちろん、おれたち原始的な地球人の算数なんか、高度な数学を知るアトランティス人から見ればお笑い種《ぐさ》だろうよ。だがそれでも、おれが数えたところでは、今日は世界中の海に何百万もの死体が浮かんでいたようだがな。命を落とした者たちの死体が。しかしまあ、おれの意見など気にしないでくれ。卑しい原始人のペットが言うことだ」

アレスの怒りが伝わってきた。この船の廊下で喉を突いたときのように、ドリアンに身の程を教え込みたいという顔つきだった。が、彼はその衝動を抑え込んだ。おおかた何か頼みたいことがあるのだろう。

「計画を話さなかったのは、おまえが止めるだろうと思ったからだ」

「止めたりはしない。あんたを殺していた」

「そう、殺そうとしただろう。黙っていたことで、私はおまえの命も救ったというわけだ——またしてもな」

「また？」

「おまえたちの種族の遺伝子を操作してやっただろう。さて、本題に入るぞ。我々は世界を掌握した、ドリアン。勝ったのだ。次は軍隊を築いて未来を勝ちとらねばならない。宇宙には敵がいる。やつらがこの星を見つけるのは時間の問題だ。おまえたちはけっして生き残れない——我々が力を合わせなければな。我々なら、洪水を生き延びた者たちを救うことができる。民を率いて敵を迎え撃ち、やつらの意表を突くのだ。そして、この宇宙に存在する権利を勝ちとるのだよ」アレスはこちらに背を向け、ことばが染み込むのを待つようにゆっくりと歩きはじめた。

ふたたび話しはじめたときには、口調がいくぶん和らいでいた。「今日のことは仕方がなかった。ああしなければ、この星の人類は全滅していた。必要な犠牲だったのだ。戦いに勝つためには犠牲はつきものだろう——そして、自分たちの文明と暮らしを守るためには、何としても勝たねばならないだろう。歴史を作るのは勝者だ。敗者は焼かれ、埋められ、ただ忘れ去られるのみだからな」

「あんたたちがよそで始めた戦争だろう」

「そのよそで始まった戦争は、はるかむかしから続いている。おまえたちには戦線が見えないだけだ。だが、それはこの銀河の端から端まで延び、あらゆる人類世界を巻き込んで進んでいる」

「おれに何をさせたいんだ？」

「おまえには大事な役割がある、ドリアン。自分でもわかっているだろう。我々の敵を倒したあかつきには、ここへ戻ってきて好きなように世界を支配すればいい」

「それはそれは。おれの同胞を何百万人と虐殺したうえに、めちゃくちゃに壊れちまった世界をくれるのか。実にありがたい話だな」

アレスがため息をついた。「おまえはまだまだ事の深刻さを理解していないな。だが、すぐにわかる。もうすぐだ」

「この大殺戮のあとで長々とおれに発破をかけてるところを見ると、何か魂胆がありそうだな。おれにやらせたいことがあるんだろ。そうでもなきゃ、わざわざここへ呼んだりしないはずだ」

「私はけっしておまえを騙《だま》したりしないぞ、ドリアン。黙っていることがあるというだけだ——おまえのためを思ってな。ここへ呼んだのは、我々にとって困ったことが起きたからだ」

「我々にとって？　あんたにとってじゃないのか？」

「私の問題はおまえの問題でもある。望もうが望むまいが、いまの我々は運命共同体だからな」

部屋の向こうでスクリーンが明るくなり、黒っぽい灰色の、宇宙ステーションのようなものが映し出された。

「これは？」

「ビーコンだ」

「ビーコン？」

「特殊な通信アレイだと思えばいい。科学調査チームや我々のような軍が配備する。出入りする信号や光を制限することで、その星を覆い隠すのだ。基本的には、その星で起きていることを外部から隠すための設備と言えるだろう。そして、この地球を囲む軌道にも、およそ十五万年まえからビーコンが配備されている。我々がいまもこうして生きていられるのは、これがあるからだ」

「それで、問題というのは？」

「我々の敵がビーコンの覆いを外そうとしている。もしそれがうまくいき、ビーコンが停止したり破壊されたりすれば、やつらはものの数日でここにやって来るだろう。我々はひとり残らず殺されてしまうのだ」

ドリアンは宇宙に浮かぶ灰色のステーションを見つめた。「続けてくれ」

アレスがこちらへ近づいてきた。「ここはおまえのペースで進めよう。おまえが知りたいことを訊いてくれ」

「なぜいまになって？」

「二週間まえにメッセージが発信されたからだ」

「ヤヌスか」

「あの母船を破壊する直前に、自分のアクセス・コードを使ってメッセージを送ったんだ」

「おれたちの敵に送ったのか？」

「それは考えにくい。内容を見ることはできないが、おそらく敵に傍受されたのだろう。やつらはまだおおよその発信地を摑んでいるだけで、どの星かまでは特定できていないようだ。疑わしい星に片っ端から返事を送っている。受信した者が自分たちに宛てられたものだと思うように、ひとつひとつ住所を変えてな。あとは、返信が届くのを待つか、どこかのビーコンが制限を解除するのを待てばいい。こういう状態を言い表わすことばはあるか？」

「ああ、網を張ってるんだろ」

「そうだ。やつらは網を張っている」アレスが言った。

「何が問題なんだ？　返信せず、ビーコンも解除しなければ――」

「問題は、つい先ほど誰かがビーコンにアクセスしようとしたことだ。モロッコ沿岸に沈む科学者の船、アルファ・ランダーからな。もっと言えばその断片だが」

「ケイトとデヴィッドだな」

「私もそう考えている。私の読みが正しければ、彼らはすでにビーコンに向かっているはずだ。彼らが閉じ込められている断片にはポータルがあるからな」

「閉じ込められている？」

「ああ、いまごろは出入り口もすべて水の底だ」

「やつらがビーコンに着いたら……」

「敵に直接メッセージを返信するかもしれないし、単にビーコンを停止するかもしれない。いずれにしろ、そうなればあっという間に敵が飛んでくるだろう。彼らがビーコンに着くまえに、おまえが何としても食い止めるんだ」

「こっちはすでに出遅れている」

「ああ。もしアルファ・ランダーで止められなかったら、ビーコンまで追いかけろ。ランダーのポータルはおまえがもつアトランティス遺伝子で解錠できる」

「任務の達成条件は？」

「殺せ。彼らを生かしておく必要はない。確実に仕留めるんだ、ドリアン。これは失敗が許されない任務だぞ」

「なぜこの船からビーコンに行かせない？　ここにもポータルはあるだろう。待ち伏せする手もあるはずだ」

「ここのポータルはビーコンへの移動がロックされている——科学者の船でなければ認められないのだ。ビーコンへの立ち入りは厳密に制限されているからな。だが、おまえは私の記憶とアクセス遺伝子をもっている。彼らを追うことは可能だ。最悪でもビーコンで彼らを阻止できなければ、あとはないぞ。この任務に我々すべての運命がかかっていることを忘れるな、ドリアン」

16

ケイトがどう説明すべきか迷っていると、デヴィッドが両の眉を揉みながら言った。

「すまないが、〝もしかしたら問題があるかも〟と聞かされたときは、たいていの場合——いや、九十九・九パーセント——ひどい目に遭うと決まっている」

「そこまで……確実かどうかはわからないわよ」ケイトはとりあえずそう答え、また船内図を呼び出した。「通常なら、ポータル室へは外廊下を使って行けるの。でも、そこがすべて水没してしまったのよ」

「この真ん中にあるでかい部屋はどうなんだ？　ARC室一七〇一‐Dというやつさ」

「その部屋なのよ、問題になるかもしれないのは。そこを通り抜けるのがちょっと」

「どういう部屋なんだ？」

「ARCはアーコロジーのこと。一七〇一は採集した星の番号で、Dは規模を——最大クラスであることを——表わしているの。このARC室は長さが約八キロメートル、幅が約五キロメートルあるわ」

「アーコロジー？」

「自己充足型の生態系を構築した空間よ。アトランティス人は調査した星の動植物などを集めて、スノードームみたいにその星のミニチュアを造っていたの。ARC構築装置を積んだ着陸船は——この場合はアルファ・ランダーね——地上に着くと、その星の環境を調べてデータを集める。それから一部の種を採集して、安定した生物圏を再現するの。そうやって、アトランティス人がよろこびそうな風変わりな種を持ち帰り、故郷の星でARCを公開していたのよ」

「移動式の動物園のようなものだな」ソニアが言った。

「ええ。科学者たちはそれを支援者集めに使っていた。たとえアトランティスの星でも、研究資金を調達するのはなかなか大変なことだったのよ」

デヴィッドが手を上げた。「いまの話で気になるのは、〝風変わりな種〟ってところだな」

「ええ。それも問題に含まれるわね」

「ほかにはどんな問題がある？」

「普通なら、ARC室は採集が終わると着陸船から母船へ移され、そこで保管される。でも、このARC室はアルファ・ランダーが攻撃された時点でまだ切り離されていなかったの。たぶん、室内の生態系は永久に自己充足して維持されているはずよ——ランダー内でも独立した動力源を使っているし、ARC管理コンピュータが常に状態を把握して、生物圏が安定するように手を加えるから」

「てことは、もしおれたちが入ったら……コンピュータに異物と認識されて、駆除されるかもしれないのか？」デヴィッドが訊いた。

「あまりぐずぐずせずに通り抜ければ、その点は心配ないはずよ」

「じゃあ、スピードが問題になるということか？」

「そうね。それも重要だけど、いちばん大きな問題ではないわ。このARC室は何度も揺さぶられているのよ。最初は一万二千五百年まえ。アレスが科学者たちを狙ってランダーを攻撃したときに。数カ月まえにも、私の父がジブラルタル湾の船を爆破して、その勢いでこの断片もモロッコまで押し流されたわ。そして、今日も機雷で散々船が揺れたでしょう？　いまでは内部がどうなっているのか見当もつかない。絶滅した種もいるでしょうし、変異した種もいるかもしれない。地形や植生なんて変化して当然よ。もしかしたら歩いて通れない可能性もあるわ」

ケイトを見つめていたポールが、デヴィッドに視線を移した。「こう言っては何だが、聞けば聞くほど不安になってくるな」

デヴィッドがまた眉を揉んだ。「話を戻そう。最初に造ったときは、ARCはどういう状態だったんだ？　それからあれだ、頼むから、風変わりな生き物ってのが何なのか詳しく教えてくれ」

「わかったわ」ケイトはひとつ深呼吸した。「惑星一七〇一は、基本的には広大な熱帯雨林の星よ。アマゾンみたいなところ」

「ヘビがいるのか？」デヴィッドが即座に訊いた。

「もちろんよ」

「ヘビは苦手なんだ」

「でも、捕食者リストのなかでは下の方だわ」ケイトは言った。「調査記録によれば、惑星一七〇一は連星系の周囲を公転する星なの——つまり、太陽が二つあるということよ」

デヴィッドとメアリは、どちらも〝連星系の意味は知っている〟という表情をケイトに向けていた。ポールは不安そうな面持ちでうつむき、ソニアはまったく感情の読めない冷静な顔つきをしている。そんななかで、ミロの表情はひときわケイトの目を惹いた——あたかも遊園地で乗り物が発進するのを待つ子どものように、顔いっぱいに笑みを浮かべているのだ。

「ARC室のなかは昼が長いわ」ケイトは続けた。「二十時間ほど日が出ているの。二つの太陽の軌道が重なる正午はとても明るくて気温も上がる。反対に、夜は五時間ほどしかないわ。でも、その夜が……たぶん、いちばん危険な時間帯ね」

「風変わりな生き物だな」デヴィッドが言った。

「ええ。科学者たちも、惑星一七〇一にいるような捕食者はそれまで見たことがなかった。この星には空を飛ぶ爬虫類がいて、夜間に狩りをするんだけど、特殊なのは彼らが長い昼のあいだにとる行動。山頂で翼を広げて日光を集めるの。この生物はからだの表面が光電池のような鱗《うろこ》で覆われていて、昼間に太陽光で充電し、夜間に動くためのエネルギーにするのよ。しかも、そのエネルギーを使って自分たちの姿を隠してしまう。ほとんど何も見えなくなるわ」

「かっこいい」ミロが言った。

「昼のうちに通り抜けられそうか？」デヴィッドが訊いた。

「無理だと思うわ。惑星一七〇一と同じような環境だとすれば、なかは鬱蒼とした密林よ。道を切り開いて進まなくちゃいけないから、最低でも一泊、もしかしたら二泊する羽目になるかもしれない」

「やつらの知能は？」

「かなり高いわ。社会性をもっていて、集団で狩りをする。適応も早いわね」

「ちょっと話せるか？」

寝室でケイトと二人きりになったとたん、デヴィッドが言った。「おれをからかってるんだろ？」

「え?」

「この二週間、おれたちは『ジュラシック・パーク』が詰まったスノードームの隣で暮らしていたのか? それなのに、おれにはただのひと言も話さなかったということか?」

「それは……まさか入ることになるとは思わなかったから」

「信じられない」

ケイトはベッドに腰を下ろし、髪をうしろに撫でつけた。「わかったわ、ごめんなさい。その、なぜこの着陸船がこんなに広いか、不思議に思わなかった? 百五十平方キロメートルもあるのよ?」

「思わない。ケイト、おれにはな、なぜ船が広いかなんて考える余裕は一切なかったんだ」デヴィッドは室内をうろうろしはじめた。「おれはいま、『ジュラシック・パーク』でラプトルの檻が開いてると気づいたサム・ニールの心境だ」

ケイトは不思議でならなかった。男の脳のいったいどの部分が、目の前の現実よりも映画のワンシーンに意識を向けさせてしまうのだろう。アトランティス人の研究データを探せばどこかに答えがあるかもしれない。そうでも思ってやり過ごさなければ、疑問が口をついて出てしまいそうだった。

「ARC室はほかにもあるのか?」

「ええ」ケイトは答えた。「この船には二部屋あったわ。バランスをとるために、船の反対側に――だから一七〇一 - Dもまだ切り離していなかったの。もっとも、もうひとつの部屋は一万二千五百年まえに壊されてしまったし、空だったけど。地球のアーコロジーを造るつもりだったのよ」

「もじゃもじゃのマンモスやら、牙の長いサーベルタイガーやらを見世物にするつもりだったのか?」

「そんなところよ」ケイトは素っ気なく答えた。

「いや、すまない。何しろ大変な一日だったんでな」デヴィッドは目頭を揉んだ。「きみから聞かされたことや……ドリアンやアレスは大人しくなったと思っていたのに……」

「メッセージを送ってきたのが誰かはわからないけど、とにかくビーコンに着いて助けを求めることができれば、状況は一転するわ」ケイトは言った。「ただ、問題がもうひとつあるの」デヴィッドの顔に苛立ちの色が広がるのを目にし、急いでこう付け加えた。「まあ、何とかなるとは思うけど。ARC室のドアが動かないのよ。アルファには開けられなかったわ」

「原因は?」

「よくわからないの。もしかしたら、ARCが自ら封鎖したのかもしれない。侵入を防ぐ目的か何かで」

デヴィッドが頷いた。

「あなたはどうしたい？」

「選択肢はなさそうだ。とっさに摑めるだけ摑んで上から食糧を運んできたが、そう長くはもたないだろう。こうなったらビーコンへ向かうしかない──自分たちのためにも、ほかの人たちのためにもな。ＡＲＣ室のドアを爆破して、いちかばちか入ってみよう」

それから三十分後、デヴィッドとソニアはＡＲＣ室一七〇一‐Ｄのドアに最後の爆弾を仕掛けていた。

「これで船内にある爆弾の半分を使った」ソニアが言った。「もし足りなかったら、もうここからは出られないということだ」

「そのときはそのときだ」デヴィッドは答えた。

二人はタイマーをセットして退避した。

爆音は、離れていても鼓膜が痺れるほどの音量だった。もうもうと煙が立ちこめるなか、総勢六人の一行はドアを目指して慎重に廊下を進んでいった。床と天井のライトが暗灰色の煙の先で小さく光り、進行方向を教えている。

ドアを目にしてデヴィッドがまず感じたのは、安堵感だった。爆発で穴が空いている。が、よろこべるのはそこまでだった。

17

おれの世界が死にかけている。ドリアンは、海上で次々と嵐が巻き起こり、ひと荒れしてはまた消えていくのを見つめながら思った。

この数時間、航空機はローラーコースターさながらの飛行を続けていた。にわかに急降下して闇に突っ込んだかと思うと、次の瞬間には滑るように空を舞っており、窓からは明るい日の光が差し込んでいるという具合だった。ドリアンと六人の兵士は離陸してからこれまでひと言も声を発さず、ただきつくシートベルトを締めて坐っていた。もっとも、飛び立って一時間以内には三人の兵が胃の内容物を吐き出したし、そのうち二人は、いまもおよそ十五分間隔で揺れが大きくなるたびに、喉から苦しげな音を漏らしているが。一方、残りの三人はひたすら奥歯を噛みしめて前方を見すえていた。

少なくとも、これで誰が役に立つかははっきりしたということだ——戦いが始まったときに。そして、そのときは目前に迫っていた。着々とドリアンの星を呑み込みつつある、この広漠とした海。その下のどこかでデヴィッド・ヴェイルが待っているのだ。

かつてドリアンは、二度ほどデヴィッドを死の瀬戸際まで追い込んでいた——一度はパキスタンで、一度は中国で。さらに、殺したことも二度あった。どちらも南極のアトランティスの船でのことだ。最初に殺したときは、デヴィッドはドリアンの向かいのチューブで蘇った。ケイトが与えたアトランティス遺伝子のおかげだ。デヴィッドは強い。だが、賢いのは自分のほうだとドリアンは思っていた。あるいは、デヴィッドにはできないことを自分はためらわずに行える、と言うべきか。デヴィッドには生き残るための資質が欠けていた。彼の倫理観が常に足かせになってきたのだ。そして、デヴィッドはふたたびドリアンに殺されることになるが、そのときも彼はモロッコ沿岸のアトランティスの船で復活したのだった。

今日こそは、二人の戦いに決着がつくだろう。

ただ、向こうには我々よりも賢いケイト・ワーナーがいる。彼女はおそろしく頭が切れるし、ドリアンにはない知識ももっていた。そこが彼らの強みだ――デヴィッドの戦闘能力と、ケイトの知能。だが、こちらにも不意打ちという武器がある。それに、この意志――自分の民を救うためなら何でもしてみせる、という覚悟。自分は人間が歩んできた道そのものであり、歴史の体現者なのだ。勝ち目のない戦いに果敢に挑み、ケイトやデヴィッドのような者たちなら目を背けるようなこともやり遂げる。そして、何が何でも生き残る。それこそが人間の本質ではないか。

しかし、デヴィッドとの最後の対決に緊張を感じていることも事実だった。これが本当のテストになるからだ――自分が勝てるかどうかの。

もし勝利したら、次はアレスに照準を合わせるつもりだった。あのアトランティス人はヘビのようにずる賢い。信用などできるはずがない。すべての真相を聞き出したら、とくに、アレスがあれほど恐れる〝敵〟の正体を摑んだら、次に始末するのはあの男だ。

「降下エリアに到着しました」操縦士がヘッドセット越しに言った。

細い窓から外を覗いた。一面、見渡す限りの海だった。

ここがモロッコの海岸だったのかと思うと、さすがに唖然とさせられる。

「探査装置を落とせ」ドリアンは命じた。

タブレット端末を手に取り、遠隔情報が送られてくる分割画面に目をやった。右半分には新しい海底の地形図が、左半分にはカメラ映像が映されている。完全に水没した山頂が見えた。端末に触れて測定器を移動させると、その数秒後、アトランティスの船、〝アルファ・ランダー〟が現われた。水底深く沈んでいる。

「ここだ」ドリアンは言った。

潜れば入口のエアロックも見つかるはずだ。

「降下用意！」六人の兵に号令をかけた。

次に目標地点の上空まで来たところで、一斉に機から飛び出した。両腕を脇に張りつけ、ボンベを背負ったからだを矢のように細くして、重力に引かれるまま漆黒の海へと落ちていった。海面に達するという瞬間、ふいにまた嵐がやみ、雲間から覗いた太陽が底の見えない暗い水面《みなも》を照らしてみせた。

水中に入るとすぐに身を翻し、部下たちの姿を探した。ひとりは、深く沈みすぎて海面下の岩に激突したようだった。骨の砕けたからだが日差しを浴びる淀んだ水に浮かんでいる。

ほかの五人は水中で散開しており、日の光が彼らの黒い輪郭を縁取っていた。

「集合しろ」ドリアンはインターコムに呼びかけた。

兵士たちが近づいてくるのを待ちながら、あいだを埋める暗い水を見まわした。何かが漂っている。瓦礫ではない。

水中の静寂が吹き飛んだ。爆発を感じた次の瞬間、一気に噴き出した白い泡と空気に巻き込まれ、ドリアンは水没した山の斜面に叩きつけられていた。岩を転がりながら必死で摑まるものを探し、ようやく止まったところで反射的に背中のボンベに手をやった。無事なようだ。助かった。振り返って目を凝らした。混乱が鎮まりつつあり、四人の兵がまだこの地獄の底に浮かんでいるのが見えた。彼らが次々と無線に向かって叫び、ドリアンの指示を待った。

「その場を動くな」ドリアンは言った。「機雷を回避できるよう、おれが誘導する」

見通しのきく位置から機雷とおぼしきものを探し、ひとりずつ指示を送ってさらに深く潜らせた。これ以上、兵を失うわけにはいかない。四人が無事に海底の船まで辿り着いたところで、自分もあとを追った。機雷かもしれないものはすべて避け、慎重に水を掻き分けて進んだ。

上から届く日差しが徐々に闇に呑まれ、機雷の影を見分けることも難しくなっていった。もはや、頼れるものは自分の記憶とヘルメットが発する細い光だけだった。

前方に四人の兵士が待っていた。あと十五メートル。十メートル。五メートル。

ようやく船に着いた。エアロックの開閉システムは南極の入口と変わらないらしく、ドリアンが近づくと扉が開いた。部下たちとともになかへ滑り込み、暗い海底をあとにした。

エアロックが水を排出したところで、スーツを脱いで操作パネルに近づいた。見慣れた青白い光の霧が立ちのぼる。指を差し入れて動かすと、ディスプレイが明るくなった。

アレス将軍
認証完了

船内図を呼び出した。

船体はかなりの損傷を受けていた。それがケイトの父親、パトリック・ピアースが起こした核爆発のせいなのか、機雷のせいなのかはわからなかったが。至る所で気圧が低下し、海水が流れ込んでいる。船は緊急時用動力で動いていたが、何より重要なのは、ポータル室へ向かうルートが一本だけだということだった。

ドリアンは船内図を指差した。「ARC室一七〇一-D、南入口。ここが我々の目的地だ」そして、自動小銃の薬室に一発目の弾を送り込んだ。「見つけ次第、射殺しろ」

18

頭の天辺からつま先まで、デヴィッドは泥まみれだった。筋肉が痛みを通り越して燃えるような熱をはらんでいる。だが、それでもデヴィッドはトンネルを掘る手を休めなかった。シャベルで土や岩を削り取り、斜面の下へ放ると、そこで待っているミロやメアリ、それにケイトがバケツで土砂を運び出していった。

肩に手を置かれて振り返ると、ソニアだった。「そろそろ休憩しろ」

「もう少しやったら――」

「すっかりばててしまうだろう。そうなれば私やポールにも無理がかかって、結局は作業を中断することになる」彼女はデヴィッドの手からシャベルを取り、さらに上方を目指して固く積もった土を掘りはじめた――いずれはARC室の地表に出られることを期待して。

ケイトの予想は当たっていた。この一万二千五百年のあいだに、アーコロジーの中身は激しく揺さぶられて大きく動いていたのだ。しかも、こちらには好ましくない形で。どうやら陸地が滑って一方に偏ったらしく、いまやドアは完全に地中に埋もれてしまっていた。地表までどれだけの距離があるのか、まるで見当がつかない。三メートルかもしれないし、三十メートルという可能性だってあるだろう。デヴィッドにとって気がかりなのは、食糧がいつまでもつかということだった。もしすぐにARC室の人工太陽が見えてこないときは、いったいどうすればいいのか。

寝室へ戻るとすぐに金属製のテーブルの椅子に坐り込み、ケイトが用意しておいてくれた携行食の蓋を開けた。

息継ぎをするのも忘れてがっつくほど、腹が空いていた。

ケイトが入ってきて、テーブルにもうひとつ携行食を置いた。

「きみの食糧をとるつもりはない」デヴィッドは言った。

「必要な人が食べるべきよ」

「きみは体力をつけなくちゃ」

「あなたのほうがもっと体力をつける必要があるわ」ケイトが言った。

「ヤヌスがミロに渡した量子《クアンタム》・キューブ。きみがあれを出してくれれば、こんなに苦労せずに済むんだがな」

「そのことはもう話したでしょう。私の知識には抜け落ちている部分があるのよ。すっぽりとね」

デヴィッドは攻撃をかわすようにフォークを上げた。「ちょっと言ってみただけだ」そして、ひとつめの携行食を平らげ、二つめに視線を向けた。「むかし、パトリック・ピアースがジブラルタルの海底を掘っていたときも、こんな気分だったんだろうな」

「何だかドラマチックな話だけど、私には、なぜ爆薬を使わないのかさっぱりわからないわ」

「量が足りないからさ。入口のドアで半分使ったが、それでもぎりぎり穴が空いたという感じだっただろう。残りの半分もぜんぶとっておかないと――まあ、そのまえに無事に部屋を通過できるかどうかが問題だがな」

ケイトが二つめの携行食を開封した。「さあ、食べて。無駄になっちゃうわよ」

こちらの返事も待たずに彼女は部屋を出ていった。デヴィッドはため息をつき、そのまま食事を続けた。ソニアに何を言われようと、次は二倍の距離を掘ろうと心に決めた。

と、いきなりドアが開いてミロが駆け込んできた。「ミスタ・デヴィッド！」若者がにっこり笑った。「貫通しましたよ」

「休憩だ！」デヴィッドは叫び、一列に並んでヘビのようにくねくねと密林を進む六人の歩みを止めた。みんな一斉に自分の水筒を取り出したが、勢いよく飲む者もいれば、慎重に量を加減する者もいた。上り坂が続く道をすでに三時間も歩いてきたせいで、誰もがくたくたになっていた。

デヴィッドは、次に先頭に立って道を切り開くことになるポールに山刀を渡した。行く手には緑や赤や紫色の植物が生い茂り、木々のあいだに蜘蛛の巣のような蔓《つる》をびっしりと張り巡らしていた。空高く伸びた樹木は天幕のように分厚く枝葉を広げ、人工太陽を覆い隠している。正確に言えば二つの人工太陽を。

デヴィッドは地面に落ちる森の影に目をやり、日没までどれぐらい間があるか予測しようとした。〝夜がいちばん危険な時間帯になる〟ケイトはそう言っていた。

「例の、目に見えない空飛ぶ爬虫類ってやつだが、呼び名はあるのか？」デヴィッドはケイトに訊いた。

「エクサドンよ」

「そいつらはここでキャンプをしても襲ってくるか？　木が茂った森のなかでも？」

「わからないけど、可能性はあると思うわ」

直感的に、ケイトが何か隠していることに気づいた。「ちゃんと話してくれ」

「実は、彼らはある性質をもっているの。自分たちの棲息地に新しい種が入ってきたら、それをすべて攻撃するという性質よ。進化の過程で身につけた行動で、学習して獲得した生き残り法だと言えるでしょうね。その点も、科学者たちが興味をもった理由のひとつなのよ」

「最高だな」

デヴィッドは水筒を片付け、狙撃銃を肩に下げた。

「どこへ行くつもり？」

「木に登るんだ」

折り重なった枝葉を抜けて樹上に出ると、息を呑むような眺めが待っていた。ここが屋内施設だとはとても信じられない。数分のあいだ、デヴィッドはただ呆然とその景色を見渡していた。ドーム型の天井には空が忠実に再現されており、雲が浮かんで太陽の熱も伝わってくる。敷地の中央あたりで密林が途切れ、幅が約一・六キロメートル、奥行きはそれよりやや長い緑の草原が広がっているのが見えた。その先にはまた密林が続いているが、あちらのほうが小規模で岩も多く、突き当たりにある出口に向かって下り坂になっている。出口のドアが塞がれていないのを目にし、デヴィッドは胸をなで下ろした。それにしても、床の土はずいぶんこちら側に偏ったようだ。実のところ、出口側のドアは梯子《はしご》か階段でも用意しなければ触れることさえ難しそうだった。おまけに爆破までしなければならない。とはいえ、明るい材料がもうひとつあった。予定より少ない爆薬でドアを破れそうなので、いくらかは移動中に使えるのだ。

緑の草原は三方を密林に囲まれていたが、右端は流れの穏やかな広い川に接していた。川岸のあたりでは、カバに似た大きな四本脚の獣が群れになって水浴びをしている。対岸は岩の斜面になっていて、ごつごつと隆起した岩肌がＡＲＣ室の右手の壁一面を覆っていた。

そして、その岩肌のいちばん高い尾根まで視線を上げたとき、ついにデヴィッドの目がそれを捉えた。エクサドンだ。数えた限り十一頭はいる。目を閉じてじっと岩の上に翼を広げており、日差しを受けて銀色に光るその姿は、まるでガラスで作られた翼竜《よくりゅう》のようにも見えた。ただ、銀色のエクサドンのなかに二頭だけ様子の違う個体も混じっていた。ステンドグラスのように色とりどりの鱗で覆われているのだ。どういう個体なのかあとでケイトに訊くこと、と頭のメモに書き留めた。翼の端から端までは三・五メートルほどあると思われたが、遠くからではそれ以上詳しいことはわからなかった。

ひとつめの太陽が沈みかけていた。密林の縁がくっきりと二つの影を伸ばしている。ひとつは開けた草原と、出口へ続く林の方向を指し示し、もうひとつはこちらの林の方、つまり、デヴィッドたちが来た方向を指し示していた。それはそのまま、自分たちに与えられた選択肢でもあった。

しかし、もし草原を抜けているあいだに日が落ちたら、あっさりとあのエクサドンに見つかってしまうだろう。

「何か見えたか？」ソニアが訊いてきた。

ありがたいことに、彼女はデヴィッドが樹上で偵察しているあいだも藪を切り払って道を開いてくれていた。ソニアはあらゆる面でデヴィッドと同じぐらい統率力があったし、もしかすると彼女のほうが上かもしれなかった。何しろ彼女は、様々な党派に属していた生き残りの戦士や年配者たちをひとつに束ね、そのベルベル人部族を率いてイマリのセウタ基地を討ち取ったのだ。自らの意志で動ける者とは、彼女のような人物のことを言うのだろう。

デヴィッドは自分たちが置かれた状況を説明した。一行は鬱蒼とした密林のなかに立ち、方針が決まるのを待っていた。その姿を見ていると、何やら自分たち六人が、個性も能力もばらばらなスーパーヒーローの集まりであるかのように思えてきた。

ミロ、メアリ、ケイトの三人は、食糧を詰めた大きな荷物を背負っていた。それに、ケイトが〝科学者の調査道具〟としか語らなかった何かの箱も。いまだに正体がわからないそれは、デヴィッドにとって最後のお楽しみというところだった――もちろん、それが使われるときまで生きていられればの話だが。

問題はポールとメアリだった。二人は船に着いたときから疲れきっていたのだ。デヴィッドもソニアも、ポールにはトンネル掘りも山刀係も最小限にしか任せていなかった。

ポールは自分とメアリに向けられた視線に気づいたようだった。「おれたちなら大丈夫だ、ついていける。おれも、最短ルートで一刻も早く向こうの林へ行くべきだと思う」

「草原を突っ切るときは私とソニアで荷物をもちますよ」自分の荷物を担いだまま、ミロがいきいきとした笑顔を浮かべた。この若者はばてるということを知らないかのようだ。

デヴィッドは口を開いた。「なるべく端の林に沿って進もう。エクサドンに気づかれずに済むかもしれない」

それから一時間ほどしたころ、一行は最後の蔓を切って密林から草原へと足を踏み出していた。そして、メアリとケイトの荷物をほかの者が預かったところで、いよいよ遠くの林を目指して緑の平原を行進しはじめた。誰もが右手にそびえる岩壁と、間もなく日が暮れれば見えなくなり、空に飛び立って狩りを始めるという捕食者たちに神経を集中させていた。デヴィッドにとって、これほど日没が怖ろしいと思えたことはなかった。

ケイトが追いついてきて横に並んだ。「私も荷物をもつわ」

「任せておけ」ひと言そう答えたが、胸の内ではずっと彼女の病状が気になっていた。痛みはあるのだろうか。こんなにからだに負担をかけて、病気の進行が早まってしまわないのだろうか。四日から七日――。デヴィッドは無理に気持ちを切り替えた。

エクサドンの方へ顎をしゃくった。「二頭だけ派手な色をしていたが、あれはなぜなんだ？」

「群れの繁殖周期と関係があるの。色が現われるのは食糧が豊富な時期よ。狩りが楽で容易に生命を維持できるようになると、群れは繁殖に力を入れて、各個体も発色して自分を目立たせるようになるの。もっとも、なかには発色せずにエネルギーを温存する個体もいるわ。そして、この繁殖期が終わると、より派手な色をした個体から死んでいく。エネルギーを蓄えていた個体に獲物を奪われてしまって、生き残ることができないからよ。発色しているのが二頭だけなら、いまは個体数が減少している時期だということになるわね」

「つまり、いまいるのは生存競争に勝った個体で、優秀なハンターだってことか」

「ええ。それに、飢えてもいるでしょうね」

「最高だな」

六人は延々と草原を進みつづけた。次第に休憩をとる間隔が短くなり、口にする水の量は減っていった。荷物を下ろして休むあいだは、大半の者が息を切らして脚を揉んでおり、なかにはストレッチをする者なども見受けられた。

先導役はデヴィッドとソニアが務めた。休憩が終わると交替で先頭に立ち、グループの状態を見ながらできるだけ速度を上げて進むのだ。ようやく六人が密林の縁に辿り着いたのは、そろそろ二つめの太陽が沈むというころだった。

デヴィッドは少し奥まで林に入り、密生した木立が近く、下草も厚く茂っている場所へ一行を率いていった。

「ここでキャンプをしよう」

ケイトがひとつめの荷物を開け、黒い長方形の箱を取り出した。見慣れた例の青白い光が立ちのぼり、ケイトがそのなかで指を動かした。

ほどなく、箱が開いてぱたぱたとタイル状に広がりはじめ、およそ三メートル五十センチ四方の床のようなものが出来上がった。と、続いてその一部が立ち上がり、今度は上に向かってタイルが広がりだした。それは次第に窓のない壁になっていき、やがてそこに、頂上部分が滑らかに湾曲した、ドーム型の屋根が現われた。おそらく……これも、テントと呼んでいいのだろう。正面には黒く光る入口があった。デヴィッドはなかを覗いてみた。これはすごい。足を踏み入れると、ケイトもあとをついてきた。左奥の床が高くなり、クイーンサイズのベッドができていた。右手の壁際には小さなデスクと椅子まである。

「悪くないな」デヴィッドは言った。

ケイトはミロとソニアが使うテントも広げた。ミロの動きは、かつて見たことがないほど素早かった。

ポールとメアリのテントも設置しようとしていたケイトが、ふと手を止めた。「ダブルベッドを二つ作ることもできるし、大きいのをひとつ作ることもできるけど」

ポールが困ったようにからだをもぞもぞさせた。

メアリも小さく視線を逸らし、口早にこう答えた。「二つにしてもらうわ……たぶんそのほうがいいと……」

ケイトが頷き、徐々にテントが出来上がっていった。

デヴィッドはベッドに寝転んでみた。ランダーのものと同じで、からだに合わせて変化する発泡体が使われているらしい。極上の寝心地で、すぐには起き上がる気になれなかった。だが、このまま寝てしまうわけにはいかない。タイムリミットが刻々と迫っているのだ。

ケイトがベッドに腰を下ろして微笑みかけてきた。

「どうやらアトランティス人は、不便なキャンプ暮らしは嫌いだったようだな」

「子どものころを思い出す？」

「まあな」

「ボーイスカウトには入っていたの？」

「入りたかったが、途中で脱落してしまった」

「あなたでも、愛するものを諦めることがあるのね」以前、デヴィッドが彼女に言った台詞を引用してからかっているのだった。

「まあ、ボーイスカウトはそんなに愛してなかったってことさ。アトランティスのキャンプ用品もなかったしな。幼年団員《ウィービローズ》の最上級クラスが終わった段階で逃げ出した」

「ウィービローズ？」ケイトが何かのクリームの容器を取ってきて、傍らに坐った。

「まあ……どうでもいい話だ。それより何をもってきたんだ？」

「パンツを脱いで」

「お嬢さん、きみの出身地ではどんなキャンプをするのか知らないが――」

「冗談はそこまでよ。これは筋肉の炎症を抑える薬で、脚に――」

「なかなかうまい口実だが、いまはきみの誘いに乗るわけにはいかないんだ」デヴィッドは起き上がって銃を掴み、できるだけさりげない口調で言った。「すぐに戻ってくる」

「どこへ行くの？」

「ちょっと片付けることがあってな。なに、すぐだよ」止められるまえにその場をあとにし、足早にキャンプ地を抜け出した。林の端まで来たところ、そっとあとを追ってくる足音が聞こえた。

振り返るとソニアだった。肩に銃を下げている。

「戻ったほうがいい」

「おまえも私に意見するのはやめたほうがいい。さあ、いっしょに終わらせてしまおう。お互い何をすべきかわかっているだろう。これは生きるための犠牲なんだ」

19

ドリアンは船内の暗い金属製の廊下を進んでいた。小銃の銃口は前を向き、胸の前に垂らしたブーツの縛った紐が首のうしろに食い込んでいる。

四人の部下たちもやはりブーツを脱いでおり、ひと気のない廊下に音が響かないよう、慎重に歩を進めていた。それにしても暗い廊下だった。

果たしてこの闇は、こちらにとって有利に働くのだろうか。

いまや、どの曲がり角にデヴィッドが潜んでいてもおかしくなかった。目前に迫った戦いのことを思うと、ドリアンは興奮と同時に恐れも感じていた。これが最後になる。ついにデヴィッドとの戦いに決着がつくのだ。もしこの勝負に負け、デヴィッドとケイトがビーコンに着いてしまったら、おれの世界は滅びてしまうだろう。

デヴィッドとケイトの現在地は特定できなかった。船のコンピュータの大部分が停止していたからだ。破損が原因なのか、エネルギー消費を抑えているだけなのかはわからないが、たとえ後者だとしても、船のシステムを起動することで自分の存在に気づかれるのは避けたかった。とはいえ、あの二人を始末したらすぐにでも試すつもりでいた。それで可能性が開けるかもしれない――そう、答えを手に入れられるかもしれないのだ。それはここへ来るまでの機内でずっと考えていたことだった。このアトランティスの船はドリアンをアレスと認識している。そして、この船にはアレスの計画や、彼があれほど恐れる敵についての手がかりが残されている可能性がある。もしすべての真相を摑めれば、あるいは力関係が逆転し、地球の支配権をこちらが手にできるかもしれないのだ。おそらく、人類が助かるにはそれしか道はないだろう。

目的地に着いたようで、先を行く二人の兵士が停止した。

やがて全員がARC室一七〇一-Dの入口に到着したが、そこにはドリアンの予想とは違う光景が待っていた。廊下の至る所に黒い土が盛られ、ドアがあるはずの場所には破れて折れ曲がった金属しか見当たらないのだ。これは爆破で空いた穴だろう。

デヴィッドはこの船内で誰かと戦っているのだろうか?

部下たちに、ブーツを履いて整列するよう合図した。

そっとARC室の入口に近づき、なかを覗いた。湿り気のある暖かい空気が漏れてくる。おまけに妙なものが目に入った。緑や紫色の巨大な植物だ。ここはどこかの自然を再現した部屋なのかもしれない。栽培技術の研究でもしているのだろうか? それともただの温室か。部屋の広さからして、何かの倉庫か、あるいはここにもチューブの安置室があるのかもしれないと思っていたが。

部下のひとりを先導役に選び、いかにも罠が待ち受けていそうなその狭い土のトンネルを上らせた。ひとりぐらいなら失っても大丈夫だ。それでもまだ、デヴィッドひとりに対して自分と三人の兵で戦える。充分に有利な数字だろう。

だが、結局罠は待っていず、ただ目の前に日暮れを迎えた深い密林が広がっているだけだった。デヴィッドとケイトは道を切り開いて進んでいた。これなら簡単に追跡できそうだ。

デヴィッドは正面にそびえる岩壁に視線を上げた。見て取れるのは極彩色をまとったエクサドンだけだった。ほかはすでに飛び立ったか、最後の日差しが消えたらすぐさま狩りを始めようと、透明のマントを準備しているところなのかもしれない。

彼らは最強の捕食者だった。月のないこの場所では、影すら落とさずに漆黒の夜空を飛びまわり、いつでもどこでも狙った獲物に襲いかかることができるだろう。こちらとしては、彼らがそれほど熱心なハンターでないことを願うばかりだ。

「急いだほうがいい」ソニアが言った。

「そうだな」デヴィッドは照準器を調整し、標的に狙いを定めた。

「うまくいくと思うか？」

「すぐにわかるさ」

デヴィッドが引き金を引いたのを合図に、いっしょに草むらに腹這いになっているソニアも発砲を開始した。ほどなくして、ゆったりと流れる川面に赤い色が広がりはじめた。

ドリアンは樹上でその銃声に気づいたが、出どころを見つけるまで数秒かかった。草原を挟んだ向かいの林で、デヴィッドとアフリカ人の女が――ほとんど完璧にカムフラージュして――地べたに伏せている。いったい何を撃っているんだ？

ドリアンの目がそれを捉えた。サイズはゾウに近いが鼻は長くない大きな獣たちが、草原と川の狭間の泥地から這い出してきている。獣たちは血を流して苦しげに吠えていた。食糧が尽きたのだろうか？　狩りでもしているのか？　よくわからない。いずれにせよ、その愚行のせいで今度はやつらが狩られる側になるのだ。ドリアンは木から滑り下りた。

「連中は草原の先の林にいる。急げ、いまなら不意を襲えるぞ」そう声をかけると、部下たちを従えて猛然と道を突き進みはじめた。

メアリはベッドにからだを沈めて目を閉じた。こんなに疲れたのは生まれて初めてかもしれない。いや、そういえば、ポールとアトランタに引っ越したときも大変だった。自分の荷物に彼の持ち物が加わって、その大荷物を一階だ二階だと運んでまわったのだ。あのときも本当にくたびれた。

なぜこんなことを思い出したのだろう？　疲労のせいだろうか？　未知なる世界を前にして、頭はすっかり興奮していた。

信号。もうすぐ真相がわかるだろう。

手を伸ばし、ベッドを隔てる細い隙間を越えて、ポールの手を握った。

彼がわずかにからだを起こした。「大丈夫か？」

「来てくれてうれしかったわ。プエルトリコから連れ出してくれて」

「おれも出られてよかったよ。あそこはいまごろ水の底だろうからな」

ふいに、テントの外で銃声が響いた。

興奮のあまり、ミロは眠気はおろか空腹さえも感じなかった。ドクタ・ケイトが箱から作ってくれたテントのなかで、あぐらを組んで坐っていた。またひとつ魔法を目にした気分で、この旅の一秒一秒を楽しみ尽くしたいと思っていた。もちろん、自分にも何か役に立てることがあるはずだ。

一秒ごとにケイトは確信を深めていった。最後の時間はデヴィッドと過ごしたい。人生が終わりを迎えようとしているいま、すべてが手に取るように見えていた。本当に求めているものは何なのか、何が人生において重要なのか。それは人との交わりであり、愛し合うことだ。そして、自分がどう生きてきたか、自分はどういう人間であるかが大切なのだ。

彼の帰りが待ち遠しかった。

一発目の銃声が響いたのは、ケイトがいつしか眠りに落ちたあとだった。

デヴィッドは腹這いのまま林の縁からあとずさり、その大型獣が視界に入り、なおかつぎりぎり身を隠せる位置まで後退した。獣たちは泥のなかでのたうちまわり、銃弾の痛みに吠え声を上げていた。ソニアも隣にやって来た。

「生きるための犠牲、だろ」デヴィッドは小声で言った。

「そういうものだ」彼女が答えた。

デヴィッドはそのままじっと待った。エクサドンが下りてきて、この格好の餌食に食らいついてくれるといいのだが。

川に群れていたこの大型獣が、日暮れになって泥に潜るのを目にしたとき、デヴィッドはひとつの仮説を立てていた。夜に狩りをするエクサドンは、主に赤外線に反応して獲物の熱や動きを感知しているのではないか。そして、この獣は泥や土を覆いにしてエクサドンから身を護っているのではないか。そのおかげで生態系のバランスも保たれているのだろうが、ただし、夜間に外にさまよい出る個体がいたり、いまのように痛みのあまり隠家を出て吠える個体がいたりする場合は話がべつだ。

デヴィッドはひたすら目を凝らしていた。光がわずかでも揺れないか、その一瞬を見逃さないよう――。

いきなり血しぶきが上がった。いちばん手前で吠えていた獣の横腹に、あたかも三本の巨大なステーキナイフで切り裂いたような傷が走っている。獣はあたりを転げまわり、四方に泥を飛ばしはじめた——おそらくこれも本能的に備わった防御法なのだろう。大小様々な泥の塊が宙を舞った。一部はそのまま落下していくが、途中で止まって宙に浮いたままになるものもたくさんある。

何もないところに翼ができはじめ、続いて長い尾が現われた。そして、先端が鋭く尖った頭部も。いまではデヴィッドにも、泥に覆われたエクサドンが、圧倒的な力をもって二頭の大型獣を引き裂いているのが見えた。しかし、デヴィッドをより不安にさせたのは、身の毛もよだつこの虐殺劇の後半部分だった。三頭の空飛ぶ怪物が傷を負ったもう一頭の獣を引きずっていき、そのからだに鋭い爪を押しつけて強引に泥に沈めはじめたのだ。つまりこういうことだろう。仲間が死ぬ姿を見せつけて、隠れている残りの獣も泥の下から追い立てようというのだ。

獣たちが恐怖に耐え、安全な泥のなかに留まってくれることを祈った。

エクサドンは想像以上に賢かった——そして、残忍だった。

隣のソニアとともに、腹這いでさらにあとずさった。

川岸の凄惨な光景が見えなくなったところでようやく立ち上がり、小走りでキャンプへ戻りはじめた。

一発目の銃弾は、デヴィッドの肩をかすめた。二発目は一メートル先の細い木を撃ち砕き、破片をまともに浴びたデヴィッドは地面に倒れ込んでいた。おぼろげながら、ソニアがこちらの腕を引き、反撃しながら盾になってくれていることがわかった。

ドリアンはデヴィッドが倒れるのを見ていたが、発砲はやめなかった。万が一にも捕り逃がすわけにはいかない。

女が反撃してきたが、しょせんはひとりでこちらは五人だ。

女とデヴィッドの退路を断つことなど簡単だった。それに、おびき寄せることだってできる。キャンプ地はやつらが切り開いた道を辿ればすぐに見つかるだろう。

とどめの銃弾は自分で撃ち込みたかった。この手で決着をつけたい。

部下の二人に、いまいる岩陰に留まるよう指示した。「ヴェイルと女を撃ちつづけろ。あの場に足止めしておくんだ。キャンプ地を押さえたら、おれがやつらを仕留める」

あとの二人を連れて草原を進んだ。女が数発撃ってきたが、狙いは大きく外れていた——何も見えずに撃っているのだ。

草原から突き出した岩に立ったところで、初めて川辺の殺戮現場が目に入った。全身に血糊と土をこびりつかせた翼のある化け物が、大型の獣をズタズタに引き裂いている。その泥と血にまみれた狂宴は、ドリアンにさえ恐怖を感じさせた。ここはいったいどういう場所なんだ？

脚に力を込め直して前進した。密林に開いた入口はもう目の前だった。キャンプに銃弾を浴びせれば、デヴィッドも女も間違いなく反撃に駆けつける。もはや、おれのもとへやって来るしかなくなるのだ。

20

ケイトは立て続けに響きはじめた銃声で目を覚ました。じっと耳を澄ます。出どころは二カ所、遠い音と近い音。撃ち合っているのだ。

ベッドから跳び起きて荷物を摑み、急いで外へ出ると、ミロ、ポール、メアリの三人もテントを出ていた。

「荷物をまとめて」彼らに呼びかけた。それから次々にテントをまわり、収縮するようパネルにコマンドを打ち込んだ。

太陽は完全に沈んでおり、あたりは深い闇に閉ざされていた。聞こえるのは銃声と、密林の厚く茂った葉や枝が揺れる音、それに、遠くで長く尾を引いている獣の吠え声だけだ。その咆哮にケイトは思わず身震いした。

気を引き締め、ほかの三人とともに縮みはじめたテントから大急ぎで荷物を運び出した。

「それで、どうする?」ポールがケイトに訊いた。

できることはひとつしかない。「隠れましょう」ケイトは答えた。

デヴィッドは呼吸が戻りはじめるのを感じた。木片のいくつかはアトランティスのスーツを貫通しているが、大半は弾き返されたようだ。

背後の岩陰に潜む集団がまた連射を始め、砂利や土埃が激しく舞った。

荷物を探った。何か使えるものはないか。

これだ。

枯れて乾燥した下草を集め、マッチを擦って火をつけた。

「火が消えないようにしてくれ」そう言うと、荷物から手榴弾を取り出した。「援護射撃を頼む」

デヴィッドは、身を低くしたまま全速力で川岸のエクサドンの方へ駆けだした。

ドリアンと兵士二人が密林の入口に迫ったときだった。右側にいた兵士がふいに浮き上がり、痛みに引き裂かれたような悲鳴を上げた。と、そのからだから一気に血が噴き出し、ばたつく足先がドリアンを蹴り飛ばした。兵士はつかの間その場に浮いていたが、やがて激しく揺れはじめ、あたりに血をまき散らして……。

赤く染まったあの化け物が現われた。

ドリアンはすぐさま兵士ごと化け物に銃弾を浴びせ、さらに銃身を左右に振った。おぞましい怪物が二頭、緑の草原に転がった。何やらぱちぱちと光を明滅させている。見ると、全身が小さい鏡のような鱗で覆われていた。こいつは果たして生物なのか、機械なのか。血を流しているところを見ると生きているらしいが。それに、姿を消すことができるようだ。

まるで大地が一斉に騒ぎはじめたかのようだった。

草原の端で手榴弾が爆発したかと思うと、とたんに大量の泥が噴き上がり、翼をもった化け物の輪郭がさらに半ダースほどあらわになった。と、泥の下で蠢《うごめ》いていた獣たちがこぞって外へ這い出しはじめ、泥まみれの化け物どもを猛《たけ》り狂わせた。

向こうの岩陰でデヴィッドを撃っていた兵士のひとりが、悲鳴とともに空に舞い上がった。もうひとりは背後の木立へと走りだしたが、やはり彼も宙に引き上げられ、切り裂かれて、わずか数秒後にはその断末魔の叫びも聞こえなくなった。

ドリアンは素早くからだをまわして周囲を見まわした。

デヴィッドと女がいた場所には火の手が上がり、草原の端の方から刻々と赤い舌を伸ばしていた。

〝あの化け物は体温を感知して狩りをするのだ。デヴィッドは炎でやつらを惑わそうとしている〟ドリアンはすぐに悟った。

振り返ったところで活路を見出した。ドリアンは指を差し、最後のひとりになった兵士に言った。「あの洞窟だ。急げ」

デヴィッドはまた一本、太い枝を拾い上げ、それに点火して力いっぱい草原の方へ放り投げた。膝まで伸びる草は青々としていたが、どうにか火が移るぐらいの枯れ草があることを願っていた。少なくとも、密林を囲む下草ぐらいは燃えてくれるだろう。とにかく防衛線が必要なのだ。

ケイトは密林に起きた変化を感じ取っていた。林が動いている。葉も枝も、木の幹までもが動物や虫たちとともに蠢きはじめ、必死で見えない敵から逃げ出そうとしているかのようだった。ふいに爆発音がし、煙の臭いが漂ってきた。いったい何が起きているのだろう？　とにかく、また新たな危険が発生してしまったようだ。このままこの閉ざされた空間にいては、いずれ煙で窒息するだろう。本音を言えば、いますぐ炎に向かって走りだし、デヴィッドを探してまわりたかった。だが、そんな真似をすればデヴィッドは怒り狂うにきまっている。それに、自分がとるべき行動もわかっていた。

ポール、メアリ、そしてミロの方を振り返った。「急がなくちゃ。もし出口に辿り着けなかったら……」

ポールが前に進み出て、ケイトの手から山刀を取った。「まずはおれが先頭に立とう。きみは休んでくれ」

ドリアンは慎重に岩場を上っていった。視界はすでに煙で塞がれており、レーザー照準器の赤い光線が、夜空を縦横に照らす灯台のライトのように煙幕を貫いていた。この光が一瞬でも遮断されたら、即座に引き金を引くつもりだった。あの化け物に狙われたら最後、撃ち殺すしか助かる道はない。

だが、化け物は現われず、気づくと二人は洞窟に辿り着いていた。入口の直径は約百二十センチというところだ。頭を差し込んでから素早く懐中電灯のスウィッチを押した。異常はない。奥行きも充分ある。

「石を集めろ」兵士に言った。「おれが援護する。入口を塞いで体温が漏れないようにするんだ」

数分後、洞窟の入口に石の小山ができていた。二人でなかへ潜り込み、その石を積み上げてぴったりと穴を塞いだ。窒息さえしなければ、これで身の安全は確保できるだろう。

兵士と向かい合う格好で岩壁にもたれかかった。彼が、ガラガラとくぐもった音を立てた気がした。いびきでもかいているのだろうか？　この男が機内で吐いたひとりかどうかは思い出せなかった。いちばん優秀な兵士が残っていると信じたいところだが。デヴィッドと女戦士を相手にするには、最低でもひとりはそうした味方が必要なのだ。

洞窟に意識が向き、ぼんやりとだがある考えが浮かんだ。こういう場所にはどんな生物が棲みつくのだろう?

兵士がまたガラガラと音を立てた。

「おい、口を開けて息をするな」

くぐもったその音が、喉から絞り出すような細い音に変わった。

兵士の脚を蹴った。固く締まった筋肉を感じた。いや、固すぎる。ブーツでそれを探ってみた。やけに細い。周囲二十センチもないし、むろん兵士はもっと肉付きがよかったはずだ。おまけにこの脚には、ブーツが滑るぐらいにまったく凹凸《おうとつ》がない。

その正体に気づいた瞬間だった。もう一本の太いロープがドリアンの首をぐるりと囲み、背中と壁の隙間に滑り込んであっという間にからだに巻きついてきた。両腕がきつく脇腹に押しつけられ、そのまま地面に引きずり倒された。巨大なヘビに締めつけられて、ドリアンは徐々に呼吸を奪われていった。

21

デヴィッドとソニアは背中合わせになって密林を進んでいた。どこかに狙撃銃のレーザーが落とす赤い楕円が見えないか、あるいはエクサドンの気配がないかと、二つの脅威に交互に目を光らせていた。煙は次第に濃さを増し、疲労も重く募っていったが、二人はけっして足を止めずに一歩ずつ前進しつづけた。

ケイトはミロの姿に目を見張った。こんなにたくましい彼を見たのは初めてだ。ミロは両手に布を巻きつけて山刀を握っていた。まめができてペースが落ちたときを除けば、終始力強く草や蔓を叩き切り、果てがないかのようなこの密林に着々と道を開いてくれている。

背後の林が騒ぎだした。樹上や下草に潜む生き物たちが一斉に散りはじめた音がする。

ポール、メアリ、ミロの三人がこちらを振り返った。

「隠れましょう」

ドリアンは全身から力が抜けていくのを感じた。ヘビは首から膝まで絡みつき、ますますきつくドリアンを締め上げていた。

できる動きはひとつしかない。ドリアンは身をよじらせて横倒しになり、腰をくの字に曲げ、地面を押し、腹筋を使って上体を起こすと、そこでめいっぱい背中を岩壁に叩きつけた。

ヘビは離れなかったが、ほんの一瞬、筋肉のロープが痙攣して緩くなった——それで充分だった。すかさずベルトからナイフを抜き、ヘビを突き刺した。

ヘビが鎌首をもたげて腕に嚙みついてきた。が、それは墓穴を掘る行為だった。ドリアンはもう一方の手にナイフを持ち替え、ヘビの頭部から自分の前腕まで、鋭い刃先を一気に沈めた。痛みを無視してナイフを引き抜くと、刃の背側に並ぶノコギリ歯が、その下等生物の頭をさらにズタズタにしていった。あとはもう一度軽く刺すだけで、ヘビのからだから力が抜けた。

次の攻撃に備えてナイフを構えたまま、闇に素早く手を伸ばして荷物を探った。

小さな筒を引っぱり出し、先端を擦った。瞬く間に炎が狭い空間を照らし出し、煙が渦を巻いて広がった。

兵士の姿はすぐに煙で隠れてしまったが、つかの間見えた彼の目が、ドリアンの背筋を凍らせた。虚ろに見開かれているだけだったのだ。ヘビが身をくねらせ、頭を揺らして兵士を解放した。そして、炎と煙から逃げるようにドリアンをかすめて穴の奥へと去っていった。

すぐさまヘビの死骸を越えて兵士に飛びつき、首筋に指を当てた。脈が弱い。もっと空気が必要だ。

入口に積んだ石のもとまで這っていき、それを突き崩した。外は一面、火の海だった。この化け物屋敷の真ん中で草原が赤々と燃えている。黒く渦巻く煙のなかで、その炎の明るさがぞっとするほど際立っていた。

兵士を洞窟から引きずり出し、外に寝かせた。この状態で果たしていつまでもつだろう。彼を抱え上げ、岩に開いた裂け目に——どうにか身を護れそうな場所に——運んでいった。兵士を下ろすと二つの荷物も取りにいき、続いてまた石を集めにかかった。

やがて裂け目に潜り込むと、ドリアンは兵士を自分の前へ抱き寄せ、盾になるようにそのからだを広げた。この男も、たとえ死体になっても隠れ蓑《みの》ぐらいの役目は果たすだろう。それに、化け物が襲ってきたときの爪よけにもなる。いくらかでも体温を隠そうと、ドリアンは集めた石を二人のまわりに積み上げた。

銃を握ったが、レーザーで周囲を探る気にはなれなかった。ヘビとの格闘で精も根も尽き果てていたのだ。ぐったりと疲れ、まるでアレスと話したあとのような虚脱感に襲われていた。あのアトランティス人はドリアンの命を——そして、地球の全人類の命を——握っていた。まさに、あのヘビと同じように。それは闇のなかで音も立てずに忍び寄り、あっという間にこちらを捕らえて締め上げる。そして、息の根を止めたところで屍《しかばね》を呑み込んでしまうのだ。

ドリアンが見つめる前で、炎が草原を焼き尽くしていった。やがて、その火も鎮まり、残り火だけが赤く輝きはじめたころ、彼は身中に新たな炎が燃え上がるのを感じていた。

ケイトの胸にさざ波のように安堵が広がった。彼らが切り開いた道を辿り、デヴィッドがそっと密林を進んでくるのが目に入ったのだ。

「デヴィッド」そう叫ぶと、隠れていた場所から走り出て、デヴィッドの腕に飛び込んだ。

デヴィッドがうめき声を漏らして小さく顔を背けた。

怪我をしているのだ。両手で彼のからだを探り、血が染み出ている場所を見つけた。

「平気だ。ちょっと木切れが刺さっただけさ」

デヴィッドがほかのメンバーを見まわした。

「急いだほうがいい」そう言うと、彼はソニアとともに先頭に立ち、一同を連れてふたたび歩きだした。

それから二時間ほど経ったころ、一行はARC室一七〇一-Dの出口を見つめていた。

ひとつだけ問題があった——ドアは床からおよそ六メートルの高さにあったのだ。

デヴィッドは、黒い土の陸が終わってARC室の硬い床材が剝き出しになる、その境目まで歩いていった。ここの土は細かくてさらさらしているようだ。いやはや、何とも常識外れな部屋だとしか言いようがない。

全員で二つの課題に向き合った。まずはどうやってドアに爆薬を仕掛けるか。そして、無事に穴が空いたらどうやってそこから抜け出すか。次々とアイデアが出され、意見が交わされた。要するにドアに到達する方法が問題であり、主に、いかにして梯子代わりにする木を切るかが話し合われることになった。山刀を使えばいい。それでは時間がかかりすぎる。少しだけ爆薬を使うのはどうか。それは危険だ――ぜんぶドアの爆破にまわすべきだろう。もし足りなかったら、ここから二度と出られなくなる。銃で撃つのは？　いや、弾はドリアンやエクサドン用に残しておく。それに、下手に音を立ててトラブルを招きたくない。

最終的には、もっとも原始的な方法をとるということで話がまとまった。銃弾も手榴弾も使わず、騒音も出さずにドアまで爆薬を運ぶ方法だ。

デヴィッドがいちばん下に立った。その肩にはソニアが立っており、彼女は精いっぱいバランスを保ってミロの足を乗せた両手を高く伸ばしていた。ソニアはわずかに揺れていたが、ミロはどうにか分厚いドアに爆薬を取り付け、起爆装置のスウィッチを押した。

ソニアが腕のなかにミロを落下させた。その衝撃にデヴィッドは思わずうめき声を漏らしていた。彼女は下のメンバーにミロを渡し、自分も床に飛び下りた。それから全員で遠くに離れ、固唾を呑んで爆破の行方を見守った。

粉塵がおさまるにつれ、一同の目に、ドアの先の廊下で光る薄暗い非常灯の明かりが見えてきた。どっと歓声が上がり、次々とハグが交わされた。デヴィッドはケイトを抱き締め、飛びついてきたミロも抱き寄せた。メアリは気づくとポールの腕に飛び込んでいたという様子だった。デヴィッドがソニアに短く頷くと、彼女も口の端に小さな笑みを浮かべてみせた。

ふたたび人間ピラミッドを作ったが、今回は全員を外へ出すことが目的だった。まずはミロを出し、続いてメアリ、ケイト、ポール、そしてソニアが順番に穴を抜けた。ソニアはほかの者たちにからだを摑ませ、バックパック三つぶんの肩紐をデヴィッドの方へ下げて寄こした。デヴィッドは助走をつけて跳び上がり、肩紐を摑んだところで壁を踏みながら上に向かった。ソニアの手が届く位置まで着くと、彼女がさらにからだを引き上げてくれ、残りの者たちが二人をドアの外へと引っぱり出した。

ドリアンは爆発音で目を覚まし、とたんにぞっとした——眠るつもりはなかったのだ。兵士が首をまわしてこちらを向いた。「どうなったのですか?」かすれた声でそうささやいた。

「ここにいろ」

崖の突端まで走っていき、小銃のスコープを覗いて音の出どころを追った。

ドアだ。出口がある――デヴィッドのチームが爆破して穴を空けたらしい。じっと観察していると、ぜんぶで六人いることがわかった。ケイト以外は見たこともない連中が、壁をよじ登って次々と外へ出ていく。

ため息をつき、室内を見渡した。静けさが戻っていた。端の方の、密林と入口のあいだあたりから太陽が昇りはじめている。向かいにそびえる岩壁に、泥を被った例の怪物が二頭いるのが見えた。翼を広げて日差しを浴びているようだ。

ひょっとして日中はあの場から動かないのだろうか。だとしたら、もはや何の障壁もなくケイトとデヴィッドを追えるということだ。

ケイトたちは廊下をひた走っていた。ARC室の出口も、その向こうの脅威も、着々と遠くなっていく。

ポータル室に到着すると、ケイトは青白い霧を指で操り、アーチ形の扉に近づいた。

「準備ができたわ」

「ドリアンが追ってこられないように、ポータルを閉じることは可能か？」デヴィッドが訊いた。

「いいえ。この船は緊急時システムが作動している。いまはここが唯一の脱出経路だから、封鎖することはできないわ」

デヴィッドが頷いた。それからひとりずつ、ミロ、二人の兵士、三人の科学者たちが白く輝く光の壁を通り抜けた。その先はもう、アトランティスのビーコンだった。

II　アトランティスのビーコン

22

　ポータルを抜けたとたん、メアリ・コールドウェルは鼓動が止まりそうなほどの衝撃を覚えた。そこはパールホワイトの床とマットグレイの壁に囲まれた空間だったが、彼女の心を一瞬にして奪ったのは、目の前に広がる大きな窓だった。真っ黒なカンバスを背に、青と白と緑に彩られたマーブル模様の地球が浮かんでいる。

　これは、選ばれた少数の者だけが見ることを許されてきた光景だ。そう、宇宙飛行士だけが。彼らはこれを自分の目に収めるためにあらゆる危険を受け入れ、人類の知を広げるために自らの命を懸けてきたヒーローなのだ。幼いころのメアリは、宇宙という大いなる謎に満ちた世界を旅することを夢見ていた。だが、そこにある危険が常にハードルになってしまった。そして、結局は天文学者になると決め、両足はしっかりと地面につけたまま自分にも貢献できることを探してきたのだった。だが、本当に見たかったもの、本当にしたかったことはこれなのだ。

いまここでなら、たとえ何が起きようとも満足して死ねると思った。

そのときポール・ブレンナーの頭に浮かんだのは、〝もうだめだ〟という思いだった。アトランティス病が発生したその日から、毎日似たようなことを感じているが、これはさすがに次元が違った。自分の精神が少し危ない状態にあるという自覚もあった。テレンス・ノースと対決し、彼を殺したこと。あの一件ですでに限界に近づいていた。それなのに、モロッコの山では洪水に追われ、アトランティスの船に着けば異常な部屋に放り込まれ、極めつけがこれだった——地球をまわる軌道に乗って、その惑星を見下ろしている。

日頃からポールは、制御不能なものを制御して飼い慣らすことに慣れていた。つまり、ウイルスだ。その方面でなら自分もゲームの仕方を心得ている。病原体、生物学、政治。だが、いまは自分が何の上に立っているのかさえわからない。

気づくと首をまわし、傍らに立つメアリに顔を向けていた。こんなふうに彼女を見つめるのは……ずいぶん久しぶりのことだ。

その眺めを前にして、ミロは確信を強めていた。自分は理由があってここにいる、自分には果たすべき役割があるのだと。幼いころは、世界は途方もなく広く、果てがないかのように感じていた。だがいまは、それが一個の小さなボールになってすぐそこに浮かび、無限の宇宙に呑み込まれそうになっている。そんな光景を見ていると、自分がいかにちっぽけで、ひとつの命がどれほど儚《はかな》いものかを思い知らされた——まるで人類というバケツに落ちた一粒のしずくみたいなものだろう。まばたきする間に去ってしまい、あとに残るものと言えば、やがては消えてなくなるかすかな波紋だけなのだ。

ミロは、ひとりの人間というしずくが、時代の苦しみを悪化させる毒にも癒やす薬にもなると信じていた——と言っても、その時代だって、ごく短いあいだ表に出ている薄い水の層にすぎないのだが。自分の周囲に立つ、様々な才能をもった仲間を見まわした。自分は戦士ではないし、指導者でも天才でもない。でも、自分が彼らのためにできることはあるはずだ。自分にも何か役目がある。それは間違いないだろう。

デヴィッドはポータルを出たところにある狭い待機スペースを見まわし、続いて、環状に一本だけ走っている廊下をひとまわりした。銃を四方に向けて素早く確認してまわったが、誰かが潜んでいるような気配はなかった。

見たところ、ビーコンの立ち入り可能エリアは一階しかないようだった。形状は、たとえるならティーカップのソーサーに似ている。

たったいま出てきたポータルがそのソーサーの真ん中部分を占めていた。たまに高層ビルなどで、フロアの中央に円筒形のエレヴェータ・シャフトが走っているのを見かけるが、ちょうどあんな感じだ。

もう一度、ポータルの出入り口と大きなはめ殺しの窓がある位置からスタートし、時計回りに廊下をまわってみた。まずは居住用の部屋が四つ並んでいた。ランダーの船室とよく似ており、狭いベッドが一台とテーブルが一脚、それに、音波洗浄室——デヴィッドはその小部屋を単に〝シャワー室〟と呼んでいたが、もう少し正確に言えば、色とりどりの閃光を浴びるだけの水の出ないシャワー室だ——がついている。ポータルの裏手、出入り口のうしろにあたる位置には、研究室のような広い部屋が二つあった。その隣の部屋は備品室になっているようで、そこを過ぎると出発点のはめ殺しの窓に戻る。備品室には銀色の箱がたくさん積まれており、船外活動スーツも何着か見えた。

二度目のビーコンの探索を終え、ポータルの正面に戻ってみると、残りの者はまだ同じ場所に突っ立っていた。催眠術にでもかけられたように呆然と窓の外を見つめている。いまは目の前の課題に集中しなければならないというのに。たしかに身も心も疲れているだろうが、それでも大人たちの肩を揺すってこう言ってやりたかった。〝気を引き締めろ！〟

集中するんだ！　殺人者に追われているんだぞ。やつらはすぐそこまで来ているかもしれない！〟

だが、ミロは仕方がない。もし自分が十代のころに宇宙ステーションから地球を見下ろしていたら、いったいどんな気分がしたことか。下手をすれば小便を漏らしていただろう。

ケイトの顔には何の表情もなかった。どういうことかはわかっていた。彼女は移植した神経回路を使ってこのアトランティスの乗り物と交信しているのだ。と、その顔に徐々に不安の影が差しはじめ、やがて彼女がこちらを向いた。デヴィッドも不安になった。彼女以上に不安になった。

デヴィッドはポータルを指差して言った。「脱出口はここしかないのか？」

「ええ」ケイトが頷いた。

そのことばでソニアが我に返った。「バリケードを築くか？　それとも待ち伏せするか？」

デヴィッドはここにある備品を思い出してみた。あの量ではポータルを完全に封鎖するのは無理だ。半分も塞げないかもしれない。「待ち伏せだ」ソニアに言った。そして、居住室が並んでいる方へ顎をしゃくった。「ポータルのあっち側に伏撃ポイントを築く」

ソニアと備品室へ行って銀色の箱をすべて運び出し、出入り口に対して垂直の向きになるようにそれを積み上げた。そうしておけば、撃った銃弾はポータルの前を横切って備品室に着弾するからだ。むろん、ドリアンや残りの手下に命中することを願っているが。横向きに待ち受けるのが安全だという保証はないが、おそらくドリアンは正面に発砲しながらポータルから出てくるだろうし、だとすれば――。

ケイトが腕を摑んできた。「話があるの」

「私が先に見張りに立とう」そう言って、ソニアが箱の背後に就いた。

ケイトがいちばん手前の居住室へとデヴィッドを引いていった。

「部屋はあと三室ある。みんなで使ってくれ」デヴィッドは声をかけた。三室を四人で使うことになるが、割り振りは自分たちで決めるだろう。

ポールは小さなベッドに崩れるように坐り込み、アトランティスのスーツを脱ぎはじめた。ドアが開き、メアリが入ってきて荷物を下ろした。

てっきりメアリはあの女性と同じ部屋を使うものと思っていたが。「おれとミロが相部屋になろうか」

「いえ、いいの」

「もしかして、あまり彼女とは……」

「申し訳ないんだけど。ソニアは……なんとなく怖いのよ」

ポールは頷いた。「わかるよ。おれもなんだ」

〝明るい材料がゼロというわけではない〟ドリアンは思った。ヘビに殺されかけた兵士は自力で歩くことができたし、機内で吐いたひとりでもなかったのだ。六人のなかではまだましな兵士だということだろう。まあ、どのみちいまはこの男しか残っていないのだが。彼はヴィクターという名で、それほどお喋り好きではなかった。それが最後の明るい材料だ。

密林を進みはじめて数時間後、ヴィクターがついに口を開いた。「どういう計画なんですか？」

ドリアンは足を止めて水筒の水を飲み、それを男にも渡した。密林の向こうに、デヴィッドに爆破されて金属がめくれあがった出口のドアが見えていた。

「ウサギの穴に入って、この件を終わらせるんだ」

「問題が起きたわ」ドアが閉まると同時に、ケイトは言った。

デヴィッドがテーブルの前に坐った。ここに来てどっと疲れが出たという様子だ。「たとえ最悪の事態が起きたとしても、その言い方は二度としないでくれるか？　そのことばを聞くと必要以上に緊張する」

「じゃあ、どう言えばいいの？」

「さあな。〝ちょっと相談したいことがある〟とか?」

「ちょっと相談したいことがあるわ」

デヴィッドが力なく微笑んだ。すべてを諦めたような疲れた笑いで、ケイトは何やら彼が気の毒になってしまった。

「ヤヌスが送ったメッセージのことよ。あれは、私たちが予想していたようなものではなかったの」

デヴィッドが、続きを待つように黙って視線をさまよわせた。

ケイトはテーブルの上方にあるスクリーンを起動し、ヤヌスの通信記録を再生した。

「これは」デヴィッドが口を開いた。「たしかに、かなりの大問題だ」

23

デヴィッドは灰色の壁に据え付けられたテーブルに向かい、疲れた頭でどうにかヤヌスのメッセージを理解しようとしていた。

「もう一度見せてくれ」

背後のベッドに腰を下ろしているケイトが、脳内リンクを使ってまた映像を再生した。

にするべきだと感じていた。
「みんなにも教えるべきだろう」
デヴィッドが見る限り、もはや選択肢はなかったし、決めるなら全員で話し合ってから
「どうする？」ケイトが訊いた。

デヴィッドが居住室をまわって一同をポータルの裏手の広い通信室へ集めているあいだに、ケイトは部屋のドアが閉まらないようにプログラムした。その開け放たれた部屋に、いまはミロ、メアリ、ポール、そしてソニアとともに立っている。ソニアにはデヴィッドが事情を説明し、自分自身のためにも映像を見るべきだと言って見張り役を交替させたのだった。デヴィッドはポータルの傍らに築いた即席の前哨基地に坐り、侵入路と、その先の空になった備品室の方へ小銃を向けていた。

映像がまだ始まらないうちに、ポールがスクリーンの前へ進み出てケイトに言った。

「悪いんだが、先に話をさせてもらってもいいか？　おれは……この場所で銃を使うことに疑問があるんだ」彼は明らかにデヴィッドの方へ目を向けないようにしていた。

「私もそう思うわ」メアリも小さな声で賛同した。

ソニアが背筋を伸ばした。

デヴィッドが肩越しに大声で叫んだ。「ドリアン・スローンがここから出てきたら、お

れは迷わず引き金を引く。話し合うつもりはない」

メアリが咳払いをした。「それじゃあ……せめて、箱は出入り口の向かいに積んだほうがいいんじゃないかしら。その位置なら相手が入ってきてもすぐにわかるし、ポータルに向かって撃てるでしょう。少なくとも銃弾はランダーに飛んでいってくれるわ」

「おまえは」ソニアが口を開いた。「ポータルが銃弾も移動させるという前提で話をしている。だがもしそうでなかったら？　弾はポータルの機構部を撃ち抜き、我々はここに閉じ込められるかもしれない。そのときは、壁に穴が空いて即死するよりもはるかに苦しい目に遭うだろう。それに、穴が空くというのもただの憶測だ。これだけ先進的な構造物なら、むろん外部からの衝撃に耐えられる造りになっているだろう。詳しいことは知らないが、宇宙には大量の石やら岩やらが漂っているんじゃないのか？　なかには高速で移動するものもあるはずだ。それなら内部からの衝撃にも耐えられると考えるのが妥当だし、たとえ穴が空いても、即座に自己修復する機能を有している可能性が高いだろう」

「その……そんなふうに考えたことはなかったわ」メアリが頬を赤くして言った。

「ほかにも考えることがたくさんあるからな」ソニアが頷いた。「それに、我々はみな精神的にまいっている。わからないことだらけだからだ」彼女はケイトに顔を向けた。

「だが、答えを教えてもらえるなら話はべつだろう」

「ああ、いいえ、私にもわからないのよ」ケイトは答えた。アトランティス人としての記憶にはむらがあり、銃撃戦に耐えられるかどうかも含めて、このビーコンにどんな機能があるのかよく知らなかったのだ。

「映像があるという話でしたよね？」ミロが言った。

「ええ、そうなの」ケイトは大型のスクリーンを起動した。再生が始まると、五人は少し退がって半円形に画面を囲んだ。

ヤヌスが母船のブリッジに立っていた。彼とパートナーの科学者が地球まで乗ってきた船で、月の裏側の、岩や砂の下数百メートルの深さに埋められて隠されていたものだ。

ヤヌスは毅然とした表情で語っていた。

〝私はドクタ・アーサー・ヤヌス。私は科学者で、私の故郷は、はるかむかしに滅んだ文明世界である。我々はかつて大きな過ちを犯し、そのために、あまりにも高い代償を払うことになった――我々の社会の人類は、ほとんど全滅してしまったのだ。生き残った同胞は身を隠す場所を求め、この地へ、いま私がいるこの世界へと逃げてきた。そして、我々はまた同じ過ちを犯してしまった〟

船が大きく揺れた。ブリッジに並ぶパネルがヤヌスの背後でチカチカ瞬き、何か弾けたような音を立てて次々と暗くなっていった。

〝あなたたちにお願いしたい。我々の世界を滅ぼし、我々が害をなしたあなたたちに。どうかこの星の人類にまで復讐を続けることはやめてほしい。彼らもまた被害者なのだから〟

ブリッジに火が噴き上がり、直後に映像が終わった。

「これは、どうやら……」ポールが口を開いた。「味方に送ったメッセージではないようだな」

メアリが唇を噛んだ。「あの返事――つまり、私が受け取った信号だけど、あれがこのメッセージに対する返事だというのは確かなの？　それに、信号の内容はわかったのかしら？」

「いいえ」ケイトは答えた。「実のところ、あなたは伝達中のシグナルを拾っただけなの。ビーコンは入ってきたシグナルを解読することもあるんだけど、今回はしていなかったわ」画面が切り替わり、受信メッセージと発信メッセージの通信記録が映った。「これが、ヤヌスが発信したメッセージよ。二週間まえに母船から送られているわ。奇妙なのは、彼がクァンタム通信ブイを経由させて――」

「クァンタム通信……」

「中継装置みたいなものよ。アトランティス人が遠距離の情報伝達を行うために使っていたの。と言っても、ただ単に宇宙で情報を伝送しているという話ではないわ。このブイは空間を折り畳んで一時的にワームホールを作れるし、そのためのエネルギーも生み出せる。ごくごく短いあいだだけワームホールを作ってデータを送るのよ。ブイは何百万とあって、緻密なネットワークを形成しているわ」

部屋にはぽかんとした顔が並んでいたが、メアリだけは頷いていた。

「それの何が気になるんだ？」ポールが訊いた。

「つまり、ヤヌスはシグナルの出どころを隠していたと考えられるのよ。彼はたくさんのブイを経由させていて、ここから送り先を追うこともできないわ。どう見てもヤヌスは相手に発信地を知られたくなかったのよ」

「だが、やつらは何らかの手段で突き止めたのか」ソニアが言った。

「そうかもしれないし、違うかもしれない」ケイトは答えた。そして、通信記録の次の列をハイライトした。「ヤヌスがメッセージを送った二十四時間後に、返事が届いているわ。これにはアトランティスのアクセス・コードが付いていたから、ビーコンも通過を許可したの。よくわからないのは、この返事がアトランティスの形式で記されていなくて、コード化の方式も違うということ。何というか、とても……〝地球っぽい〟のよ。あまりにも単純で、後進的だというか。アトランティスのコンピュータでは解読できないぐらいにね」

「まるで、送り主はアトランティス人が後進的な星に隠れていることを知っていたみたいだな……」ポールが言った。

「餌をまいてるんだ！」デヴィッドがポータルの傍らの持ち場から叫んだ。

「私もそう思う」ソニアが言った。「もし、いま見たメッセージが強大な敵とやらに向けたもので、しかも発信地は辿れないとすれば、相手は疑わしい星に囮《おとり》のメッセージをばらまくだろう。我々をおびき寄せるためにな」

ポールが頷いた。「こっちが返信して位置を明かすことを期待してるんだな。もっとうまくいけば、我々がビーコンを停止させるかもしれない。地球上で起きていることを見せるために」

「この地球の住所が記されていたのよ」メアリが言ったが、すぐにこう続けた。「でも、どの星にも相手に合わせたメッセージを送っているのかもしれないわね」彼女は、その可能性に気づいてすっかり落ち込んでしまったようだった。最後の希望の灯までが消えてしまったという様子だ。

ポールがこめかみを揉みながら離れていった。「疲れすぎて頭が働かないな。どう考えても返事は送らないほうがいいだろう。少なくともいまの段階では。それに、ビーコンも停止させるわけにはいかない。ヤヌスは明らかにアトランティス人の敵がまだうろついていると考えていたんだ。ということは、どうすればいい？　ほかにどんな手が残っている？」彼はちらりとポータルに目を向けた。

「そのとおりだ」ソニアが言った。「我々は閉じ込められたということだろう」

24

ケイトは目を閉じてまぶたを揉んだ。とにかく疲れていた。この一時間というもの、居住室の小さなテーブルでひたすらスクリーンを見つめていたが、見れば見るほど体力を吸い取られていくようだった。だが……それでも、何か見落としている気がしてならなかった。あるいは、そう思いたいだけなのかもしれないが。この檻から出る方法があると信じたいあまりに、そんな錯覚を抱くのだろうか。

ドアが開き、まぶたが落ちかけたデヴィッドが転がるように入ってきた。

ケイトは微笑んだ。「お帰りなさい、お仕事はどうだった?」

彼はかろうじてベッドに辿り着き、そのままばったりと倒れ込んだ。「アトランティスのモールの警備員にでもなった気分だ」

ベッドへ行って彼の顔を見下ろした。

「フード・コートで大騒ぎしてる子でもいたの?」

「仕事中に居眠りしてたんで、上司が帰らせてくれたのさ」

ケイトは彼の汚れた上着を脱がせはじめた。「まあ、あなたをクビにはできないんだし」そして、大げさに思いやりを込めて言った。「アトランティスのビーコンにはあなたがいないと困るんだもの。でも、こんな格好で寝てたらベッドが泥だらけになるわよ」彼のパンツとブーツも回収し、すべてまとめて部屋の隅にある衣類洗浄機に突っ込んだ。

デヴィッドが、からだはぴくりとも動かさずに目だけでこちらの動きを追った。「どういう仕組みなんだ？　そのアトランティスの洗濯機は。実際のとこ……いや、説明しなくていい。何でもかまわない」

ケイトは流動食の袋を彼に渡し、キャップを外して口元近くへ押した。

「これは？」

「夕食よ」軽く袋を握って口のなかに中身を出した。

とたんにデヴィッドが飛び起き、壁に向かってオレンジ色のジェルを吐き出した。「何だこれは！　ひどいな。いったい――こいつは何かの仕返しか？」

ケイトは首を傾げた。「そんなにひどい？」自分もジェルを口に含んでみた。「べつに、ただの酵素分解済みのアミノ酸と、トリグリセリドと――」

「まるでクソみたいな味だよ、ケイト」

「そんなもの食べたことないでしょ――」

「いま食べた。まずいなんてもんじゃないぞ。なぜそんなものを平気で食えるんだ？」

自分でも同じことを思っていた。平気というより、ほとんど何の味もしないのだ。やはり、変わってきているということだろうか。ますます……アトランティス人になっているということなのか。無理にその考えを頭から消した。

「とにかく、たとえほかに食い物がなくてもおれは食べないぞ。飢え死にするほうがましだ」

「大げさね」

デヴィッドが荷物に手を伸ばした。「何が残ってる？」

ケイトは荷物を開けて携行食を確かめた。「ビーフシチュー、ブラックビーンズとポテト添えのバーベキュー・チキン、マカロニ・チリ……」

デヴィッドはまたベッドに寝転んだ。「たまらないな。ついでにおれをもっと興奮させてくれ」

彼の胸をパンチした。「ばかなことばっかり」

デヴィッドがにやりとした。「そういうおれが好きなんだろ」

「ええ。おかげで私までばかになりそう」

「きみが食べたくないものをもらうよ」彼が言った。

「私はもう、あまり味の違いを感じないと思うわ」

デヴィッドの眉間にかすかにシワが寄り、次第にその顔から微笑みが消えていった。どういうことか気がついたのだろう。

彼は適当に携行食のパックを摑んで蓋を開け、勢いよく中身を掻き込みはじめた。

できればもっとゆっくり食べてほしかった。そのほうが消化酵素が分泌されやすくなり、食物がしっかり分解されて効率よくカロリーを摂取できるからだ。だからこそ、栄養価の高いアトランティスの流動食を食べさせたかったのだが……人間は、栄養さえあればいいというものではないのだ。

重い空気を追い払おうと、デヴィッドがおどけたようにケイトの鼻をつまんだ。「鼻血はもう出ないみたいだな」

「ええ、ぜんぜん」

パックを空にしようとしていたデヴィッドが、ふと手を止めた。「実験のせいだったんだな？　あのシミュレーションとかいうやつだ」

「そうよ」

彼は最後のひと口を食べ終えた。「アルファは四日から七日ほど……残されていると言った。つまり、あの段階ではアルファはきみの健康状態を――正確な余命を――確定できていなかった。それは、きみがあと何回実験をするかわからなかったからだ。そして、もし一度もしなかった場合は七日間生きられるということなんだ。違うか？」

「いいえ、そのとおりよ」

「よかった」デヴィッドが言った。「四日よりも七日のほうがいいにきまってる」

「そうね」ケイトは静かに答えた。

「よし。それじゃあ……ちょっと相談があるんだ」

ケイトは眉を上げた。「相談？」

「いちかばちかのロングボールを投げてみないか？」「長いボールを投げるの？」

スポーツ関連のたとえは苦手だった。

彼がベッドの上で片肘を突いた。「ほら、アメフトの最終クォーターで、ダメ元で長いパスを出すことがあるだろ。あれのことさ。おれたちも、まさにあれと同じ状況に立たされている。きみもわかってるはずだ。さっき、このビーコンは無数の通信ブイと繫がってると言ってたよな。おれたちに残された手はひとつしかないと思う。救難信号を送るんだよ。内容は……そうだな、〝我々の星は、圧倒的な力を有する異星人の攻撃にさらされている〟とか」デヴィッドはふと口を閉じた。「我ながらオーバーな表現だな。よっぽど深刻な一大事だという印象を与えたいらしい。だがまあ、その点は嘘じゃないだろう」

ケイトははたと気がついた。それだ。デヴィッドはまだ喋りつづけていたが、その速度はみるみる落ちはじめていた。疲れているうえに一気に胃に食べ物を入れたせいで、さっそく眠気が襲ってきたのだろう。

「つまりだな、そう、もしかしたら信号が悪人の目に留まるかもしれない。そして攻め込まれるかもしれない。だが、銀河にいる善人が見てくれる可能性だってあるだろう。それに、送らなければどのみち助からないんだ。だったら……」

ケイトは彼をベッドに押しつけた。「もう休んで。ヒントはもらったから」

「ヒント?」

「すぐに戻るわ」

「一時間で起こしてくれ」デヴィッドが背後で叫んだ。だが、起こすつもりは毛頭なかった。もっと休ませてやらなくては。もし自分の読みが当たっていれば、彼には万全の体調でいてもらわねばならないのだ。

部屋を出ると、ソニアとミロが急ごしらえの要塞から白く光るポータルを見張っていた。ミロがケイトを見て微笑まなかったのは、たぶんこれが初めてだ。彼が大まじめな顔で頷いた。その表情は、〝これは遊びではない。我々はいま防衛の任に就いている〟と語っていた。

ケイトも頷きを返し、足を速めてポータルの裏手にある通信室へ向かった。そして、先ほどみんなに見せた通信記録を呼び出した。ただし、今回は違う期間を指定していた――およそ一万二千五百年まえの記録を出したのだ。

スクリーンに並びはじめたデータを見て、ケイトは我が目を疑った。

ドリアンはヴィクターの方へ手を伸ばした。「引き上げてやる。もたもたしてる暇はない」

その兵士は、ドリアンの倍の時間をかけて出口に立てかけた木をよじ登っていた。このグズは間違ってもオリンピックには出られまい。

暗い廊下に男を引っぱり上げ、また歩きはじめた。ようやくじめじめとした魔境から抜け出せ、心底ほっとしていた。大蛇やら、空飛ぶ見えない怪鳥やらと。まったく、ほかにどんな化け物がいるかわかったものではない。

何かが出てこないよう、出口を封鎖しておきたいところだが、いまは時間がなかった。

二人は注意深く廊下を進んでいった。ARC室へ向かったときと同じようにブーツを脱ぎ、気配に気づかれないよう足音を忍ばせていた。

ドリアンはその事実をしっかりと直視していた——デヴィッドは強いし、頭が切れる。やつならケイトだけをビーコンに送り、自分はここに残っている可能性も充分にあるだろう。こちらの動きを見張り、罠を仕掛けて待ち構えているかもしれない。

もしケイトがすでにメッセージを送ったか、ビーコンを停止させていたら、もはや手の打ちようがなかった。そう思うと重苦しい気分になった。いわゆる世界の重みが肩にのしかかってくる。だが、性急に攻撃を仕掛けるわけにはいかなかった。まだやつらを食い止めるチャンスがあるなら、それをできるのは自分だけなのだ。自分が失敗すれば、世界も道連れにしてしまう。これまでその世界を守るために戦い、大きな犠牲を払ってきたというのに。

アレスはひとつだけ正しいことを言っていた。ドリアンには大事な役割がある、ということだ。

目が慣れはじめ、薄暗い非常灯の明かりだけでもだんだんと廊下の様子が見えるようになってきた。

前方に、ポータル室が待ち受けていた。

戸口のところでいったん止まり、ヴィクターと目配せしてひと息になかへ飛び込んだ。小銃を振りながら目を走らせたが、室内は空っぽだった。

ドリアンがパネルの青白い霧を操ると、銀色のアーチ形の扉が息を吹き返した。

ヴィクターがそちらに足を踏み出した。

「待て」ドリアンは言った。「慎重に攻める必要がある」

メアリとポールは狭いベッドに横たわり、二人で天井を見つめていた。

「神経が昂ぶって眠れないな」ポールは言った。

「私もよ」

「それに、なんとなくシャワーを浴びる気にもなれない」

「それも同じ」メアリが答えた。

「どうしてだろう？　たぶん、シャワーを浴びてる最中に敵がやって来て、ドンパチが始まるのを心配してるのかもしれないな。きっと、裸なのが問題なんだ。誰だって全裸のまま撃たれるのはごめんだろ」

「そうね。裸なのが問題なのよ」

「それに気まずいよ。ほら、ぜんぶ終わったあとで、もしエイリアンが来たらどうする？こんな記録を残されたら大変だ」ポールはそこで声色を変え、コンピュータの合成音風の声を出した。「この下等な人間は、自分の世界が滅亡するというときに、素っ裸であった。邪悪な人間が襲ってきて仲間を殺し、何もかもが終わるというときに、彼は左の尻をこすっていたのである。おまけに、その背中はきちんと洗えていなかった」

メアリが声を上げて笑った。「きっと錯乱してたと判断されるでしょうね」彼女が寝返りを打ち、ポールの腕のなかに頭を沈めた。「どうしてもあの信号のことを考えてしまうわ」

「と言うと？」

「なぜ二つの配列があったの？もしただの餌なら、もっと単純な信号でかまわないでしょう？二進法の信号だけでよかったはずよ」

ポールは微笑んだ。

「おびき寄せたいのに、わざわざ解読しにくい複雑な形にするなんて。筋が通らないわ」

「テストなのかもしれないぞ。こっちが解読できるかどうか、試しているのかもしれない」

「あるいは、ほかに読まれないように暗号化したのかも。ほかの誰にも解読できない形にした可能性もあるわよ」

「なるほど、興味深いな……」ポールは言った。

いきなりドアが開き、ミロが顔を覗かせた。彼はニッと笑って眉を上げた。「ドクタ・ケイトが何か重大な発見をしたようです！」


全員がビーコンの奥の通信室に集まったところで、ケイトは言った。「解決策が見つかったかもしれないわ」

「何を解決するんだ？」ソニアが訊いた。

「このビーコンから出るのよ」

25

ケイトは通信室の大型スクリーンにその通信記録を映し出した。一同の反応は、メンバーの個性と同じで実に様々だった。ミロは微笑み、ソニアは一切感情を表に出さなかった。

メアリは目を細めて画面に集中し、ポールは、これであとどれぐらい生きられるかはっきりする、というような緊張した面持ちをしている。

出入り口を見張っているのはデヴィッドだったが、彼も懸命に首を伸ばし、円筒形のポータルの陰からスクリーンを覗こうとしていた。

「これは約一万二千五百年まえの通信記録よ」ケイトは話しはじめた。「伝説の都市、アトランティスが海底に沈んだ時期のもの――つまり、アレスがジブラルタルの沿岸でアルファ・ランダーを爆破した、そのすぐあとに残された記録なの。その爆破でランダーは大きく二つの断片に分かれて、ヤヌスはモロッコの近くに沈んだ断片に閉じ込められてしまったわ」

「私たちがいた船ね」メアリが言った。

「ええ。ヤヌスのパートナーが殺されたのは、その一万二千五百年まえの攻撃のときよ。ヤヌスはジブラルタル湾の断片にあったチューブを使って、どうにか彼女を復活させようとした。これはアトランティス病と闘った最後の時期に知ったことだけど、ヤヌスは、不完全ながらもパートナーの復活に成功したわ――そして、私が彼女の記憶をもつことになったの。ただし、その記憶には欠落した箇所がある。ヤヌスは記憶の一部を抜いた状態で彼女を復活させようとしたのよ。この二週間、私はその抜かれた記憶を何とかして見つけ出そうとしたわ。それを見つければ……」そこでデヴィッドと目が合った。

ケイトはスクリーンに視線を戻し、話を続けた。「とにかく、その記憶を探したんだけど、アルファ・ランダーのデータ中枢からは消されてしまっていたの。本来ならこれはあり得ないことよ——復活データ、とくに記憶データの保管については、アトランティスは厳密な規則を定めているから。でも、ついさっき新たな事実が判明したわ。ヤヌスは実際には記憶を消去していなかったのよ。復活のシステムがそれを許さなかったのね。そこで彼は、隠したい記憶を抜き出して、まずはこのビーコンへ送ったの。それからその記憶を三つに分けて、さらにほかの三つのビーコンへ送り、このビーコンからはデータを消し去った。ランダーにはコピーが残っていたけど、ビーコンのネットワーク上にも有効なコピーがあったから、彼はランダーのものをアーカイブ用の記憶装置に移すことができたわ。そして、その記憶装置に物理的な損傷を加えることで、抜かれた記憶のデータを二度と読み込めないようにしてしまったのよ。彼は、このビーコンと繋がるデータ・リンクも切断した——だから、ランダーからは彼が送ったメッセージも、メアリが受け取ったシグナルも見られなかったのね。このビーコンとのリンクを断つことで、ヤヌスはビーコンのネットワーク上にあるコピーからもけっして記憶を復元できないようにしたのよ」

「ソニア！」デヴィッドが廊下の先で叫んだ。「交替してくれ」

ソニアは何も言わずに通信室から出ていった。カーブの向こうから現われたデヴィッドは、ひたとこちらを見すえていた。「絶対にだめだ」

「まだ何も言ってないじゃない」

「聞かなくてもわかる。答えはノーだ」

ポールとメアリは、足元に何かよほど興味深いものを見つけたように視線を下ろしていた。ミロの顔からは、滅多に消えないその微笑みが消えていった。

「最後まで話をさせてもらえる？」

デヴィッドが腕組みをして戸口に寄りかかった。

ケイトはビーコンのネットワーク地図を呼び出し、無数の蜘蛛の巣が重なったようなその図を大型スクリーンに表示した。

「アトランティス人は、覆いを作ってくれるビーコンを銀河全域に配置していたの。新興の人類社会や調査中の星、それに、軍事隔離区域など、外から見られたくないものがある場所にはどこにでも。その星の人類に外の銀河を見せたくない場合も同じよ」

「信じられない」そうつぶやくと、メアリは吸い寄せられるようにスクリーンへ近づいていった。

ポールがケイトからデヴィッドに視線を移した。「この話はどこへ向かっているんだ？」

「ポータルを使えば、私たちはどのビーコンにも行けるのよ」

ミロの顔がぱっと明るくなった。

ポールは、まるでメアリの卒倒に備えるかのように彼女の背後に立った。「それは……」彼が言った。「かなりの冒険に思えるが」

デヴィッドが鼻を鳴らした。「アトランティスのビーコンでロシアン・ルーレットをするようなもんだ」

「それしか手がないのよ」ケイトは声を尖らせた。

「向かう先のビーコンについて、ほんのわずかでも情報があるのか？　このビーコンのメモリは消去されてるんだろ？　つまり、ほかのビーコンが壊れていてもわからないってことじゃないのか？　下手をすれば、壁が壊れて宇宙にさらされているかもしれない。あるいは戦場のど真ん中に浮いてるとか。強大な敵が監視している可能性だってあるだろう。一歩入ったとたんに捕まって、地球の場所を知られてしまうかもしれない。そうなれば一巻の終わりじゃないか。失敗する筋書きは百万通りはある。想像力が貧困なおれでも百通りぐらいはすぐに思いつくぞ」

ポールがケイトとデヴィッドのやり合いを中断させた。「目的地のビーコンが消えてる可能性はないのか？　ポータルを出たら宇宙空間だったとか、あるいは、何もないってことは？」

「それはないわ」ケイトは答えた。「ポータルが繋がる以上、向こう側には通行可能なビーコンがあるの」

「先に探査機のようなものは送れないの？」メアリが訊いた。「向こうがどうなっているか覗くことはできない？」

ケイトは首を振った。「ここにはそういう装置がないのよ。ランダーにはあるけど、取りに戻るのは危険すぎるわ」

「誰かひとりがちょいと顔を突き出してみればいい」デヴィッドだった。「頭を吹き飛ばされるかどうか、それですぐにわかる。こいつはまさしくビーコン・ルーレットだな」

ケイトは彼を無視した。「ヤヌスが記憶を送った三つのビーコンは安全だと思う。そう信じる理由があるわ」

「理由？」デヴィッドが疑り深い声を出した。

「ヤヌスは賢かった。どんなときでもよく考えてから行動したわ」ケイトはデヴィッドに目を向けた。「あなたも知っているわよね」

「まあな。だが、あいつはよく考えたうえで、人間の七万年ぶんの進化を逆戻りさせようとしたぞ。どう見ても現代人が大好きだったとは思えないがな」

「それはそうだけど、彼がなぜそんなことをしようとしたか、理由は知らないでしょう？きっと向こうに答えがあると思うわ」

「だから、そこなんだよ。わずかな答えを手にするために、七日を四日に減らしてしまう気なのか？　いや、もっと減るかもしれないだろ」

「デヴィッド、ほかに道はないの。何か理由があってヤヌスがこの三つのビーコンを選んだのだとしたら、これは予備プランだった可能性がある――私たちを救うための最後の試みだったのかもしれないわ」

「あるいは、破壊される寸前のビーコンを選んだのかもな。そうして記憶を完全に消し去ろうとしたんじゃないか？」

「彼はそんな真似はしないと思うわ」

「とにかく、おれの結論はこうだ。向こうのビーコンへ行ったらおれたちは死ぬかもしれない。そして、もしおれたちのせいで地球の場所がばれたら人類も滅びてしまう。そんな危険は冒せないんだ、ケイト」


ドリアンはポータルから突入する方法をいくつか検討した。閃光弾を投げ込むか、ヴィクターを先に送り込むか。だが、結局はもっと目立たない方法を選ぶことにした。ベルトからナイフを抜いてポータルの前にひざまずき、光の壁と黒っぽい金属の床が触れ合うあたりにゆっくりと刃を差し込んだ。そして、幅一メートル二十センチほどのポータルの下枠に沿い、端から端までナイフを移動させた。刃は床や戸枠に触れないよう、細心の注意を払っていた。物音を立てれば敵を警戒させてしまう。少なくとも下枠はバリケードで塞がれていないよう刃先にあたるものは何もなかった。

だ。そのままポータルの枠に沿って縦枠も確かめ、背伸びをして高さ二メートル五十センチほどの上枠にも刃を走らせた。

「塞がれてはいないようだ」ヴィクターに言った。

その数分後、ドリアンは壁でからだを支えて肩にヴィクターを乗せていた。ヴィクターがぐらりと揺れ、壁に片手を突いてどうにかバランスを保った。

「気をつけろ」ドリアンは鋭く言った。「いいか、一瞬だぞ」

ヴィクターがほんの数センチだけ首を伸ばし、光の壁の上端あたりにそっと顔を埋めた。彼がすぐにその顔を引っ込めた。目を大きく見開いている。「全員、その辺に立って何か議論しています」

「六人ともか？」

「はい」

「銃を所持してるのは？」

「あの男とアフリカ人の女です」

「完璧だ」絶好のチャンスだった――これ以上の状況は望めないだろう。ビーコンを見まわっている者も、隠れて待ち伏せしている者もいないということだ。ドリアンは部屋の真ん中に置いてある銃のもとへ駆け寄った。「急げ、ヴィクター」

ポールは、このままでは埒《らち》が明かないと感じていた。一同は話し合いの場所を――と言っても、いまはわめき合いになりつつあるが――ポータルのそばへ移していた。おそらくデヴィッドがソニアを味方につけたかったからだ。その期待どおり、彼女はデヴィッドとともに、反ビーコン・ルーレット側に立っていた。

「だったらほかにいい手がある？」ケイトが言った。「代案を出してちょうだい」

「SOSを送ればいい」デヴィッドがすぐに返した。

「そんなことをしたら、確実に地球の場所がばれるわよ。断言できるわ」

「だが、それで確実に明日も生きられるだろ」

「そうとは限らないでしょ」ケイトが叫んだ。「同じ日に悪者も到着することだって充分にあり得るわ」

「これでは水掛け論だ」ポールは口を挟んだ。

メアリがからだを寄せてきた。「ねえ、何か見えた気がするわ」

「何か？」

「出入り口のところに」

その瞬間、ポータルの光が揺れた。

デヴィッドがケイトに目を向けた。「プログラムしたのか？」

「ええ、ヤヌスのひとつめの送信先にね。私が先に行って――」

「だめだ。誰かひとりでも行けば――」

デヴィッドがはっとしたようにあたりを見まわした。ミロがいない。

それからはすべてが一瞬のうちに進んでいき、ポールにはついていくことができなかった。

デヴィッドがポータルへと足を踏み出したが、ケイトがその腕を掴んだ。彼が振り返った。

そのあいだにソニアがポータルを抜け、デヴィッドもすぐにケイトの手を振りほどいて光の奥に消えた。ケイトもすかさずあとを追っていく。気づくとその場にいるのはメアリとポールだけになっており、二人はただ、ぽかんと口を開けてポータルを見つめていた。

ドリアンがポータルを抜けようとした、まさにそのときだった。ふいに光が消滅した。

「何が起きたんですか？」ヴィクターが訊いた。

ポータルが閉じるはずはない。緊急時システムが作動しているいま、アルファ・ランダーは唯一の緊急脱出路を確保するはずなのだ。操作パネルをいじると、画面に文字が現われた。

目的地との接続が途切れました

ドリアンは改めて接続した。

目的地のポータルは使用中です

使用中？　ビーコンに敵が侵入したのだろうか。それとも……ドリアンは躍起になってパネルを操作し、何度となくビーコンのポータルに接続を試みた。

メアリは一歩だけポータルに近づいてみた。

と、光の壁に細い隙間が生まれ、そこから顔が覗いた。

ミロだ。

彼は目をきつく閉じて苦悶の表情を浮かべていた。「お二人だけでも助かって！」

メアリはポールの腕を掴み、爪が食い込むほどにそれを握った。

ミロがぱっと目を開け、にんまりと笑った。「冗談ですよ。さあ、こっちに来て下さい。平気ですから」

ポータルの接続が回復するやいなや、ドリアンは向こうへ飛び込み、その狭い宇宙ステーションを走りまわった。もぬけの殻だった。

べつのビーコンへ移動したのだろう。愚かなやつらだ。外にはいったいどんな危険が待っていることか。いや、知っていて行ったのか？　何か気になることがあるのだろうか？

通信室へ向かい、アクセス・ログを呼び出した。やつらの居場所など、ものの数分でわかるだろう。手遅れにならないうちに、何としてもやつらを止めなければ。

26

ミロにとって、次のビーコンへ行くというのはまたひとつ奇跡を体験することだった。ミロは先陣を切って一行をこちらへ連れてくることにした。直感的に、これこそが自分の役目だと悟ったのだ。それに、もしこのタイミングでポータルを抜けなければ、何かとても悪いことが起きるという予感もあった。自分には想像もつかない何かが。仲間の方を振り返ると、なぜかみんなの様子がおかしかった。

このビーコンは種類が違う。デヴィッドはひと目で気づいた。地球を隠していたビーコンは、いかにも科学調査用という印象だった――パールホワイトの床とマットグレイの壁で、殺風景と言えるほどすっきりした空間だったのだ。

だが、こちらのビーコンは床も壁も真っ黒で、無骨な薄暗い雰囲気をしていた。おそらく軍事用なのだろう。それに、かなり古い時代に使われていたものらしく、すっかり老朽化しているように見えた。地球のビーコンではポータルの正面に広い窓があったが、ここにあるのはもっと狭くて頑丈そうな窓だった。その先には暗い宇宙が見えており、まばらに星が瞬いていたが、これといって目を惹くようなものはなかった。

デヴィッドが銃を構えて内部の確認を始めると、背後を護るようにしてソニアもすぐあとをついてきた。

造りはまえのビーコンとよく似ていた――真ん中にポータルがある、ティーカップのソーサーだ。ただし、こちらは階段がある二階建てで、部屋や備品の数も多かった。どこも無人だという点は変わらないが。

足元がかすかに動いている気がした。このビーコンは回転しているのだろうか？

ポータルの出入り口に戻ると、ポールとメアリも合流していた。

デヴィッドはミロの肩を摑んだ。「二度とするな」

「なに？」

「私がするべきだったんです」

「私がいちばん役立たずですから」ミロはそう言って頷いてみせた。

「役立たずなものか」

「科学者でもないし、兵士でもありません。私は──」

「おまえはまだ子どもじゃないか」

「いいえ、子どもではありません」

「今後ポータルを抜けるときは、おまえはいちばんあとだからな」

「なぜですか？」

「なぜって」デヴィッドは頭を振った。「おまえも……大人になったらわかる」そう言いながらも、自分がそんな台詞を口にしていることが信じられなかった。かつて両親から何度となく同じことばを聞かされ、そのたびに、ただのずるい言い訳だと感じていたというのに。

「いまわかりたいんです」ミロが食い下がった。

「この先、何か危ないことが起きても、おまえのことは最後まで護りたいからだ」

「どうしてですか？」

デヴィッドはため息をついてまた頭を振った。「この話はまたにしよう。とにかく……いまは自分の部屋へ行ってくれ、ミロ」我ながら情けない返答で、舌打ちが出そうだった。見ると、しぶしぶ居住室へ去っていくミロの向こうでケイトが笑いを噛み殺していた。

デヴィッドは、ポータルの監視準備を始めたソニアに頷いてみせた。

それからケイトに腕をまわし、居住室へ連れていった。

「ティーンエイジャーには手を焼くわね」ドアが閉まると、ケイトが言った。

「きみにも不満があるぞ」デヴィッドは口を開いた。「ポータルを繋げたのはきみだろう」

「まさかミロが入っちゃうとは思わなかったのよ」

「とにかく、いまは大事なことから片付けよう。スローンはここまで追ってこられるのか？」

「ええ。でも、私たちを見つけるのは難しいはずよ」

「どれぐらい難しいんだ？」

「発見できる確率は千分の一ね」ケイトはそこで間を置いた。「もっとも、彼がよほど賢ければ話はべつよ」

気に入らない答えだった。ドリアン・スローンは憎い。やつを探し出して罰するために、自分は人生の大部分を費やしてきたのだ。だが、敵を見くびるつもりもなかった。間違いなく、やつは賢い。

「それじゃあ、安心はできないな」

ドアが開いてポールが顔を覗かせた。彼は恐縮した様子で言った。「邪魔をして申し訳ないんだが、ちょっと二人に見てもらいたいものがある」

デヴィッドもケイトも、彼に従ってポータルの前に戻った。ほかのメンバーもすでに集まっており、こちらに背を向けて小さな窓を見つめていた。

やはりこのビーコンは回転しているようだ。窓から見える景色が、何もない宇宙空間ではなくなっている。

窓の中央で恒星が明るく燃えていた。が、デヴィッドを驚愕させたのはその眺めではなかった。外には一面、おびただしい数の破片が浮かび、それがビーコンから遠くの恒星まで延々と続いていたのだ。何万、いや、何百万という宇宙船の残骸だった。仮に地球の船が百隻砕けても、とてもこれだけの広さを埋めることはできないだろう。残骸は大半が黒か灰色だが、ところどころ斑点のように白や黄色や青の破片も混じっている。破片は次々とぶつかり合い、その瞬間、青白い稲妻のような閃光が互いを繋ぐように弧を描いて光った。きらきらと輝く黒っぽい破片の集まりは、さながら、恒星へと延びる宇宙のアスファルト道路のようにも見えた。

ほかの者たちが地球を前にして圧倒されたように、今度はデヴィッドがその景色から目を離せなくなっていた。兵士であり、歴史の研究者でもあったデヴィッドにとって、それは常識を根底から覆すような眺めだった。

自分の一部が崩れていくのを感じた。この果てしない広がりのせいだろうか。広大な宇宙を前にして、人間がいかに微小な存在であるかを思い知らされたせいかもしれない。あるいは、宇宙にはこれほど強大な力が、世界を容易に滅ぼし得る力があるという証拠を突きつけられたせいかもしれない。とにかく、原因が何であれ、そのときデヴィッドのなかで何かが変わった。

ケイトは正しかった。

どこにも隠れることはできない。待っていれば事態が好転するということもない。

生き残れる可能性は、限りなく低い。

運を天に任せて突き進む。残された道はそれしかないのだろう。

27

ドリアンはビーコンのコンピュータを撃ち抜きたい衝動に駆られていた。それに、ケイト・ワーナーも。アルファ・ランダーとの接続を切ったあの数分のあいだに、彼女はここのポータルを一千カ所のビーコンと繋げていたのだ。しかも、接続時間は合計で記録されているため、各ビーコンとどれぐらいのあいだ繋げていたのか、ドリアンには判別できないようになっていた。おそらく最初の一秒で九百九十九カ所のビーコンと繋げ、残った時間を本当の目的地への移動に使ったのだろう。連中はこの一千カ所のどこにいてもおかしくないのだ。

部屋を歩きまわった。どうすれば居場所を突き止められる？　何を調べればいい？　すでに確かめたが、各ビーコンのカメラ映像などはないようだった。様子もわからずにほかのビーコンへ移動するなど、実に危険な行為だ。つまり、デヴィッドとケイトはドリアンでさえぎょっとするような大胆な賭けに出たということだった。

それにしても、こんな状況では行き先を選ぶことさえできないはずだ。適当に選んだのだろうか？　いや、そんなはずはない。ケイトは何か知っていたのか？　きっとそうだ——だが、何を？　何を調べた？　彼女はアトランティス人科学者の記憶をもっている。それが手がかりになったのか？　何か突破口になる情報を思い出したのか。ひょっとして味方がいるのだろうか？　そう考えたとたん、心のなかで疑いが膨らみはじめた。もし連中がこちらの知らない情報を摑んでいるとしたら……。

慌ててコンピュータを操作した。よし。このビーコンにも、バックアップ用の復活データが保存されている。項目は三つ。ヤヌスの記憶、彼のパートナーの記憶——これは削除されているようだ——それに、アレスの記憶……。

コンピュータにこう問い合わせた。〝復活データを見ることはできるか？〟

自分の記憶にのみアクセスすることができます、アレス将軍

ビーコンはこちらをアレスと認識している。またコンピュータに訊いた。〝どうすれば見られる？〟

部屋の側面にある小さなドアが開いた。

会議スペースを記憶復活シミュレーターに設定することができます

ドリアンは四角い空間に足を踏み入れた。床も壁も明るく発光しているその立方体の部屋は、まるで光で造られているかのようで、無限の広がりがあるような錯覚を起こさせた。と、まばたきをする間に部屋が消え、鉄道の駅にも見える場所が現われた。頭上に、何も書かれていない大きな案内板のようなものがあった。

「どの時期の記憶を再生しますか？」コンピュータの合成音が響いた。

どの時期の記憶……。どこから始めるべきだろう？　まるで見当がつかない。少し考えてから、こう言った。「アレスのもっともつらい記憶を見せてくれ」

駅が消滅し、気づくとドリアンは緩やかにカーブしたガラスに映る自分の顔を見つめていた――もっとも、これはアレスの顔だ。目鼻立ちは南極にいる現在の彼と同じだったが、表情はどこか違っていた。あれほど硬く凍りついてはいない。

最初はまたもチューブにいるのかと思ったが、その割には広さがあった。視線を巡らした。どうやら昇降機に乗っているようだ。ガラスに自分の全身も映っており、左胸に階級章がある青い制服を着ていることがわかった。

昇降機が上がるにつれ、自分自身の思考や存在が急速に薄れていくのを感じた。いまや、そこに立っているのはアレスひとりだった。自分はただ目の前のものを眺め、経験しているにすぎない。この記憶のなかで、ドリアンはアレスだった。

昇降機が震えたかと思うと、いきなり大きく揺れてアレスは背後の壁に叩きつけられていた。声や物音が頭のなかでぐるぐると渦を巻き、少しでも気を抜けば気を失ってしまいそうだった。

かすんだ視界とくぐもった音がひとつになったとき、イアフォンから男の叫び声がした。

「指揮官、追いつかれました！　主船団へのポータル移動を許可しますか？」

アレスが床に手を突いてからだを起こすと、昇降機のドアがスライドして開いた。また船が震えた。彼は、前方に湾曲したビュースクリーンがあるブリッジに立っていた。室内には制服姿のアトランティス人が一ダースほどいて、大声を上げたり端末機器を指差したりしている。

スクリーンに、何やら黒くて丸い物体から逃げている四隻の大型船が映っていた。何百という数の物体に追われ、追いつかれ、撃たれている。その黒い球体が一斉に最後尾の船に襲いかかり、青い火花を散らす黄色い光の玉となって船体を突き破った。

「主船団へ移動しますか？」

「だめだ！」アレスは叫んだ。「救命艇を出すんだ。間隔をあけて配備しておけ」

「どういうことですか？」

「いいからやれ！　救命艇から充分に離れたら、敷設船に重力機雷を放出させろ。全船、小惑星粉砕弾も発射するんだ」

スクリーン上で、船団に残った船から一千枚近い小さな円盤が滑り出し、そのうちのごく一部が船に群がる球体との結合に成功した。球体が粉々に吹き飛んだ。が、向こうの数が多すぎる。

〝我々は命にかえてもこの船団を護る〟アレスが決意したときだった。一瞬にしてスクリーンが閃光で覆われ、焼けるような熱風が船体を引き裂いてこちらに迫ってきた。

目を開けると、アレスは長方形の小型船のなかに立っていた。ひとつしかない窓から、光が膨れあがってうねる波のように広がっていくのが見えた——自分がたったいま戦っていた戦場で、重力機雷が炸裂しているのだ。

ここは救命艇のなかだった。緊急避難タグが危険を感知してアレスを移送したからで、艇にはほかに九名が乗っていた。アレスの船の一等航海士と、この副船団のほかの船の船長と一等航海士たちだ。彼らはみな医療ポッドのなかに立っていた。何人か状況を確かめようと顔を突き出している者もいる。

波が彼らのもとまで到達した。ふたたび熱風が押し寄せ、瞬間的に骨がきしむほどの圧力と痛みを感じた。

アレスは目を開けた。やはり救命艇のなかにいた。波はまだ遠くにある。先の救命艇が破壊された瞬間、避難タグが次の艇に彼らを移動させたのだ。波がさらに先へと進んでくるのを見ても、アレスはひるまなかった。ひたとそちらを睨み、腹に力を込めて待った。ふたたび熱と痛みと圧力に襲われ、アレスは三番目の救命艇に立っていた。そして、五番目の救命艇に移動したころ、アレスのなかに波への恐怖が芽生えはじめていた。

十番目になると、もはや目を開けていることさえできなかった。時間がどこかへ消えてしまったかのようで、あるのは繰り返しやって来る苦痛と解放だけだった。また船体が揺れた。だが、いつまで経っても熱や痛みは襲ってこない。アレスは目を開けた。救命艇が宇宙空間でスピンしていた。まわる艇内から、威力を失った重力波動が回転しながら遠ざかっていくのが見えた。彼方の星々の小さな光も弧を描いている。

ふたたび目を閉じた。救命艇はおれを医療的昏睡状態に引き込むだろうか。それとも、このまま死なせるだろうか。自分がどちらを望んでいるのかわからなかった。この先どうなるのかも予想がつかない。何も感じず、何も考えられないまま、アレスはひたすら虚無と無限の時に身を任せるしかなかった。

金属がきしむ音とともに、救命艇のドアが大きく開いた。一気に空気が流れ込み、押し寄せる光が目を突き刺した。

そこは船上の広い貨物倉だった。周囲には何ダースもの隊員が集まり、ぽかんとこちらを見つめている。白とブルーの服を着た医療スタッフが救命艇の乗降口に駆け寄ってきて、何かを促すように頷いた。

アレスは壁面に埋め込まれた医療ポッドから足を踏み出した。とたんにふらついた。必死に踏ん張っても、からだが沈んでいくのを止められない。

気づくと床に倒れ、両脚を抱えて丸くなっていた。医療班がアレスをストレッチャーに乗せて救命艇から運び出した。ほかの九名の隊員はまだ壁の医療ポッドに収まっている。目も閉じたままだ。「なぜ部下たちも出さない？」

医療スタッフが首に何かの器具を押し当ててきた。アレスの意識はそこで途絶えた。

28

アレスの記憶が終わり、ドリアンは地球を周回するビーコンの白く光る部屋に戻っていた。アレスと同じように床で丸くなり、からだを震わせていた。鼻血が出ているし、ひどい吐き気もする。速まる鼓動に合わせて次々と血が溢れ、あたかも体内の恐怖が一滴残らず血液を押し出そうとしているかのようだった。

懸命に意識を保とうとした。やはり記憶を再生したせいなのか。この数週間、ドリアンはアレスの記憶を見るようになっていた。アトランティス病の流行中にそれが蘇るようになり、アレスがアルファ・ランダーを攻撃したことや、その後どんなふうに人間の進化が導かれてきたかを知ったのだ。記憶を見せたのがアレスだということはわかっていた。自分を救出させるために必要な記憶だけを思い出させたのだろう。

鼻血が出たり、夜にうなされて汗をかいたりするようになったのは、それからだった。悪夢を見て目を覚ますこともたびたびあるが、内容は覚えていない。

このまま記憶を見つづければ、いずれは命を落とすのかもしれなかった。だが、ほかにどんな選択肢があるだろう。アレスの過去に隠された真実はすべて突き止めねばならないのだ。それに、自分の人生を操ってきた記憶とは何なのか、自分の無意識の領域にはどんな怪物が棲んでいるのか、何としてもこの目で確かめたいのだ。

周囲に目をやった。始まりも終わりもないかのような部屋。もはや、どこにドアがあったかも思い出せない。だが、それでかまわなかった。出ていくつもりなどないからだ。

いま見た記憶で確認できたことがひとつあった。敵は確かに存在するということだ。その点については、アレスは嘘をついていなかった。

しかし、合点のいかないこともあった。記憶のなかのアレスは軍人には見えなかったのだ。少なくとも当時のアレスは。あの数百個の球体との戦いも、戦闘と言うより予期せぬ衝突という感じだった。小惑星粉砕弾や重力機雷——どちらも宇宙探査用の装備という印象で、兵器とは思えない。それに、乗組員や船も戦闘向けに用意されたものではなさそうだった。

ドリアンはコンピュータに声をかけ、記憶復活シミュレーションを再開した。幻の鉄道駅が現われると、次のデータを読み込み、いま見た記憶の続きを再生した。

アレスは目を開けた。病室のベッドにいるらしい。隅に坐っていた中年の医師が立ち上がり、こちらに近づいてきた。「ご気分はいかがですか？」

「部下たちは？」

「治療を続けています」

「助かりそうか？」アレスは訊いた。

「まだ何とも」

「はっきり言え」アレスは語気を強めた。

「実は、九名とも昏睡状態にあるのです。生理機能に問題はないのですが、どういうわけか目を覚ましません」

「私はなぜ目覚めたんだ？」

「わかりません。これは推測ですが、あなたは肉体的にも精神的にも、苦痛に対する抵抗力が強いのかもしれません」

アレスは自分を覆う白いシーツを見つめた。

「ご気分は？」

「その質問はやめろ。妻に会わせてくれ」

医師が目を逸らした。

「何だ？」

「船団委員会が、あなたに報告を求めていまして――」

「まずは妻に会ってからだ」

医師は少しずつドアの方へあとずさった。「警備員があなたに付き添います。私はここにいますから、何かあればいつでも声をかけて下さい」

アレスは慎重にベッドから下りてみた。また倒れるのではないかと思ったが、脚にはすでに力が戻っていた。

テーブルにごく一般的な平常服がたたんで置いてあった。階級章が入った自分の遠征隊の制服は見当たらない。やけに薄っぺらに感じるその服を広げ、しぶしぶ着替えを始めた。

病室を出ると、警備員がアレスを講堂へと連れていった。部屋の真ん中あたり、ステージの手前に置かれたテーブルに、十二人の船団長が坐っていた。そのうしろには様々な制服や記章を身につけた二百人以上の市民が並び、会場の席をひとつ残らず埋めている。見知らぬ顔の船団長が、任務について詳しく報告するようアレスに求めた。

「第七遠征船団の現場隊員、タルゲン・アレスです。役職は……」自分の船団が粉々に吹き飛ぶ光景が蘇った。「これまでは、ヘリオス号の船長であり、第七遠征船団のシグマ部隊で副船団指揮官を務めていました。我々の任務は、通称〈番人《センティネル》〉と呼ばれる球体を捕獲することでした」

「その任務は成功したのかね？」

「はい」

「きみの報告は、航海記録や救命艇から回収した遠隔データと突き合わせて聞かせてもらおう」

アレスの背後にある巨大スクリーンが明るくなり、まだ破壊されていない船のブリッジに立つアレスの視界が映し出された。画面上には例の球体がひとつだけ浮かんでいる。

映像はその球体を追いかける四隻の船を捉えており、やがて球体が船を追いはじめた。

「どうやって球体を監視線から誘い出した？」

「我々は何週間も監視線を調査しました。調べた距離は八十光年におよびます。そして、我々の仮説が正しいことを確認しました。監視線は、この銀河系の広範な領域を隙間なく取り囲んでいたのです。球体は蜘蛛の巣を描くように等間隔に並んで監視線を作り出していますが、常に移動しており、その包囲網はこちらに向かって狭まってきています。直ちに脅威になるわけではありませんが、移動速度が変わらないと仮定すれば、遠い将来――およそ十万年後には――〈番人〉がこの恒星系にやって来るでしょう」

場内にざわめきが広がった。

「それで、どうやって球体を捕獲したんだね？」

「調査をするうちに、我々は球体の列がときおり乱れることに気づきました。すぐに元に戻りますが。この列の乱れは、浮遊する宇宙探査機――大半はすでに消滅した文明社会が大昔に飛ばしたものです――と関連があるようでした。これらの探査機はたいてい恒星エネルギーで動いており、極めて単純な形式の挨拶を発信しつづけています。球体はこうした探査機が近づいてくるとまず行く手を遮り、何らかの分析をしてから破壊するのです。我々が受け取った指令書によれば、球体は監視線を越えようとする船をすべて攻撃するということでした。しかし、いままで実際に壊された船は一隻もありません。ですから、球体が探査機を破壊するというのは興味深い事実でした。いまになって思えば、我々はそれを警告と受け止めるべきだったのです。我々は自分たちでも探査機を造りました。単純な二進法のソナー音を発するものです。それから、その探査機を餌にして球体をおびき寄せました」

スクリーンに船団を追いかける球体の映像が現われた。球体は目の前の小さな探査機に迫っている。そして、少し時間が飛び、今度は球体を取り囲む船の姿と、続いて球体が壊されていく場面が映し出された。

「いくつか方法を試しましたが、球体を捕獲するには至りませんでした。最終的にはどうにか捕らえたものの、その過程で我々は球体の機能を破壊してしまいました」

画面がアレスの船の貨物倉へと切り替わり、彼の眼前にそびえる黒い球体が映された。

と、そこで船が揺れ、アレスが壁に手を突いた。

「このとき攻撃が始まったのです。一ダースほどの球体がヘリオス号を狙ってプラズマ砲を撃ってきました。もっとも、その攻撃を振り切ることは可能でした。監視線の〈番人〉は非常に単純な機能しか有していないようで、飛行速度も我々の船よりはるかに遅かったからです。任務の性質上、通信は行わないように指示されていたので、連絡もしませんでした。ところが、それから二、三時間ほどしたころ、突如いくつもワームホールが開いて新たなタイプの番人が現われました。何百隻もの大群です。彼らは従来のものより……はるかに先進的でした。それに、攻撃的でした」

背後のスクリーンがあの戦闘の場面を再生した。

「なぜ主船団にポータル移動しなかったのだ？」

「恐れたからです。この新種の番人を第七船団まで連れていき、果ては故郷にまで連れ帰ることになるのではないかと。ならば我々が犠牲になるべきだと判断しました。同じ理由で、データを主船団に送ることにも不安がありました。そこで、各船長が生き延びて重要な情報を持ち帰れるよう、救命艇を配備することにしました。重力機雷で番人の一団を殲滅し、同時に、それによって起きる重力波動で救命艇を戦闘域の外へ吹き飛ばそうと考えたのです。新たな番人がさらに押し寄せてくるまえに。救命艇は間隔をあけて配備しました。そうしておけば、艇が破壊されても緊急避難タグが次の艇へと我々を転送してくれるからです。成功する保証はありませんでしたが、せめて救命艇だけでも帰還させ、航海記録や遠隔データを届けたいと考えていました」

「その点に関しては、きみの任務は成功したと認めよう、アレス。きみが持ち帰った情報はこの戦争において役に立つはずだ」

「戦争？」

会場は静かになっていた。

「今回の任務で何がどうなったのか、私も聞かせて頂けるのでしょうか？」

「ああ。きみに会うのを待ちわびている人がいる。その人から個人的に聞くといい」

29

アレスが警備員に案内されたのは、ヘリオス号の船長室よりもはるかに広い豪華な特別室だった。どうやら自分は船団幹部級の扱いを受けているようだ。何か情報がないかと端末機器をいじったが、オフラインになっていた。彼らはいったい何を隠しているのだろう？

〈番人〉については、遠征船団も百年以上まえからその存在を知っていた。しかし、これまでこの球体は大昔の文明世界の遺物ぐらいにしか見られていず、天文現象でも調べるために設置された観測ブイか何かだと思われていた。

だが、そうでないことはいまや明らかだ。

ドアが開き、妻のマイラが入ってきた。赤く充血した目に涙を浮かべている。

彼女のもとへ駆け寄ったが、直前でふと足を止めた。事態が呑み込めないまま、大きく膨らんだ妻のお腹を見つめた。

彼女が距離を縮めて力いっぱい抱きついてきた。アレスも妻を抱き締めた。頭のなかでは数えきれないほどの疑問がせめぎ合っていたが、最後はただひとつの考えが勝利した。

〝おれは生きているし、彼女もここにいる〟

カウチに移ったところで、彼女が先に口を開いた。

「あなたが出発してすぐに妊娠がわかったの。特別に通信を許可してくれるよう何度も頼んだけど、ぜんぜん認めてもらえなくて」

「だが、おれが向こうにいたのは〇・一年だけじゃないか」

マイラが唾を呑んだ。「私から話すように言われているんだけど、実は、あなたは〇・七年のあいだ不在だったのよ。ずっと行方不明で、〇・五年経った時点で任務中に死亡したと判断されてしまった。あなたのお葬式も出したのよ」

アレスは床に目を落とした。半年以上も不在だった？　いったい何が起きたんだ？　波動の衝撃が去り、救命艇の乗り替えが止まった段階で、医療ポッドから出ることはできたはずだ。それなのにおれの意識は戻らなかった。まるで時間がどこかへ消え、心が現実からすっぱりと切り離されてしまったかのように。

「わけがわからない」

「医師たちは、あなたの心の一部が停止したのだろうと考えているわ――隊員みんなが同じ状態になったそうよ。ほかの人たちは、肉体には問題がないのにいまだに植物状態にある。だから彼らはあなたのこともとても心配しているの。それで、私にあなたを……判定させたがっているわ」

「何を判定するんだ？」

的に」

「心の変化よ。今回の経験で、あなたが変わったのではないかと考えているのね――精神

「変わったって、どんなふうに？」

「向こうもはっきりとはわからないみたい。ただ、この件で精神的苦痛に対する耐性が増して、脳の神経回路までが恒久的に変わった可能性があると言っていた。そして、平気であらゆる種類の……もう口にするのも嫌だわ。とにかく、あなたのことを心配しているのよ」

「おれはどこもおかしくない。以前と同じ人間だ」

「ええ、見ればわかるわ。そう伝えておく。それに、たとえ……困ったことが起きても、解決できるわよ。私たち二人でね」

たしかに自分は少し変わったのかもしれない。アレスは、心の底でふつふつと怒りが煮えたぎるのを感じていた。

妻が気まずい沈黙を破るように言った。「あなたが行方不明になったあと、私はピュロス号に移ったのよ。捜索は〇・二年で終わって、お葬式も済んだけど、あなたを捜しつづけるために船長に頼んで高速探査船を使わせてもらったわ。休暇をぜんぶ使ってあなたを捜した。たぶん、船団の医師たちは気が済むまで捜させたほうがいいと判断したんでしょうね。そのほうが私の健康のためにもお腹の赤ん坊のためにもいいと」

「じゃあ、きみがおれを見つけてくれたのか？」

「いいえ。あのままではずっと発見できなかったと思う。宇宙は広大なのに、救命艇の遭難信号も発信されていなくて――」

「切るしかなかったんだ」

「わかっているわ。〈番人〉に見つかってしまうものね」

「話が見えないな」

「実は、ある事実を発見したの。広域スキャンを行った結果、監視線に重大な変化が生じていることがわかったのよ。列が崩れて、番人が後退しはじめていたわ。たぶんあなたが監視線に穴を空けたのね。そして、そこから誰かが入り込もうとしている。番人はその誰かと戦っているのよ。船団本部や世界評議会は、番人の敵が私たちの味方になるかもしれないと考えているわ――もし彼らと協力関係を結べれば」

マイラはバッグから端末を取り出し、それをアレスに渡した。「監視線に起きている変化を見つけたおかげで、船団本部を説得することができたのよ。監視線の付近にすべての遠征船団を派遣することになったわ。探査機を飛ばして、全船総出であなたを捜した。合同調査の結果、監視線に空いた穴が広がりつづけていることもわかったわ」彼女が一枚の画像を表示した。「これが証拠よ」

それを目にしたとたん、アレスは思わずのけぞりそうになった。何万隻もの船の残骸だった。その戦闘の痕跡が、大きな星に向かって延々と続いている。

「これは――」

「この戦場で、私たちの味方になるかもしれない誰かが突破口を開こうとしているのよ。それだけじゃないわ。彼らは私たちと交信しようとしている。探査機がシグナルを受信したの。とても単純な信号で、二進法の配列のあとに、四つの値で構成された暗号が続いているんだけど。いま解読作業を進めているところよ。この軍は監視線の穴を広げるためにかなりの犠牲を払ったようね。あなたが球体を監視線から引き離して、最初に穴を空けたでしょう。そこを集中的に攻めたのよ。船団はいま、すべてそこに向かっているわ。明日には到着する予定よ」

「目的は？」

「交信すること。彼らが味方かどうかを確かめて、〈番人〉との戦いで協力できることがないかを探るの」

「相手についてほかにわかっていることは？」

「ほとんどないわね。私たちの探査機はすべて番人に破壊されてしまって、手に入った画像も一枚しかないの」彼女が端末に触れると、船の破片を拡大した粒子の粗い画像が現われた。アレスはその円形の紋章を見つめた。一匹のヘビが、自分の尻尾をくわえている。

「ヘビか……」

「私たちは、蛇紋軍《サーパンタイン》と呼んでいるわ」

「人間なのか？」

「切断面に見える廊下のサイズから判断すると、その可能性はあるわ。それに彼らの信号は私たちにも判読できるものだし。いずれにせよ、もうすぐ答えがわかるはずよ」

30

デヴィッドは、軍事用ビーコンから燃える恒星へと続く一面の残骸から目を逸らすことができなかった。まるでこの光景に魅入られてしまったかのようだ。いったいここで何が起きたのか。どんな存在が、何万隻、あるいは何百万隻もの船を粉々にできたのか。頭には数々の疑問や推理が渦巻いていた——それに、恐怖も。この眺めを目にした瞬間から、デヴィッドのなかで現状に対する考え方が変わった。いや、人生観が変わったとさえ言えるかもしれない。

視線を引き剝がすようにしてうしろを向いた。ポール、メアリ、ミロ、それにソニアもいたが、目はケイトだけに向けていた。ケイトは顔に怯えの色を滲ませていたが、こちらの表情をうかがううちに、だんだんと恐れよりも戸惑いの色を濃くしていった。

「よし」デヴィッドは言った。「ケイトの話では、ここにいれば当分は安全らしい。この機会にやるべきことをやっておこう」

げんなりした力ない表情しか返ってこなかった。誰ひとり〝やるべきこと〟とは何なのかを訊かないまま、数秒が経過した。

「休むんだよ」デヴィッドは口を開いた。「全員、食べて、眠って、シャワーを浴びよう。今後八時間はそれ以外のことは一切しない」

ソニアがポータルに目をやった。

「今回は見張りは必要ない」デヴィッドは答えた。「バリケードでポータルを塞ごう。このビーコンには備品がたくさんあるからな。出入り口の左右の廊下にもバリケードを築くんだ。もしスローンが入ってきてもそれで充分に時間を稼げるだろう」そこでひと呼吸置き、ことばが行き渡るのを待った。「よし、取りかかるとしよう。ソニア、バリケード作りを手伝ってもらえるか？　ミロもだ」

ミロは笑顔を浮かべたが、やがて真剣な顔つきでデヴィッドとソニアを手伝いはじめ、小さなうめき声まで漏らしながら備品室から二階のポータルへ重たい銀色の箱を運んでくれた。

バリケードが完成し、みんなが居住室へ引き揚げたころ、デヴィッドはミロの肩に手を置いた。「ミロ――」

「わかっています、私は――」

「最後まで聞いてくれ。おれはさっき、大人になればわかると言っただろ。おれも子どものころはよく親に同じことを言われたんだ」デヴィッドはミロの表情に気づいた。「もちろんおまえは子どもじゃない。ただ、大人は自分たちにもよくわからないことを子どもに訊かれると、ついそう答えてしまうのさ――そして、そういうことはよくある。だが、この件についてはちゃんと答えたいと思う。いいか、おまえが最初にポータルを抜けることなど、誰も望んでいなかった。誰も、おまえの命を真っ先に危険にさらそうなんて思わないんだよ」

「なぜですか？」

「おれたち大人は、おまえのことを護りたいからだ。おれたちはすでに成長し、行き着くところへ行き着いた。だが、おまえの人生はまだ途中だ。おれたちの人生よりも大切なんだよ。これは戦略の問題じゃない。正しさの問題であり、生き方の問題だ。もしおまえの命よりも自分の命を優先したりすれば、おれたちは自分を許すことができないだろう。おれの言ってることがわかるか？」

「はい」ミロが静かに頷いた。

「おまえを頼りにしていいか、ミロ？」

「ええ、ミスタ・デヴィッド。任せて下さい」

デヴィッドが居住室に戻ると、ケイトは小さなテーブルに向かって頭を掻いていた。

「怒ってるわよね」ケイトが言った。

「そんなことはない」

彼女が眉を上げた。

「ああ、たしかに怒っていたよ。だがいまは違う」

「本当？」

「この場所を、あの一面の残骸を見て気づかされたことがあるんだ」

ケイトは黙って聞いていたが、まだ疑いが残っているようだった。

「もしあのシグナルが本当に敵から送られたもので、おまけに連中が地球のおおよその位置を摑んでいるとしたら、おれたちは助けを求めるために何か思い切った手を打つ必要がある。まあ、地球上にまだ助けるべき人間が残っているとすればだが」

ケイトが床に視線を落とした。「そのとおりね。あなたはどうしたい？」

デヴィッドは服を脱ぎはじめた。「いまはとりあえず休みたい。それからいっしょに方法を考えよう。そろそろ攻撃する側にまわりたいがな。きみが病気だと知ってから、おれはずっと守りの側に立っていた。きみや、きみと過ごせる最後の時間を失いたくなかったからだ。恐かったんだよ。いまだに恐い。ただ、いまはこう考えているよ。もしわずかでもこの苦境を乗り切るチャンスがあるなら、やはりある程度のリスクは負うべきだ」

「あなたが正しかったこともあるわ」ケイトが言った。

「そうか？」

「ええ、私たちは残された時間を楽しむべきよ」


自分がいつ眠ったのか、ポールは思い出せなかった。それだけ疲れているのだろう。目を開けて音の出どころを探った。

シャワー室からメアリが現われ、さりげなく腕を上げて胸を隠した。

ポールは慌てて目をつぶり、暴れだした心臓をどうにか静めようとした。

「すごくへんてこなシャワーね」

「ああ」ポールは目を閉じたまま言った。「水が出なくて、ひとり用のディスコにでもいるみたいだ」

彼女がバスケットから服を取り、それを身につけて椅子に坐る音がした。

「ほんとね。私は日焼けサロンを思い出したわ」

ポールはからだを起こし、しげしげと彼女を見つめた。

メアリが気まずそうに肩をすくめた。「一度行っただけよ。大学生のころ、春休みの直前に。日焼けしても痛くならないからって。たぶん、無理にまわりの子たちと合わせようとして――」

ポールは両手を上げた。「何とも思ってないさ。ただ、その焼き方は健康という観点からすると危険だよ。毎日少量の日光を浴びるのはとてもいいことだがね。中波長紫外線は、皮膚中のコレステロールと反応してビタミンDの前駆物質を作るんだ。まあ、ビタミンDは、ビタミンと言うよりホルモンだけど。もちろんからだに欠かせない物質だよ。季節性情動障碍、自己免疫性疾患、それにいくつかのガンも、体内のビタミンD濃度と関係があるんだ」

「そうね。その、私はただ、自分はむかしから変わってないと言いたかっただけで……ほら、いまも日焼けなんてしてないし、服装の趣味も同じでしょ。まあ、がんばっても意味がないし。プエルトリコのアレシボでは、まともなデート相手なんて見つからないから」

「ああ、そうだろうな。きみはちっとも変わってないよ」

「どういう意味？」

ポールは咳払いをした。「いや……きみは、おれが覚えているきみとまったく同じだということさ」

メアリが目を細めた。

「いい意味でね」ポールはすぐに付け足した。

そのあと訪れた沈黙は、ポールにとって三、四時間は続いたように感じられた。

「あなたはいまでも仕事の虫なの？」メアリが口を開いた。

「仕事しかしてないよ。とくにここ数年はね」

「私もよ。それだけが生きがいだわ」彼女はテーブルに肘を突いて髪を掻き上げた。「でも、年を追うごとに少しずつよろこびが減っていくような気がするの」

「わかるよ。おれも数年まえからそう感じてる。おれたちが……」

メアリが頷いた。「再婚はしなかったの？」

「おれか？　しなかったよ。ところで、おれが会ったもうひとりの天文学者だが……彼は、きみたちは……どうなんだ？」

「まさか。絶対にないわよ。私にはそんな人はいないわ」彼女はそこで間を置いた。「あなたには、親しくしている女性がいるの？」

ポールは精いっぱい自然な口調で答えた。「そうでもない」〝そうでもない、だと？〟

「まあ」メアリの顔に驚きが広がった。

「つまり、いっしょに暮らしているんだが、でも――」

メアリがのけぞった。

「いや、そういうことじゃない」

「そう」

「仕事が片付いた日に、彼女を家に連れて帰っただけなんだ」

メアリはもうこちらを見ていなかった。「あなたらしい馴れ初めね」

「違うよ、そうじゃないんだ」

メアリが唇の内側を嚙みはじめた――ポールもよく知っている癖だ。

また咳払いをした。「何てことない話だよ。うちには子どもがいて――」

メアリがあんぐりと口を開けた。

「そいつはおれの子じゃないんだ。いや、いまはそうか。そいつなんて言い方はないな。彼はマシューというんだよ」

「いい名前ね」

「ああ、もちろん。とても素晴らしい名前だ。だが、マシューは生物学的に言えばおれの子どもじゃない――いや、血の繫がりはあるんだが、しかし――」

「そろそろ休んだほうがよさそうね」

ケイトはデヴィッドの隣に静かに横たわり、眠れぬ頭でひたすら考えつづけていた。眠りたくてもついつい考えてしまうのだ。何か手がかりはないか、次のピースを見つける糸口はないかと、自分の知っていることを何度も見直してしまう。直感的に、まだ欠けている細部があることを感じ取っていた。手が届きそうで届かない場所に、大事な鍵がある。

デヴィッドがいびきをかき、またすぐに静かになった。たいしたものだと感心させられる――こんな危機的状況でもちゃんと眠れるのだから。もっとも、二人が出会ってからはそんな状況ばかりだが。デヴィッドはどんなときでも自在に脳のスウィッチを切って眠れるのかもしれない、そう思いたくなるほどだった。訓練で身につけた特技だろうか？　諜報機関で敵と戦ううちに習得したものなのか。それとも、生まれつきの体質か。デヴィッドについて知らないことはまだまだたくさんあった。そして、知らないまま終わるはずだった。もう時間がないからだ。

そのときになって、ケイトは少しだけ自分の運命を悔しく思った。デヴィッドを起こしたい衝動に駆られたが、それ以上に彼を休ませてあげたいと感じていた。

そっとベッドを下りて服を身につけ、足音を忍ばせて部屋を出た。そして、軍事用ビーコンの暗く不気味な廊下を通り抜け、通信室へ向かった。

何から始めるべきだろう？　ヤヌス。彼は何か理由があってこのビーコンを選んだはずだ。その理由とは？　ここには何がある？　かつて戦闘が行われた場所。アトランティス人であるもうひとりのケイトは、その戦いを目にしたのだろうか？

記憶データを確認すると、答えはノーだった。

実のところ、ヤヌスがここに保存した記憶は、このビーコンが配備された時期より何千年もあとのものだった。もうひとりのケイトはここへ来たことさえないだろう。

時間を遡ってみることにした。残骸に関する過去の記録を求め、コンピュータのデータベースを検索した。

蛇紋軍《サーパンタイン》の戦場に関するデータは、市民安全保障法によってすべて機密情報に指定されています

蛇紋軍の戦場。機密情報。

三十分ほどコンピュータをいじってみたが、それ以上の情報は何も見つからなかった。これではスタート地点から一歩も動いていないようなものだ。このビーコンからはきれいに情報が取り除かれており、手がかりを摑めそうな気配すらない。あえて消したのだろうか？　誰か敵対する者がここに来て、データ中枢にアクセスするのを恐れたのか？　では、ヤヌスがここを選んだ理由はそれなのだろうか。狙われる情報が何もないからこそ、このビーコンへ記憶を送ったということなのか。もしそうなら賢い選択だ。そして、ヤヌスは賢い。

ケイトが部屋を去ろうとしたときだった。スクリーンが次第に暗くなり、赤いウィンドウが点滅しはじめた。白いブロック体でこう書いてある。

信号を受信しました

ケイトはテーブルを握り締めた。いまにも卒倒しそうだったのだ。

31

アレスの記憶の再生はドリアンにひどい苦痛をもたらしたが、アトランティス人の食事も負けてはいなかった。

ドリアンとヴィクターは備品室の銀色の箱に腰を下ろし、アトランティス人が〝食べ物〟とみなすオレンジ色のジェルを胃に流し込んでいた。

「ひどい代物ですね」ヴィクターが言った。

「たいした洞察力だ」ドリアンはぼそりと吐き捨て、袋を空にした。

「これからどうしますか?」

「さあな、アンケートに文句でも書いて新しいのを届けさせるか」

ヴィクターが戸惑ったような顔をした。まったく、こいつはいつ見ても困惑している。もともとこういう顔なのかと疑いたくなるぐらいだ。

「どこへ行くのですか?」ヴィクターが、さっさと廊下へ出ていくドリアンに声をかけた。

「宿題をするんだ」そう答えると、ドリアンは通信室のドアを閉めた。

また記憶を見るのは恐ろしかったが、ほかに手はなかった。世界を救うには、アレスや、このビーコンの外にいる敵について真相を突き止めるしかないのだ。やるしかない。これまでだってやるべきことは必ずやり遂げてきたではないか。会議スペースに足を踏み入れ、中断した時点からまたアレスの記憶を再生しはじめた。


アレスは船団の緊急警報で目を覚ました。これまで何度となく耳にしてきた音だった――たいていは、船内や船外で作業しているチームに何かトラブルが起きたときに鳴るのだ。だが、アレスが最後にこの音を聞いたのは、何百という〈番人〉が副船団に襲いかかり、船を破壊し、アレスの指揮下にある隊員をひとり残らず吹き飛ばしたときだった。

ベッドでからだを起こし、冷たい金属の床に足を下ろした。気づくとじっとりと汗をかいていた。暑いわけではない。恐怖を感じているのだ。やはり、自分はどこかおかしいのだろうか。

気力を振り絞って立ち上がろうとしたが、それを嫌がるように全身がこわばっていた。

スピーカーのスウィッチが入り、落ち着いた声が繰り返した。「各員、緊急配置に就け」

緊急配置。隊員は誰でも自分の持ち場を知っている。安全を何より重視する遠征船団では、少なくとも五日に一度は緊急時訓練があるのだ。しかし、船に乗るようになって初めて、アレスは自分の持ち場を失っていた。服務すべき時間もない。もう船長でも副船団指揮官でもないし、指揮系統にすら入っていない。アレスは、何の役割もないただの隊員だった——そして、いま現在は、何が起きたのかを知る手がかりもない。

平常服を身につけ、急いで部屋を出てみると、廊下はあらゆる部署の隊員でごった返していた。事情を訊こうと何人かに声をかけたが、みなアレスの手をかわして通り過ぎていくだけだった。

人込みを掻き分け、やっとのことで昇降機に乗り込んだ。

ブリッジに着いたアレスは、スクリーンを目にして思わず立ちすくんだ。

恒星まで続く広大な戦場……マイラに見せてもらったあの場所だ。だが、こちらは静止画ではなく動いている映像だった。向こうにアトランティスの第一、第二船団が見える——合計で七十三隻の船だ。しかし、黒い残骸の荒野の上には、それよりはるかに大きな船団が浮かんでいた。巨大な船が、こちらの船団をすべて合わせたぐらいの規模で並び、燦々と輝く恒星の光を跳ね返して長い影を落としている。影に埋もれたアトランティスの船はいかにも小さく見えた——しかも、そのすべてが調査用の船舶だ。

アトランティスが初めて深宇宙調査船を飛ばしたころは、船はまだ武装されていた。だが、何十年、何百年と経ち、それでも一度も敵に遭遇したことがないとなると、武装のために割く費用やスペースが問題視されるようになった。そして、船に武器を積むという初期の発想が、ある者には滑稽に、ある者には恥と映るようになった。人々はこう信じたのだ。深宇宙に進出できるほどの技術をもつ種族なら、高度に文明化されており、けっして野蛮な真似をするはずがないと。

ブリッジに立ち、アトランティスの船にのしかかる巨大船団を見つめるうちに、アレスは自分たちがいかに愚かな勘違いをしていたかを悟った。あれは戦うための、破壊するための戦艦だ。球体の〈番人〉と同じなのだ。

「もう一度再生しろ」ブリッジの中央にある背の高いテーブルで、この船の船長が叫んだ。室内の士官や技術者が一斉にスクリーンに目を向けた。アレスも前に進んで船長のすぐうしろに立ち、正面からビュースクリーンを見つめた。画面がリセットされ、右上に表示された時刻が過去に戻った。どうやらこれは、蛇紋軍《サーパンタイン》の戦場にいる船団から送られてきた録画映像のようだ。この船はまだ現地に到着していないのだろう。

スピーカーから第一船団の船団長の声が響いた。

「船団に告ぐ。我々は蛇紋軍の信号を受信した。内容は解読中だが、受け取ったことを伝えるために先ほどこちらも信号を返した。友好の意思が伝わることを願っている」

映像はそのまま進んでいった。やがて、蛇紋軍の艦隊の背後にワームホールが開き、そこからさらに船が流れ込んできた。大きさも形もすべて同じものだ。船は少しのあいだワームホールの前で停止していたが、すぐに環状に広がりはじめ、互いに船首と船尾を繋いでひとつのリングを作っていった。いや、ヘビを描いているのだろうか？　船はリングの内側にまた一本、リングを作り、その内側にもさらに一本と増やしていって、最終的に七本のリングを完成させた。七本はぴったりとくっついており、まるで一個のドーナツが恒星の光を跳ね返しているように見えた。それがきらきらと輝くのを目にした瞬間、アレスは気がついた。彼らは日の光を集めているのだ。巨大な太陽電池となってエネルギーを蓄えているのだろう。

ふたたび船団長の録音音声が響いた。「船団に告ぐ。信号の前半は二進法で記されていた。宇宙空間での我々の現在地と、もうひとつの地点を示している。この地点は地図には載っていないが、蛇紋軍の故郷という可能性もある。また、後半はＤＮＡの配列だと考えられる。おそらくウィルスだろう。人間のゲノムと見るには長さが足りない」

スクリーン上で動きがあった。蛇紋艦隊の奥にいる大型艦から小型の船が数機飛び立ち、ゆっくりと第一船団の旗艦に向かってきたのだ。

「船団に告ぐ。飛来する船を確認。スキャンの結果、不審物等は見当たらない。繰り返す。こちらのレーダーを遮断しているのでなければ、船は空っぽだ。指示を待て。全船その場で待機せよ」

〝愚かな〟アレスは思った。船団長は可能な限り危険を避けようとしている。こちらに戦闘能力がない以上、下手に逃げないほうがいいと判断したのだろう。だが、アレスはそんなふうには考えられなかった。自分の妻が第二船団の探査船、ピュロス号に乗っているからだ。じっと画面を見つめ、船団長が退却指示を出してくれることを願った。

小型の黒い船が、蛇紋軍とアトランティス船団の真ん中あたりで停止した。

「船団に告ぐ。牽引船を出して先頭の数機を迎え入れることにした。友好のしるしの贈り物かもしれないし、何らかの交信手段かもしれない。指示を待て」

牽引船が相手の船を引き、いちばん近い探査船まで運んでいった。しかし、その後は何の動きも見られず、やがて画面が静止して映像が終わった。

アレスはブリッジを見まわした。誰もがノート端末に触れたり操作盤をいじったり、意見を交わしたりしている。

「再生しつづけろ」船長が言った。「集中するんだ。どんな些細なことも見逃すな」

「何があったんだ？」アレスは彼に訊いた。

「第一、第二船団と連絡がとれなくなった——蛇紋軍の船に接触した直後からだ」

「攻撃を受けたんだ」アレスはきっぱりと言った。

「まだ断定はできない。通信システムの故障かもしれないし、〈番人〉が通信を遮断したのかもしれない。あるいは恒星の異常活動が原因かもしれない。いろいろな可能性が考えられるだろう。とにかく、我々の船団も全船揃って蛇紋の戦場に向かっている」

「評議会には知らせたのか？」

「ああ」

「避難を始めているのか？」

「いや。状況がはっきりするまで、表沙汰にはしないと決定したようだ」

「ばかな。侵略が始まったのかもしれないんだぞ。船団を分散させるべきだ。それから機雷敷設船と輸送船を呼んで、可能な限り隊員を避難させろ」

「そこまでして、もしただの勘違いだったらどうする？　避難行動にも命の危険は伴う。それに、パニックのせいで我々まで身動きがとれなくなるかもしれない――この最悪のタイミングでな。もう決まったことなんだ」

「おれに指揮を任せろ」アレスは言った。

「非常事態のさなかに、何の理由もなく指揮官をクビにして、自分が船を取り仕切るというのか？　おれはおまえの精神診断書を読んでも信じなかったんだ、アレス。だが、だんだん当たっているような気がしてきたぞ。いいか、我々もあと数分で蛇紋の戦場に到着する――」

アレスはブリッジを飛び出して昇降機に乗り込んだ。数々の選択肢や結末が頭のなかを駆け巡った。何としてもピュロス号に行き、妻を連れ出さねばならない。

廊下は相変わらず人で溢れていたが、先刻のようなすし詰めの状態ではなかった。

　ポータルの入口まで、あと六メートルに迫ったときだった。最初の爆発が船を揺さぶり、アレスは廊下の壁に投げ飛ばされていた。顔の側面をしたたか打ちつけ、一瞬、意識が遠のいた。肋骨や手首がずきずきと脈打っている。からだを転がして仰向けになっていると、船体が跳ね上がり、落ち着き、また揺れた。震動解消システムが回復したのちにふたたび停止したのだろう。ようやく揺れが収まったところで、ふらつきながらポータルへ行き、手早くパネルを操作した。ポータルでピュロス号に移動できれば、妻のもとへ行ける。

　だが、リンクを繋いだとたんに画面の文字がこう告げた。

ポータルは封鎖中です

　船団が進入経路を塞いだのだ。賢明な判断だが、これでは船から出られない。

　廊下を駆け抜けてシャトル発着場の入口を目指した。ドアが開くと、広い格納庫にある十機の小型機のうち、半数ほどがひっくり返っているのが見えた。壁に激突して大破している機もある。しかし、一隻の着陸船は傷もなく正常な向きで駐まっていた。すぐさまそれに乗り込み、一連の発進コマンドを打ち込んだ。

　わずかでも時間を節約できればと、三着積まれていた船外活動スーツのひとつを身につけた。ほんの数秒が結果を左右するはずだ。不自由な動きで操縦席に戻り、アレスはそこで初めて、開きだした扉の先に視線を向けた。

きしむ扉がゆっくりと開くにつれ、恐るべき大虐殺の実態が明らかになっていった。アトランティスの第一、第二船団が、ことごとく破壊され、崩れ落ち、残骸の荒野へと流れ着いて、かつて敗れ去った無数の船の一部と化している。

戦場に到着したばかりのこの船団の破片も、扉の前を通り過ぎてその墓場へと落ちていった。アレスが乗る船を含め、船団に残った船からは炎や光が溢れ出していた。だが、この火もいずれすぐに燃え尽きて、我々もまた第一、第二船団と同じ運命を辿ることになるだろう。アレスが見つめる前で、推進力を失った船がぶつかり合い、爆発して光を放ったのちに暗くなった。壁が崩れて減圧した船室からは、空気や積み荷や、アレスの仲間たちが宇宙に向けて吐き出されていく。

しかし、このアトランティス船団壊滅の光景も、残骸の荒野の上で展開している戦いに比べればすっかり色あせて見えた。遠くの方、恒星の手前で蛇紋軍《サーパンタイン》の船のリングが回転し、その中央に青白い光を放つ巨大な人工ワームホールが開いている——こんな離れ業をやってのけるには、想像を絶するほどのエネルギーを必要とするはずだ。蛇紋軍の艦隊は刻々と数を増やしているようだった。船はどれも同じサイズで、それが一本の太い柱のように連なってワームホールから続々と流れ込んでくる。それはさながら、巨大な金属のヘビが宇宙の裂け目から這い出してくるような眺めだった。

身をくねらすヘビの周囲で、いくつもの光が弾けていた。アレスはビュースクリーンの解像度を上げ、船の側面にある標章を確かめた。自分の尾を食うヘビの紋章。そして、それと戦っているものの正体も見て取った。〈番人〉だ。何千という数の番人が、宇宙に一瞬だけ開くワームホールから一隻ずつ飛び出してきて、戦場へと向かっていく。番人は編隊を組んでヘビに襲いかかり、その横腹に散弾を浴びせるような格好で、次々と船を引き剝がしていった。だが、蛇紋軍の艦隊の連なりは、一部がほころびても芯はけっして切れなかった。剝がれ落ちた部分にはすぐに次の船が入り、途切れた繫がりを元に戻すのだ。

番人が現われる間隔はどんどん短くなっているようだった。徐々に彼らは蛇紋軍の修復速度に追いつきはじめ、ヘビを押し戻していった。アレスにも彼らの狙いがわかった。日光でワームホールにエネルギーを与えている、あの船のリングを壊そうとしているのだ。

その光景は、アレスの胸にかすかな希望を与えた。アトランティスの船団がどれだけ残っているかわからないが、この戦いの勝者は我々を見逃してくれるのではないかと思ったのだ。着陸船のビュースクリーンの角度を変え、隅の方で行われている戦いを映し出した。とたんに希望が消え去った。番人が、監視線の破れ目に流れ着いたアトランティスの船をズタズタにし、隊員がいる船内を容赦なく宇宙空間にさらしていたのだ。アレスは操作盤をいじってその光景に焦点を合わせた。蛇紋軍の船が救命艇を撃ち、かろうじて生き残った隊員まで殺していた。二つの強大な軍が戦っていた——そして、そのどちらもがアトランティス人を攻撃していた。

ここには援護を期待できる味方はいない。希望などどこにもないのだ。明らかになった真実と、絶望の重みがのしかかり、アレスは船外活動スーツのなかで窒息しそうになっていた。

32

発着場を吹き飛ばしたその爆発で、アレスは我に返った。着陸船が宇宙に投げ出されていた。船団の残骸に交じり、蛇紋の戦場とその先の恒星に向かって漂いはじめている。

脳がようやく状況を分析しはじめた。逃げ道はない。希望もない。それでも、どうしても諦められないことがひとつあった。〝マイラ。彼女に会いたい。ここで命を落とすなら、彼女とともに永遠の眠りにつきたい〟

操作盤に指示を打ち込んだ。このちっぽけな船もじきに粉々になり、残骸の浜を埋める砂粒のひとつになるだろう。

アレスは気を引き締めて小さな着陸船を操り、船の破片のあいだを縫うようにして慎重にピュロス号へ向かった。大きな断片が三つほど残っていたが、ほかの部分は幾千にも砕けて消えてしまったようだった。どこを捜すべきだろう。彼女の持ち場である通信室か。あるいは彼女の船室か。断片を確認したところで答えが出た。通信室は消えていたのだ。居住区画が半分ほど残っている断片に着陸船をドッキングさせた。エアロックを開けながら、頭のどこかではわざわざここから入るなど馬鹿げたことだと思っていた。合理的な思考が停止してしまったようだ。いや、外から自分を観察し、哀れんでいる。こんなふうに暗い廊下を漂い、ヘルメットのライトが捉える浮遊物をやり過ごして進んでいく自分を。船の動力は完全に失われたようだった。非常灯や人工重力発生装置すら動いていない。このぶんでは生命維持システムも停止しただろう。となれば、たとえ船室で彼女を発見できたとしても……。

アレスは、自分が死を迎えるときまでここにいようと決意した。彼女の物や、二人の写真が映っていたはずの空白のディスプレイに囲まれ、彼女とともに漂っていよう。

彼女の船室のドアが開いた。船外活動スーツが一着、ゆったりと宙を舞っている。スーツの向きが変わり、ヘルメットの奥に顔が見えた。彼女の顔だ。アレスは戸口を押してそちらに向かい、妻にぶつかったところでそのからだを抱き留めた。

アレスのヘルメットのなかで、彼女の声がささやいた。かぼそいが、意思をもって発された声だ。「アレス……」

マイラをきつく抱き締めた。「賢いぞ。スーツを着たんだな」だが、彼女が腕をまわしてくることはなかった。酸素が尽きかけているのか？ そのせいで朦朧《もうろう》としているのだろうか？「ここを出よう」

彼女が、はっとするほどの力でアレスの腕を摑んだ。「ここにいなくちゃだめよ」

その手を引いて船室をあとにし、彼女を押しながら廊下を引き返した。マイラは動揺しているようで、行く手に浮かぶ遺体や備品を避けて進むあいだも、ずっと抵抗を続けていた。エアロックに着き、マイラを先に押し出すと、彼女が着陸船の減圧室に倒れ込んだ。力が尽きたようにぐったりとしている。

彼女に駆け寄り、スーツを脱がせにかかった。

と、出し抜けに減圧室のアラームが鳴り響いた。ドアが閉まりはじめている。

アレスは閉め出される直前に着陸船の船内へ転がり込んだ。すぐさまドアに飛びつき、小さな窓から減圧室を覗いた。傍らのスクリーンで文字が点滅していた。

生体有害物質を検出したため、隔離策を実行します

アレスはインターコムのスウィッチを入れた。

「マイラ」

彼女がゆっくり立ち上がり、こちらを向いた。白い減圧室の明るい光に照らされ、初めてはっきりと彼女の顔が見えた。血の気がまるでない、灰色と言っていいような肌をしている。顔全体に青い血管が浮き出ており、一瞬、皮膚の下で何かが動いたように見えた。

スクリーンに全身スキャンの結果が表示された。

異星種病原体を検出。未分類の病原体です

その下には二つのボタンが並んでいた——〈隔離を解除〉〈減圧室を消毒〉。

アレスは思わずあとずさっていた。

「ここを開けて、アレス。心配いらないわ。あなたが考えているようなことじゃないの。あのリングは、私たちを救ってくれるのよ」

スキャンの結果に目がいった。〝彼女はもう妊娠していない〟

「彼らがあの腫瘍を取り除いてくれたの、アレス。ドアを開けてちょうだい。あなたもすぐにわかるわ。彼らは私たちを救うために来てくれたのよ」

一歩退がり、また一歩あとずさった。頭の芯が痺れている。船が揺れた。なぜ揺れるのだろう?

自分が床に仰向けになっていることに気づいた。隔離。船への攻撃。

ふらつきながら操縦席に行くと、三隻の〈番人〉が着陸船を襲っているのが見えた。船尾の方を撃っている。

マイラがいる区画だ。

彼女を助けなければ。彼女を——。

ふたたび激しい攻撃を受け、船が真っ二つに割れた。スクリーンに次々と緊急事態を告げる項目が現われ、封鎖した区画や停止したシステムのリストが並んだ。着陸船の船首側が回転を始め、切り離された船尾が番人によってズタズタにされているのが見えた。あそこには減圧室がある。宇宙でただひとり愛する人が乗っている。

番人はアレスを無視し、彼女だけを無残に撃ち砕いていた。

崩れるように椅子に坐り込んだが、視線を逸らすことはできなかった。アレスは覚悟を決め、すべてが終わるのをじっと待った。

33

ドリアンにとって、会議スペースの眩しいライトは情け容赦なく照りつける灼熱の太陽のようなものだった。光の矢がまぶたをすり抜けて脳に突き刺さってくるかのようだ。蛇紋の戦場で起きたアレスの喪失の体験も、ドリアンの心に深い穴を穿《うが》っていた。その穴の底で自分も喪失の痛みを味わっている。

寝返りを打ってうつ伏せになり、床を押して頭を上げた。白く光る床にポタポタと血が垂れ、その血だまりが次第に大きくなっていった。記憶がからだを蝕んでいる。それとも、死はすぐそこまで迫っているのだろうか？

この数週間、自分が何かの病に捕らえられ、それがじわじわ進行しているという感覚があった。しかし、いま感じている危険はもっと切迫したものだ。

気持ちを切り替えて集中しようとした。今回もまた、アレスの記憶は答えよりも疑問の数を増やしていた。蛇紋軍《サーパンタイン》がアレスの妻に何かを感染させたことは間違いないだろう。そして、〈番人〉の攻撃対象は蛇紋軍であり――感染したアトランティス人だった。

蛇紋軍と番人。そのどちらかが、アトランティスの星を滅ぼした強大な敵なのだろうか？　次の記憶を再生しようとしたが、そこでためらいが生じた。ほかにいい手はないのか？　覗き見るたびに寿命が縮んでしまうようなやり方ではなく。やはりべつの方法を探るべきだろう。このままでは、あと何回アレスの記憶から生還できるかわからない。それに、いまは取っ掛かりができたのだ。

会議スペースから通信室に移動し、コンピュータにアクセスして蛇紋の戦場に関する情報を探した。だが、何を検索しても赤く点滅する警告文がこう告げた。

このデータは市民安全保障法によって機密情報に指定されています

アトランティス人は、番人と蛇紋軍のどちらに関する情報も、すべて入念に消し去っていた。

実のところ、戦場付近を通る深宇宙探査機から送られた映像やデータまでもが、きれいさっぱり消されている。もっとも……ここには現場を周回するビーコンがあるようだが。

画面に現われたその項目を目にしたとたん、ドリアンは思わず大口を開けそうになった。二十時間ほどまえに、ケイトがこのビーコンにポータルを接続していたのだ。彼女がでたらめに繋いだ一千カ所のビーコンのひとつだが……そんな偶然があるだろうか。

ドリアンは部屋を歩きまわり、ひとつひとつ事実を見返していった。ケイトとデヴィッドは地球に入ってきたシグナルのことを知っている――アレスが恐れている信号だ。連中はそれに返信するためか、最悪の場合、ビーコンを停止するためにここへやって来た。送り主に地球を見つけさせるために。

しかし、ここにある何かが連中を思いとどまらせた。現に、連中はどこにも信号を送っていないし、ビーコンも停止していない。敵のことを知ったのだろうか？　敵についてもっと詳しく知るために、蛇紋の戦場にあるビーコンへ向かったのか。あるいは、味方と話し合うつもりで出かけたのかもしれない。もし味方でなかった場合のことを考え、地球から離れた場所を選んで。

アレスがもつ大虐殺の記憶は、ドリアンの心にも生々しい恐怖を植えつけていた。蛇紋軍であれ番人であれ、あのアトランティス人が敵を恐れるのも無理はない。

戦場にあるビーコンの項目を開いた。このビーコンとの通信記録は二つしかなかった。昨日のポータル接続と、およそ一万二千五百年まえに行われたデータ送信だ。

興味深い。この日付で思いつくものと言えば？　ヤヌスだ。彼はこの時期に船に閉じ込められた——アレスがジブラルタル沿岸で科学者の着陸船を攻撃したからだ。どこかの味方に届くことを願い、ヤヌスがメッセージを送ったのだろうか？　救助を求めたのか？　あり得ない話ではない。

ドリアンはその日付を軸にデータを検索した。同じ日に、このビーコンから三件のデータ送信が行われていた。送信数を増やして受信される確率を上げようとしたのだろうか？

ケイトはこの場所に来て、何か恐ろしいものを目にしたはずだ。だからこそ思い切ってポータルを抜けたのだろう——宇宙のどこかに浮かぶ、どんな状態かもわからないビーコンに向かって。そこへ行くことによほど意味があったにちがいない。それに、彼女は何らかの理由で確信していたのだろう。向こうへ行っても直ちに危険にさらされることはないと。

ヤヌスが残したパンの欠片《かけら》。ふいにドリアンはその正体に気づいた。記憶だ。ケイトはおれと同じ方法でゲームを進めている。アトランティス人の記憶を追いかけ、敵や味方の正体を突き止めようとしているのだ。連中は三カ所のビーコンのひとつを選んで移動したのだろう。そして、まだそこにいる可能性が高い。ドリアンはそのビーコンの所在地を目に焼き付けた。彼らに追いつくのは、もはや時間の問題だった。

「もう少しゆっくり頼む」そう言うと、デヴィッドは通信室に集まった一同を見まわした。やはりそうだ。ケイトの説明は速すぎて、誰も驚くべき新事実とやらを理解できていない。もっともメアリだけは例外で、催眠術にでもかかったように呆然としているが。

「つまり、信号を受け取ったのよ――あの戦場から送られてきたの」ケイトが言った。

「なぜそんなことが起きる?」デヴィッドは訊いた。

「船の残骸から発信されたんだと思うわ」ケイトはスクリーンを起動し、誰でもそれを読めると信じているかのように、メッセージを素早くスクロールしてみせた。「メアリが地球で受信したものとよく似ているの――二進法の配列で始まって、四つの値で構成された信号が続くのよ」

「同じ内容なの?」メアリがすかさず訊いた。

「それはわからないわ」ケイトが答えた。「形式は同じだけど」

「じゃあ、少なくとも差出人は同じだな」ポールが言った。

ケイトが頷いた。

「ほかにわかっていることはあるのか？」デヴィッドは訊いた。「ほら、きみから聞いた話では、この場所に関する情報はすべて機密扱いなんだろ」

「そのとおりよ」ケイトがこちらを向いた。「それに、確認したところでは、やはりヤヌスのパートナーの科学者はここへ来たことがないみたい。それどころか、彼女には蛇紋軍に関する記憶が一切ないわ」

「しかし、ヤヌスは死の直前に誰かにメッセージを送った。さらにはここへパートナーの記憶まで送っている。彼女が一度も来たことのない戦場へ。しかも奇妙なことに、ヤヌスのメッセージへの返信だと思われるシグナルが、はるかむかしからこの地で発信しつづけられていた」デヴィッドは頭を掻いた。どんな筋書きも見えてこない。何を見落としているのだろう？　何か考え違いをしている気がするのだが。「こういうビーコンを配備するのは、その場所が誰かに見つからないようにするためだよな？」

「ええ」ケイトが頷いた。「あるいは、内部にいる者に外を見せたくない場合よ」

そうか、それだ。デヴィッドは確信した。

静かになった室内に、ふいに機械が動くような音が入り込んできた。頭上の二階から聞こえてくる。

デヴィッドは反射的にケイトに目を向けた。「ポータルをいじったのか」

「私じゃないわ」ケイトがすぐさま答えた。

「鍵をかけておけ」そう言い置くと、デヴィッドは通信室を飛び出した。ソニアもすぐうしろを追ってきた。

一階から二階へ上がるには、一ヵ所しかない吹き抜けの階段を使うことになる。二階にはポータルのほかに広い備品室と居住室があり、いまいる一階には、狭い備品室が数室と通信室が並んでいた。

デヴィッドが選べるのは、悪い選択肢か、もっと悪い選択肢だけだった。このまま階段を上り、二階にいるドリアンや生き残ったその部下と正面から対峙《たいじ》するか。あるいは、待ち伏せ攻撃が成功するチャンスに賭けて、彼らが下りてくるのを待つか。

デヴィッドは即座に後者を選んだ。狭い備品室のひとつで待ち伏せするよう、ソニアに合図を送り、自分もべつの備品室に素早く身を潜めた。ドリアンが攻撃を仕掛けるために階段を下りたところで、二方向から狙い撃つつもりだった。

階段の方から、ブリキ缶が転がり落ちるような甲高い音が聞こえてきた。むろん、スローンは愚かではない。やつならまずは……。向かいのソニアが戸口から顔を覗かせるのが見えた。黒い筒が三本、階段を跳ねながら落ちてきて狭い廊下に転がった。閃光弾だ。

身を翻して戸口の陰に隠れ、耳を塞いで固くまぶたを閉じた。その直後、強烈な光と轟音がデヴィッドの網膜と鼓膜を襲った。すべてがスローモーションで過ぎていく。壁に背中を押しつけたまま、どうにか感覚を取り戻そうと、口を開けてまばたきを繰り返した。戸口の外を覗いた。ソニア。まともに閃光を見てしまったようだ。彼女がバランスを崩し、廊下によろめき出た。

階段に現われた人影は一度に三段を飛び越して下りてきた。そして、下りきるまえにソニアに銃弾を浴びせはじめた。

デヴィッドもすぐさま小銃を構えて男を撃ったが、間に合わなかった。

鮮血に染まったソニアが崩れ落ちた。男も床に転がって身もだえしたが、その指はまだ引き金を引いており、階段を含めたあらゆる方向に銃弾が飛んだ。

小さな物体が階段脇の壁に当たって跳ね返った。そしてもうひとつ。バウンドして床に転がったものの正体に気づき、デヴィッドは目を見開いた。手榴弾だ。

あとずさったとたん、箱に足を取られてひっくり返った。必死で頭を上げ、狭い戸口の先に目をやると、血まみれの廊下でソニアとドリアンの部下が動かなくなっていた。そして、つかの間の静寂のあと……オレンジ色の光の壁が出現した。壁はぱちぱちと音を立てて光を発し、手榴弾の爆風を押し返した。力場のようなものなのか。

備品室の小さなドアが閉まった。と、次の瞬間には部屋ががくんと揺れ、デヴィッドは後方の壁に投げ飛ばされていた。人工重力がその手を離したかのように、デヴィッドのからだが銀色の箱に交じってゆっくりと浮いた。

音のない不思議な夢を見ているようだった。宙を舞いながら、デヴィッドは窓の向こうの軍事用ビーコンを見つめていた。この部屋は備品室などではなかった。単に備品を置いていただけの、緊急脱出ポッドだったのだ。ポッドはあの広大な残骸の荒野に向かって宙を漂い、戦いに敗れた何百万もの船の仲間入りをしようとしていた。デヴィッドはいつまでも窓を見つめていた。とても奇妙で、心をざわつかせる、静寂に満ちた眺め。そして、悲しい眺めだ。スローンはケイトやほかの者たちを捕まえてしまうだろう。自分はしくじったのだ。最後に敗北してしまった。もう二度と、ケイトに会うことはできないだろう。

34

ケイトはミロ、ポール、それにメアリとともに通信室に留まり、銃声が爆音に変わるのを聞いていた。壁のスクリーンいっぱいに赤いウィンドウが現われた。

減圧の恐れがあります
緊急遮蔽システムを起動しました

そして、次の一行が点滅していた。

避難して下さい

ケイトはビーコンの現状を確認した。真っ二つに裂かれている。力場が宇宙の真空空間とビーコン内部を隔てているが、エネルギーの消費量を考えれば、そう長くはもたないはずだった。脱出用ポッドはすべて力場の向こうだし、そもそも、すでにビーコンが離脱させてしまっている。

ほかに手はない。急いでポータルにアクセスし、ヤヌスが記憶を送った次のビーコンの所在地を入力した。そして、ここに保存された記憶を携帯メモリ媒体にダウンロードし、出口へ向かった。

「行きましょう」ケイトは精いっぱい気丈に振る舞った。「私のあとについてきて」

ドアがスライドして開いた。黒い床の上に、ソニアと兵士の死体が横たわっていた。悲しみとよろこびが同時にやって来た。デヴィッドはいない。まだ望みはある。

オレンジ色に光る力場の向こうに、ぼんやりとだが宇宙空間と残骸の荒野が見えていた。

ケイトはあたりに目を走らせた。脱出ルートはひとつ。階段しかない。血だまりを踏み、遺体をまたいで、階段の一段目に足をかけた。そこでためらった。銃を持って行くべきだろうか？　ポールが死んだ兵士の小銃にしばし視線を落とし、意を決したように男の手からそれをもぎ取った。彼はケイトを追い越して先頭に立った。

「使い方を知ってるの？」ケイトはささやいた。

ポールが肩をすくめた。「そうでもない。きみは？」

「そうでもないわ」

しばらくその場に立ち止まっていた。階上からは何も聞こえてこない。頭の片隅で、ケイトはずっと願っていた。デヴィッドが廊下から現われて階段に顔を突き出し、こう言ってくれることを。〝もう安全だ。行くぞ〟

だが、彼は現われなかった。そっと階段を上りはじめた。ポールは隣に、ほかの二人はうしろに続いていた。

唐突に避難を促すアナウンスが響き渡り、ケイトは危うく階段から転げ落ちそうになった。

階上に着くと、光を放つポータルが見えた。向かいの小さな窓のガラスに、ポータルの先の廊下に転がる兵士の姿が映っていた。デヴィッドではない。窓の外の、いまやさらにその面積を広げつつある残骸の荒野に目をやった。ビーコンの破片がゆっくりと窓外を通り過ぎていく。

ケイトは動けなかった。

ポールがそっと腕を握ってきた。

「行かなくちゃ、ケイト」彼が言った。

頭がうまく働かなかったが、それでもどうにか重い足を動かし、ケイトはポータルを通り抜けた。

ポータルが繋いだ先は、ビーコンではなかった。ケイトはすぐにそれに気づいた。こんなに広々とした巨大な空間が、狭くて実用第一のビーコンであるはずがない。ケイトたち四人が立っているのはどこかの広大な部屋で、幅三十メートル、高さ十五メートルはありそうな大きな窓が設けられていた。

そして、その向こうの光景に誰もがことばを失っていた。呪いにでもかけられたように動けない。恐怖で身がすくんでいるのだ。地球を目にしたときは、ケイトはその神々しいまでの迫力に圧倒された。蛇紋の戦場にはぞっとしたが、ビーコンから離れていたし、あれはとうのむかしに死滅した危険だった。だが、この場所はいままさに生きている。

黒い球体が何列にもなってじっと並んでいた。その上方には、無数の小さなライトが夜の駐車場に整列する車のように浮かんでいる。

なかほどの列、球体の群れの上方に長い筒が走っており、視線が届く限りそれがどこまでも延びていた。筒のなかを球体が動いているが、移動するほどより大きく、より完成された姿になっている。これは球体の組み立てラインなのだ。しかも、一秒に何千隻も製造できそうに見える。これらの筒の長さによっては何百万隻も造れるだろう。大きな船がラインのあいだを行き来し、筒にドッキングしていた。補給船だろうか？　製造に必要な鉱物などの素材を供給しているのかもしれない。

ここはやはりビーコンではない。宇宙の工場だ。球体の大軍を作る工場。想像を絶する規模だった。

ケイトは気を引き締めようとした。こんな場所にはいられない。

ポータルの先の廊下に転がっていた兵士、あれはドリアンだ。ケイトはほぼ確信していた。死んでいたと信じたいが、断定はできない。それでも、どうしてもデヴィッドのことを思わずにはいられなかった。あちらに戻り、何とか彼を助けることができないかと考えてしまう。だが、そんな真似をすれば全員の命を危険にさらしてしまうだろう。それに、デヴィッドはもう死んでしまったかもしれないのだ。よく考えなくては。

ドリアンはあのビーコンを見つけ出した――目くらましのために繋いだ一千カ所ものビーコンのなかから。もし彼がヤヌスの送信記録を発見したのだとすれば、この場所も容易に突き止めるだろう。

いますぐに、どこか安全な場所へ移動しなければ。三つめのビーコンに逃げれば、多少なりとも身を護れるかもしれない。

携帯メモリ媒体を取り出し、ヤヌスがここへ送った記憶をダウンロードした。

そして、最後の目的地にポータルを接続した。

ケイトがポータルを抜けると、ほかの三人も黙ってあとをついてきた。

ヤヌスが記憶を送った最後のビーコンに着いたとたん、ケイトは問題に気がついた。熱を感じたのだ。焼けるように暑い。そして、ここも軍事用ビーコンだった。

窓の外を覗いたが、工場のあの光景を見たあとではさほど衝撃を受けなかった。

眼下に、岩だらけの赤い不毛の世界が広がっていた。黒い焼け跡が地表のあちこちに穴を空けている。この場所を知っていた。そう、以前にも見たことがある——アルファ・ランダーで再生した最後の記憶だ。あのときはデヴィッドが助けに来てくれた。とたんに新たな悲しみに襲われたが、無理に頭を切り替えた。ヤヌスは、この星で起きたことに関する記憶を消そうとしていた。記憶のなかではこの星は軍事隔離区域になっていた。そしてヤヌスのパートナーは、ここを調べるために〝ベータ・ランダー〟に乗って地表に下り……。

「ここから出たほうがよさそうだ」ポールが言った。

誰もが大粒の汗をかきはじめており、ポータルのそばから離れようとする者はひとりもいなかった。次の行き先があると信じたいのだろう。

ケイトは脳内リンクでビーコンと繋がった。〝大丈夫だ、行き先はある。この惑星上、近い〟ベータ・ランダーはまだ地表にあった。ケイトはここでもポータルの接続先を連続で切り替えた――今回は一万カ所だ。ドリアンがここまで追ってきたときのためだった。もしケイトの予想どおり、彼がベータ・ランダーの存在を知らなければ、これでみんなの安全を確保できるはずだった。これしか手は残されていない。

ポータルに足を踏み入れた。ポール、メアリ、ミロの三人もあとに続いた。

彼らのまわりで、ベータ・ランダーの床と天井に連なる小粒のライトが明るくなっていった。船が目を覚ましたようだ。

「ここなら安全なのか？」ポールが訊いた。

「そのはずよ」ケイトはあたりを見まわした。どこにも異常はなさそうだ。脳内リンクが、船の全システムと繋がったと告げていた。あのとき再生した記憶を確認した。ケイトが船の外にいて、燃える物体が降ってきたところで終わっている。「だけど、けっして外には出ないで」

それ以上はひと言も話さずに彼らのもとを去り、ふらふらと船室がある区画に向かった。適当に選んだ居住室に入り、ベッドに腰を下ろしてしばらく室内を眺めていた。デヴィッドと使っていた、あのアルファ・ランダーの部屋にそっくりだった。

横になってからだを丸めたが、眠りはやって来そうになかった。

ドリアンは仰向けになり、いい加減、この騒がしい緊急アナウンスが止まらないかと思っていた。避難する必要があることぐらい百も承知だ。

〝襲撃〟は計画どおりに進まなかった。原因は二つある。まずはヴィクターだ。死ぬときに引き金を引きつづけ、必要のない方向にまで銃弾をまき散らした。まったく、能なしは正しい死に方さえ知らない。彼がむやみに発砲したせいでドリアンは襲撃現場に近寄れず、それでもどうにか敵を仕留めようと、やむなく手榴弾を投げ込むことになったのだった。だが、うまくいかなかった。ビーコンが力場を築いたせいだ。それが爆発の衝撃を跳ね返し、行き場をなくした爆風が階段を吹き上がって二階の狭い空間まで到達した。そして、ドリアンを壁に叩きつけたのだ。その先は何も覚えていないが、これだけはわかっている。自分は無事だし、銃は手元にある。それに、ケイトたちはもうここにはいない。

しかし……やつらの行き先は知っている。選択肢はたった二つだ。立ち上がってポータルに近づき、パネルを操作した。しめた。ケイトはここを立ち去るまえに例のランダムな接続をしなかったようだ。〝急《せ》いては事をし損じる、ってやつだな、ケイト〟ドリアンはほくそ笑んだ。さっそく連中を追いかけるとしよう。

ちらりと背後に視線を向けた。そこで初めて、ドリアンの目が蛇紋の戦場を捉えた。驚くべき光景だった。アレスはどうやってこんな場所から生還したのだ？　だが、いまは謎解きをしている場合ではない。ドリアンはそのままポータルを抜けた。

果てしなく続く〈番人〉の組み立てラインを目にした瞬間、恐怖がドリアンの全身を貫いた。とっさに銃を構えたが、ふとあることに気づいて動きを止めた。これはアトランティス人のポータルだ――それが、番人の製造場所にある。記憶のなかで見た番人、あれと戦わせるために自分たちも番人を造っているのか？　それとも、アトランティス側が番人の軍を征服したのだろうか？　いままでは彼らの軍隊なのか？　あるいは、もともと彼らの軍だったものが反乱を起こし、彼らの星を破壊したのだろうか。

〝だめだ、いまは目の前の任務に集中しなければ〟ドリアンは思った。素早く工場内を調べてまわった。空っぽだった。ケイトたちが蛇紋の戦場に戻ることはあり得ない。となれば、もう捕まえたも同然だろう。ポータルに最後の目的地を入力し、足を踏み入れた。

とたんに熱を感じた。窓に目を向けると、体感どおり、ビーコンが惑星の大気圏に向かって落ちていることがわかった。次第に加速している。

軍事用ビーコンの暗い金属の廊下を駆け抜け、急いで両方の階を確認した。誰もいない。通信室のスクリーンで警告の文字が赤く光っていた。

軌道減衰。大気突入の危険があります
避難して下さい

コンピュータを調べた。今回のケイトは慎重だったようだ。一万件の接続記録が残されている。つまり、一万通りの可能性があるということだ。このポータル接続が、ビーコンのエネルギーを最後の一滴まで搾り取ったのだろう。落下はいよいよ速度を増していた。ここから移動するしかない。

ふたたびポータルを抜け、唯一安全だと思われる場所へ引き返した。

番人の組み立てラインを見つめた。閉じ込められてしまったが、おそらくここには何らかの答えがあるはずだった。役に立つ何かが。

狭いベッドの上で、ケイトはひたすら向かいの壁を見つめていた。どれぐらいそうしていたかわからない。

ドアが開き、ポールが入ってきた。「ちょっと見にきてくれないか」

彼はケイトを連れ、数台の操作機器とおよそ五人ぶんのスペースしかない、狭いブリッジに引き返した。小型のスクリーンに目をやると、赤く輝く残り火が雲間を動いているのが見えた。

「これはビーコンか？」ポールが訊いた。

「そのようね」ケイトは答えた。

ビーコンが空で燃え尽きたところで、ケイトは自分たちが完全に閉じ込められてしまったことに気づいた。ベータ・ランダーは、あくまで母船と惑星のあいだを移動する船として設計されている。それはこの船のポータルも同じだった。もう、この星から出られなくなってしまったのだ。

「何を考えているの、ケイト?」メアリが訊いた。

「いちかばちか、ロングボールを投げるしかないと思っているのよ」

III　二つの世界の物語

35

ドリアンは改めて〈番人《センティネル》〉の工場を調べてまわった。やはりどこにも人影はないし、最近誰かがいたような形跡もない。宇宙に浮かぶその巨大な建築物は、どこか病院を思い起こさせた。と言っても、清潔感が漂う繊細な空間というわけではない。もっと荒々しく堅牢で、実用的で、同時に精確さを感じさせる場所だ。四階建ての建物はどのフロアにも等間隔で格子状に広い廊下が走っており、その先の各部屋には、おそらく番人の部品だと思われる風変わりな装置や機械類が並んでいた。どこかの作業場のようにも見える。そう、まさにそういう場所なのだろう。ここで番人の部品を調整したり構造を見直したりして、組み立てラインに反映させ、〝次世代型の番人〟を造り出しているのだ。研究所と言っていいかもしれない。

端末機はどれもドリアンをアレス将軍と認識しており、施設内のどこにでも立ち入ることができた。

ずっとどんな選択肢があるか考えていた。だが、どう考えても道は二つしかなかった。ポータルで地球のビーコンに移動し、そこからさらにアレスのもとへ戻って助けを求めるか。あるいは残りの記憶を徹底的に調べるかだ。どちらを選んでも死が待っている予感がするが、少なくとも一方は答えを与えてくれる。うまくいけば、アレスの背後にある謎を解き明かし、地球の運命を変えられるかもしれない。迷う必要はなかった。

ドリアンはアレスの記憶データを会議ブースに送り、なかへ足を踏み入れた。

アレスのまわりで、時間が川のように流れていった。それはいっときも休まずに移ろいつづけ、最後の一粒まで感情を運び去ろうとする。数秒、数分、数時間と経つほどに、自分が何も感じなくなっていくことがわかった。

アレスはひたすら蛇紋軍《サーパンタイン》と番人の戦いを見つめていた。蛇紋軍が監視線の破れ目に押し寄せている。黒い球体が急激にその数を増やしていたが、増殖するスピードは蛇紋軍のほうが速いようだった。蛇紋の船が黒いリングを描き、恒星のエネルギーを利用して輪のなかに青白いワームホールを作り出している。恒星はほとんど覆い隠されており、リングの周囲に日蝕時のような橙黄色《とうこう》の細い炎の輪を覗かせているだけだった。ワームホールから這い出すヘビは、ばらばらに解《ほど》けて何隻もの船に変わり、炎の輪を蹴散らすようにして番人に突進している。一方、番人もヘビの胴体や離れた船に襲いかかり、黒や灰色の破片になるまで粉々に切り裂いており、その破片がハイウェイに降る灰のように広大な残骸の野へと落ちていった。

一進一退の攻防が続いた。ヘビは太く長くなり、かと思うと、新たに押し寄せた番人に脇腹を食いちぎられてまた小さくなった。やがて、ついにヘビが番人を突破した。先頭を飛ぶ船隊が戦場の反対側にまたひとつリングを描き、ワームホールを作り出したのだ。巨大なヘビが戦場いっぱいにからだを伸ばし、延々と連なる船が二つのワームホールのあいだを飛び交った。残っていた番人が瞬く間に消えた。彼らが負けたということだろう。

アレスは自分の空腹を無視した。飢えを満たしたいという欲求さえ湧いてこなかった。見ると、数隻の蛇紋軍の船が何かを探すようにゆっくりと残骸のあいだを飛んでいた。自分たちに同化させようと、生き残ったアトランティス人を探しているのだろうか？　あるいは、すでに転向して仲間になったアトランティス人か。マイラは彼らを何と呼んでいた？　リングだ。彼女のことや、彼らがマイラとお腹の赤ん坊にしたことを思い出すと、胸に鋭い痛みを感じた。どうやらすべての感情が消えたわけではないらしい。とても見ていられず、蛇紋の船から視線を逸らした。

そこで気がついた。番人はいなくなったと思っていたが、この船の傍らに一隻だけ浮かんでいたのだ。何やらじっとこちらを観察し、思考を読もうとしているように見える。

アレスは空っぽの心で番人を見つめ返した。頭にあるのはこれだけだった。〝やってくれ〟

と、球体の表面にぽっかりと入口が開き、番人が前進してそのままアレスの船を呑み込んだ。

そこは漆黒の闇で、船外活動スーツを着たアレスのからだが宙に浮いた。この先どうなるのかわからなかったが、とくにわかりたいとも思わなかった。

ふいに闇に光が差し込み、アレスは腕を上げて目元を覆った。球体がうしろに下がり、アレスが乗る着陸船の断片をふたたび宇宙空間に吐き出した。

少し光に慣れたところで、操縦席の窓に目をやった。ぼんやりとだが番人の隊列が見えた。が、アレスをはっとさせたのは、一隻の巨大な船のほうだった。遠方で三つの星が光っているため、船の形は見て取れるが、その特徴まではわからない。細長いシルエットだった。番人を統率する船だろうか。あるいは輸送船か、工場か。

小ぶりの球体が数個、壊れた着陸船にくっついて巨大船の方へ導いていった。そして、開いた船倉の入口からアレスの船をなかへ入れた。

船倉の扉が閉まったとたん、人工重力がアレスを床に叩きつけた。気絶してもおかしくない勢いだったが、どうやらスーツが緩衝材になったようだ。

床に手を突いて立ち上がり、よろよろと着陸船を出た。そこは何もないだだっ広い空間で、ライトで明るく照らされていた。どういうわけか、人工重力はアトランティス人に適した強さのようだ。その奇妙な一致にアレスは漠然とした不審感を抱いた。船外活動スーツが呼吸可能な空気であることを告げていたが、着たままでいようと決めた。

船倉の端まで行き、両開きのドアを抜けると、その先は狭い廊下だった。壁は灰色の金属でできており、床と天井にビーズのようなライトが並んでいる。

しばし立ち止まり、先へ進むべきか船に戻るべきか悩んだが、結局は好奇心が勝った。さらに廊下の奥へ進んでいくと、広い十字路に行き当たり、左右にも廊下が現われた。正面には大きな両開きのドアがある。それが開き、ドアの向こうに大洞窟のような部屋が広がっているのが見えた。船倉よりもはるかに巨大な空間だ。

罠の奥へ入り込んでいるのだろうかと思いながらも、ゆっくりとそちらへ近づいた。室内の光景は、アレスを困惑させた。床から頭上の暗闇へと、ガラスのチューブが何段にも重なり、その列が端の見えない部屋の奥まで延々と続いていたのだ。それぞれのチューブは、ちょうどアトランティス人がひとり入れるぐらいの大きさだった。

「スーツを脱いだらどうだ」

アレスは振り返り、そこで初めて自分を捕らえた者を目にした。

36

アレスは、その者に向けた視線をちらりとチューブに戻した。男――あるいは、男と思われるもの――は、部屋の入口を抜けてすぐのところに立っており、廊下の明かりが彼の背後で光輪を描いていた。

「これは何だ?」アレスは訊いたが、スーツを脱ぐつもりはなかった。

「きみはわかっている」

またチューブに目をやった。〝ここは休眠部屋か? 深宇宙移動用の。これは移民船なのだろうか?〟

「そのとおりだ」

アレスはぎょっとしてあとずさった。〝こいつはおれの心を読めるのか〟

「ああ、そうだとも。この船がきみの肉体から出る放射線を読み取って、私にもわかるデータの形に変えているのだよ」

「あんたは何者だ？」

「きみと同じだ。ただし、私は何百万年もまえに死んでいるがな」

アレスは混乱した頭を整理しようとした。そして、最初に浮かんだ疑問を口にした。

「あんたは……ここにはいないのか？　生きていないのか？」

「ああ。きみが見ているのは私のアバターだ。かつての私の姿だよ。我々の種族ははるかむかしに絶えてしまった。残っているのは、蛇紋軍《サーパンタイン》になった者たちだけだ」

「あんたは蛇紋軍なのか？」

「いや、断じて違う。彼らは長い時の途上で無数の人間を殺してきた。私は殺されたひとりにすぎない。遠いむかし、我々は大きな過ちを犯した。究極の答えを求めたのだ。我々の起源を突き止め、宇宙の行く末を知ろうとした。そして、そのために誤った道具を用いてしまった。科学とテクノロジーだよ。きみの理解をはるかに超えた方法さ。究極の知を追い求めた我々は、いつしか、自分たちの手で作り出したテクノロジーに支配されるようになっていた。そして自分たちでも気づかぬうちに、人間性をすべて失ってしまったんだ。我々の文明世界は脆くも崩れたよ。抵抗した者たちも同化させられてしまった。そうして残ったのが、蛇紋軍だ。自らは〝リング〟と名乗っているがな。彼らは、自分たちこそが宇宙の摂理によって生み出された存在であり、新たな宇宙の出発点であり、時空を超えて広がるリングだと思っている。

それに、こうも信じているんだ。いつか自分たちのリングがあらゆる人類世界を取り囲み、全人類を繫ぐだろう。そして、そのときこそ、彼らが〝原存在〟と名づけた力を操れるようになり、新しい宇宙を創り出せるのだと。新たな摂理に支配された、自分たちがけっして滅びることのない宇宙をな」

アレスはため息をつき、スーツを脱いだ。どうやら自分がどうこうできる状況ではなさそうだし、それに、もしこの過去の人類の亡霊がこちらを殺すつもりなら、そもそもここまで辿り着いていないだろうと思ったのだ。

「おれにどうしてほしいんだ？」アレスはぼそりと訊いた。

「救ってほしい。いまこの瞬間にも、私の同胞がきみたちに犯している過ち。それを正すチャンスがほしいのだ」

二人のあいだの暗い空間に、ホログラムが出現した。アレスの故郷の星が浮かんでおり、その手前で、黒い船のリングがワームホールを作っていた。太く連なる蛇紋の船がそこから続々と溢れ出している。列の先端が崩れて船が散らばり、あたかも巨大なヘビがこぼす黒い涙のようにアレスの星へと向かっていった。

数千、数万の〈番人〉がヘビと戦っていたが、蛇紋の戦場を再現するように、彼らの敗色が濃くなっていった。そして、アトランティスの星が破壊されていった。

「世界が滅びる直前に、我々は自らの愚かさに気づき、きみたちが〈番人〉と呼ぶものを造り出した。我々の過ちからほかの人類世界を救うためだ。だが、きみも目にしているように、番人は戦闘の場では蛇紋軍に太刀打ちできない。最後の手段として、我々は人類世界を隠す戦略をとることにした」

「番人で監視線を張り巡らしたんだな」

「そうだ。監視線は防壁を築く。きみたちが覆いとして使うビーコンのネットワークに似ていて、人類が住む星を蛇紋軍から見えなくするのだ。さらに、この監視線は超空間トンネルが壁を越えることも防いでいる」

アレスにも事態が呑み込めてきた。「だが、おれが監視線に穴を空けてしまったんだな。そのせいで蛇紋軍が入ってきた」

「ああ。だが、それは予想された段階のひとつだ」

怒りがこみ上げてきた。「先に警告することはできただろう」

「むろん、我々も警告しようとした。何度も、何年もかけてな。しかし、いくら警告したところで、実際に災いを経験した記憶がなければ人間は変わらないのだよ」

「記憶？」

アバターがチューブの方へ歩いていった。「この箱船に乗ってきみの星へ行け。きみの思考を伝達する放射線は、からだの細胞の設計図を送ることもできる。番人の隊列が軌道上まで護送してくれるだろう。蛇紋のウイルスは、彼らが人間を同化させるために使うバイオ技術だが、ひとつ制約がある。相手に受け入れる意思がなければ感染させられないのだ。彼らは実に巧みに誘い込む。だが、大勢の人々のなかには少数ながらも勇敢な心をもつ者がいて、その誘いに抗《あらが》うことができる。そういう者たちは蛇紋軍に虐殺されるだろう。この船は彼らの放射線を捉え、彼らを復活させる。彼らはきみの同胞となってきみを助けるはずだ。その者たちとふたたび文明世界を築きたまえ。彼らは蛇紋の恐怖を目の当たりにしている。今度こそ危険を認識できるだろう。人間というのは、闇を知らなければ光のありがたさもわからないものなのだ」

アレスは復活の箱船のブリッジに立ち、超空間の青白い波が溶解してスクリーンに自分の星が現われるのを見つめていた。

船が被弾して揺れた。アレスの星は、蛇紋軍に完全に包囲されつつあった。どの大陸もほとんど隙間なく巨大な黒い船に覆われている。番人が彼らと戦っていたが、敗北のときは徐々に近づいているようだった。

箱船は、被弾してもけっして反撃せず、ひたすら激しい戦闘域を押し進んでいた。蛇紋の密集艦隊が船を囲む番人の防衛線を破っても、そのたびにさらに多くの番人が現われて敵を跳ね返す。

アバターがブリッジから例の部屋へとアレスを連れていった。二人とも無言でその場に立ち、チューブがアトランティス人で埋められていくのを見守った。

そして、揺れがいよいよ激しくなったころ、その人物が振り返って言った。「時間だ」

アレスはいちばん近いチューブに足を踏み入れた。霧がゆっくりとからだを包んでいく。同胞たちの移住はすぐに完了し、間もなく新天地に降り立つことになるはずだった。アバターによれば、この船には時間を膨張させる機能もあるという。外界で長い時間が経っていても、船内ではほんの一瞬のことなのだそうだ。

やがて、ふたたびアバターが現われ、チューブが開いた。アレスは外に出て彼とともにブリッジに戻った。スクリーンに、緑と青と白に彩られた、手つかずの星が映っていた。

「もし蛇紋軍に見つかったらどうなるんだ？」

「我々は新たな監視線を築いた。この星を周回する軌道にビーコンも配備してある。きみたちを覆い隠してくれるだろう。だが、絶対に見つからないという保証はない。さて、我々がきみたちに与えられるものは残りわずかになった。我々はきみたちに危険を見せ、きみたちを救った。最後にもうひとつ贈り物をしたいと思う。人間の規範だ。これに従えば、きみたちは我々と同じ間違いを繰り返さずに済むだろう」

それからアバターは滔々《とうとう》と語りはじめ、自分たちの哲学や、平和に生きるための基本をアレスに話して聞かせた。「規範に従って素朴に生きること。きみたち種族の生き残りを救った見返りに求めたいのは、その一点だ。新たな監視線の内側にはたくさんの人類世界があるが、どれもきみたちの社会ほど進んではいない。彼らもいつかは答えを求めて宇宙へ飛び立ち、監視線をかき乱そうとするだろう。だが、きみたちはその先にある危険を証言して、無数の世界の無数の命を救うことができる。人間の規範を広めれば、すべての者がここで安全に暮らすことができるのだ。それが、きみたち全員が生き残るための鍵になるだろう」

アレスは妻の最後の姿を思い出した。彼らが妻に何をしたかを。それに、故郷の星。黒い船に覆い尽くされ、何十億人もの人々がむごたらしく殺されていった。湧き上がる怒りを抑えることができなかった。「あんたらが生み出した獣《けだもの》がおれの仲間を虐殺したんだぞ。それなのに、おれたちにまだ何か要求しようというのか？」

「我々は、平和で穏やかに生きるための道筋を教えたいだけだ。それに、ほかの人類がきみたちと同じミスを犯し、同じ運命を辿るのを防ぐチャンスを与えたいのだよ」

アレスは箱船の傍らを飛ぶ数隻の番人に目を向けた。

〝ここそ隠れ、敵が去ってくれることをひたすら祈る。そんな生き方はまっぴらだ。戦ってやる〟そこでアバターが心を読めることを思い出したが、もう手遅れだった。

「自分が犯した重大な過ちについて、よく考えてみることだ」

「あんたは何百万年ものあいだ、あちこちの世界の人類が虐殺されるのを黙って見てきたんだろ。そんなただの死人がおれのことをとやかく言うのか」

「恐れや憎しみはきみに何ももたらさないぞ」

アレスはアバターを無視した。頭のなかで計画ができはじめていた。

アバターが近づいてきた。「我々の経験を思い出せ。我々は自分たちが生み出したテクノロジーに支配されてしまったんだ。気をつけろ、アレス。防衛手段を手にするために、きみは自分の自由を奪われるかもしれない。命さえ失う可能性がある」

「おれが何を考えてるかわかるんだろ。あんたは遠いむかしからこの戦いに敗れつづけている。そんな負けしか知らないやつのことばに従えるはずがない。それにあんたは、人間がどんなものか、もう思い出すことさえできないんだろう。そうじゃなければ、おれの星の人間があんなに大勢殺されるのを放っておけるもんか。あんたから見れば、あれは単に数字の桁が多いというだけの話なんだよな。だが、おれにとって彼らは命だった。大事な存在だったんだ。あんたにはもうたっぷり助けてもらったよ。これからは、自分の身は自分で護る」

「それならそれで仕方がない、アレス」アバターが、悲しそうな表情を残して消えていった。

長いことひとりで薄暗い部屋に立ち、最後の同胞たちが眠るチューブの列を見つめていた。彼らももうすぐ目覚めるはずだ。アレスにはもう彼らしか残っていなかった。どんな犠牲を払ってでも、彼らの命を守るつもりだった。

デヴィッドが脱出ポッドから見ていると、ビーコンの力場がチカチカと瞬いて消滅した。とたんに内部の空気が噴き出したようで、勢いよく飛ばされたビーコンが残骸の荒野に激突した。破片が宙を舞ってぶつかり合い、それぞれが荒野の空いたスペースに収まっていく。デヴィッドは自分が乗るポッドも残骸の荒野の質量に引き寄せられているのを感じていた。じきに自分もあそこに落ち着き、永遠に宇宙に浮かびつづけることになるのだろう。

ケイトのことを考えた。彼女は残された日々をどう過ごすだろう？　ひとつだけ願いがあった。ほんの一瞬でもいい、もう一度彼女に会いたい。最後に見た彼女の姿が蘇った。スクリーンの前に立ち、こちらにはよくわからない専門的な話をしている。自分は最後に何と言った？　〝鍵をかけておけ〟だ。デヴィッドは小さく笑った。実に最後にふさわしいやり取りに思えた。二人がともに過ごした時間は、大半がそんな構図だったからだ。時間は大切なものだ。そしていま、二人ともそれが尽きかけている。数時間単位の話かもしれない。

そのときになってデヴィッドは気がついた。本当のところ、自分は彼女のいない人生を送ることを恐れていたのだ。その経験をせずに済むとわかったいま、自分でも不思議なほどの安らぎを覚えている。

残骸の荒野の上方に一本の裂け目が開いた。宇宙という黒い布に、ギザギザした青白い破れ目ができたような眺めだ。そこから一隻の船が滑り出てきた。素早く残骸の荒野を越え、まっすぐ脱出ポッドの方へ向かってくる。

ビーコンが壊れたためにこの場所が見え、遭難者がいることに気づいたのだろうか？　船が次第に近づいてきて、船首にある標章が見えるようになった。輪が描かれている。いや、あれは自分の尾を呑むヘビの絵だ。

37

ドリアンはぐっしょりと汗をかいて床に横たわっていた。今回の記憶はこれまでいちばんきつかった。だが、やめるわけにはいかない。答えに近づいていると感じるのだ。あの船——箱船——は、アレスが南極の氷の下に埋めたのと同一のものだろう。アトランティス人はまた蛇紋軍《サーペンタイン》に見つかったのだろうか？　蛇紋軍こそがアレスの恐れる強大な敵なのか。

広大な工場へ出ていき、続々と〈番人〉を造りつづけている組み立てラインに目をやった。あるいは、番人が彼を裏切ったのか？

ドリアンは食事をとり、残りの真相を目にする覚悟を決めた。

箱船はアトランティス人の新天地に着陸した。そして、その後の日々のなかで、あのアバターが同胞について言ったことはすべて事実だと気づかされるようになった。生まれ変わって復活船から降りた者たちは、誰もがやる気と情熱に溢れていた。それは見たこともないほど素晴らしい結束力をもつ集団だった。全員がひとつの目標のもとに団結していたのだ——蛇紋軍を打ち倒すという目標のもとに。そのために、彼らはもてる力をすべて出し切った。足りないぶんは箱船のテクノロジーや番人が補った。

箱船の周囲に最初の集落が生まれ、それらはすぐに都市になって、ふたたび文明社会が出来上がっていった。法の土台はアバターの話を参考にして築かれた。テクノロジーの暴走に注意しろという警告だ。アレスはアバターの要求を拒んだが、同胞たちがときに愚かになり、重要な事実を無視しかねないことも知っていた——たとえ蛇紋に同化させられていなくても、際限なくテクノロジーを追求していけば、どんな文明社会も蛇紋の星のようになり得るという現実を。反蛇紋法は、特異点《シンギュラリティ》となる技術の開発を全面的に禁止した。制御不能なテクノロジーと闘うこと、それが共通の信念になった。

批准式典の壇上で、アレスは列席者に大声で訴えた。「我々の最大の敵は我々自身である。蛇紋は我々の内に潜んでいる。監視線の外の敵を警戒するように、我々は自分自身にも警戒の目を向けなければならないのだ」

その後は断片的な記憶が続いた。アレスは軌道上の船に立ち、アトランティスの新たな故郷の先に浮かぶ、番人の製造工場を見つめていた。「もっと増やそう」

次はべつの工場に立っていた。視線の先には、遠くの宇宙空間へと果てしなく伸びる新しい組み立てラインが並んでいた。

「もっとだ」

記憶が次々と流れていった。数々の工場。新たな番人。やがて開発の速度が落ちはじめた。アレスは部屋に立ち、もっと研究開発スタッフを増やすべきだと語っていた。だが、アレス自身がもう自分のことばを信じていなかった。情熱はすでに消えていたのだ。チューブの時間膨張機能と治癒効果により、アレスはいくつもの時代を飛び越え、無人採鉱船とオートメーション型工場が数えきれない量の番人を製造する時代に辿り着いていた。

あのときチューブで蘇った移住メンバーは、誰もが長生きをした。アレスと同様、チューブを使って最適な健康状態に戻ることを選んだのだ。しかし、その彼らもとうのむかしに生きつづける意思を失い、いまは全員が世を去っていた。一部の者は八百歳の誕生日を経験したし、少数ながら一千歳まで生きた者もいたが、最終的にはアレス以外の全員が本当の死を迎え、復活用チューブの力が及ばない場所へと去って二度と戻らなかった。

気づくとアレスは完全にひとりになっていた。残った創設メンバーは自分ひとりで、自分と同じ種類の人間はもうどこにもいなかった。蛇紋軍の虐殺を目の当たりにし、その後、新たな世界を必死で築き上げた人間は。

古い世界が滅ぼされたのち、一千年のあいだは、毎年箱船で徹夜の祈りが捧げられた。その式典はやがて十年に一度になり、百年に一度になり、ついには開かれなくなった。チューブを出て評議会に出席するたびに、アレスは自分の星でよそ者になったような気分を味わい、その感覚は回を重ねるごとに強くなった。同胞たちはのんびりした快適な暮らしに慣れており、芸術や科学や娯楽にばかり目を向けていた。番人の工場はどこもかしこも無人で、操業はロボットに任せきりだった。そしていつしか、蛇紋軍の脅威はただの恐ろしい言い伝えになってしまった。ぞっとする話だが、あくまで空想の産物だとさえ思われるようになったのだ。

アレス自身は遺物のように扱われた。古《いにしえ》の暗い時代、妄想に取り憑かれ、戦争に夢中になった時代を象徴する、お飾りのような存在だった。

あるときアレスは、自分も本当の死を迎えることにしたと評議会で発表した。彼らはしぶしぶそれを了承した。

裏切りは、翌日、市民への発表があった際に明らかになった。評議会は投票によってアレスを永久保存することに決めたのだ。アレスの功績を称え、アレスやほかの移住メンバーが払った犠牲を永遠に記念するためというのが理由だった。

警備員たちがアレスの住まいに現われ、そのうしろには報道のカメラも詰めかけていた。

箱船の聖堂に続く道沿いには人垣ができており、大人も子どもも、ひと目アレスを見ようと躍起になっていた。石のファサードに碑銘が刻まれていた。〝我らが最後の戦士ここに眠る〟

アレスは戸口の前で足を止め、評議会の議長に言った。「どんな人間にも死ぬ権利はある」

「伝説は死にません」

手を伸ばして彼女の首を思い切り絞めてやりたかった。だが、結局アレスはなかへ入り、古い世界が滅んだあの日に初めて目にした廊下を進んだ。そして、チューブに足を踏み入れた。

時間の膨張機能のおかげで時の流れに苦しめられることはなかったが、アレスが感じている虚しさと孤独を癒せるものは何もなかった。

広大な部屋の入口にいくつか人影が現われ、アレスのチューブに駆け寄ってきた。

アレスはチューブを出て、何も訊かずに彼らについていった。ひょっとすると考え直したのかもしれない。希望が――ほとんど忘れかけていた感情が――胸の内をよぎった。

箱船を覆う聖堂をあとにし、無言のまま夜の暗がりを歩いた。遠くの方に見たこともない形状の都市が広がっていた。高層ビルが雲をついて建ち並び、そのあいだを空中通路が繋いでいる。夜空にホログラムの広告が連なるさまは、月を前に悪魔たちが舞いを舞っているようにも見えた。

と、爆発が空中通路を断ち切った。次の爆発はビルのあいだで起き、両側の建物から火の手が上がった。まるで消火システムに追いつかれまいとするように、炎がビルからビルへと飛び移っていく。また爆発があった。

「何が起きたんだ？」アレスは訊いた。

「新たな敵が登場したのです、将軍」

38

その星は、かつてアレスが死に瀕した同胞たちと移り住み、一から社会を築き上げたのと同じ星だとは思えなかった。清潔できらびやかだが窮屈で、人々は怒りに満ちている。彼らは沿道を埋めて押し合いへし合いし、プラカードを掲げて叫んでいた。

〝蛇紋の禁＝隷属〟

〝発展＝自由〟

〝アレスこそが真の蛇紋〟

会議場では、愚鈍な集団がアレスの愛する星の窮状について詳しく説明した。それによると、アトランティスの社会は知的差別によって分裂し、二つの勢力に分かれてしまったということだった。知識階級と労働者階級だ。知識階級は全人口の八割近くを占めており、アレスに理解できる範囲で言えば、日々、頭脳を使ってものを作っているらしかった――芸術、発明、研究、その他、アレスにはよくわからないし、詳しく訊ねる気も起きない様々な活動を通して。一方、残りの二割を占める労働者階級は自分の手を使って暮らしを立てていたが、それにうんざりしているようだった。公的援助ありきの賃金や、社会保障制度にうんざりしているのだという。そのシステムに組み込まれている限り、自分たちは永久に第二の階級に固定化されてしまうと考えているからだ。

問題の核にあるのは、教育が限界に達し、それ以上学習者の知的能力を向上させられなくなったことだった。そこでどちらの階級も気がついた。知能が高い者はもともと知能が高く、その子どもたちも高い知能を有するのだと。そして、労働者階級にも同じことが言えるのだと。二つの階級間で結婚する例は目に見えて減っていった。知識階級側が、二度と這い出せない下の階級に自分の子孫を落とす危険を避けるようになったからだ。

経済的、社会的な断絶は次第に階級間の緊張を高めていった。平和を維持するために様々な調整や取引が行われたが、結局は歩み寄ることができなかった。そしてその結果、労働者階級側に残された交渉手段は暴力だけになってしまった。

スクリーン上には、労働者勢力の活動がどのように不穏さを増していったかが詳しく示されていた。彼らの抗議活動は時間とともに暴動に変わり、散発的な攻撃になり、ついには数千人の命を奪う組織的なテロへと発展してしまったのだ。

アレスは問題の所在について考え込んでおり、評議会の議長、ノモスの話をほとんど聞いていなかった。「いちばんの問題は警察機関にある」

「どういうことだ？」アレスは訊いた。

「過去三百年にわたり、我々の世界には警察が存在しなかったのだ。理由は単純で、ごく稀《まれ》にしか犯罪が起きなかったからだよ。市民による監視と広域監視装置があれば、どんな犯罪者でも必ず捕まえることができた。しかし、この件は違う。彼らは自分たちの大義のためならよろこんで命を投げ出す――子どもたちに自分と同じ苦しみを経験させないためならな」

ほかの評議会議員が口を開いた。「それ以上に大きな問題は、新設した警察の人員を労働者階級から集めねばならない点だろう――そうなれば、彼らを信用することなど不可能になる。彼らは政府を転覆して全権力を掌握するかもしれない。たぶん、ここにいる誰もがそれを恐れているはずだ。あえて口にするのは私だけだろうがな」

しばしの沈黙が訪れた。

やがて、ノモスが口を開いた。「アレス、我々には打開策として考えていることがある。きみを起こして……相談したかったのはそのことだ。実は、蛇紋の禁を緩めようと思っているんだよ」

アレスは思わず声を荒らげた。「理由があって作った法律だ――我々自身から我々を護るための法だぞ」

ノモスが手を上げた。「ほんの少し緩和するだけだ。三つの規制のうちの二つをな。まず、遺伝子工学の禁止を解きたい――今回限り、労働者の知的平等性を確保するために、一度だけ治療を施すんだ。それにもうひとつ。ロボット工学の規制を緩めて、肉体労働を任せる単純なドロイドを造りたいと思う。この二点さえ変えれば安定した平和な社会が――」

アレスは立ち上がった。「愚か者どもめ。一度でも遺伝子工学やロボット工学の箱を開けてしまったら、我々の星もいつか必ず蛇紋の世界に変わってしまう――たとえ侵略されていなくてもな。断言できる。まさにこういう形で蛇紋の破滅は忍び寄ってくるのだ。我々も先人と同じ過ちを繰り返すことになるだろう。耐えられない。私を眠りに戻すか、できれば永遠の死を迎えさせてくれ。とても見ていられないからな」

「きみならどうする？」

「単純な問題だ」アレスは言った。「二割の人間が残りの者たちを殺しているのだろう。では、彼らに消えてもらうしかない」

アレスは自分の軍の訓練風景を見まわした。もし軌道上にビーコンがなく、この星の光が隠されていなかったら、宇宙は彼らを見て笑い転げていたことだろう。

評議会の判断は正しい。治安維持組織の人員を労働者階級から確保するなど、むろん愚かな行為にきまっている。次善の策として、アレスは知識階級から目的にかなう者を集めることにした。例えばファッションモデル――引き締まったたくましい体つきをしており、実態はともかく、堂々とした印象を与える術を身につけている。それにダンサーや曲芸師――自分の身を護るために戦うことはできなくても、滑らかで切れのいい動きをする。そして運動選手――意志が強く、興奮した群衆に囲まれても冷静でいられるだろう。もっとも、死人が出はじめた時点で怖じ気づくにきまっているが。

アレスはトレーニング中の彼らを観察した。彼らは軍隊ではないし、なりそうな気配もない。だが、彼らの制服姿や訓練の動きはいかにもそれらしく見えた。肝心なのはそこなのだ。

遠征船団があった時代を懐かしく思ったが、船団もまた蛇紋の禁によって消し去られたもののひとつだった。宇宙探索は未知の危険を引き寄せる可能性があり、最悪の場合、蛇紋軍にまた発見されてしまうからだ。

あの任務を思い出した。あのとき何をし、その結果どうなったかを。自分が〈番人〉を捕まえて監視線に穴を空けたせいで、そこから蛇紋の大軍が流れ込み、アトランティスの最初の星に彼らが現われることになったのだ。けっして同じ過ちが繰り返されてはならない。

アトランティス人の夢は、ひとつの星にひとつのまとまった社会を築き、ビーコンや厚く張り巡らされた番人の壁に護られて安全に暮らすことだった。平和で豊かで、永遠に滅びることのないアトランティスの世界。それを実現するためには、何としても三つの誘惑に打ち勝たねばならなかった――ロボットに頼った楽な労働、遺伝子工学による偽りの進歩、深宇宙を探索したいという欲求。

隣にノモスが来たことに気づいたが、アレスは何も言わず、その能なしが〝きみの労に報いて望みを叶えよう〟と言いだすのを待った。だが、いつものように期待は裏切られた。

「日に日に軍隊らしくなっていくな」ノモスはそう口にして、彼の知能に対するアレスの評価を一段と下げただけだった。

「ああ。こいつらならうまく役を演じるだろうよ」

次のテロ攻撃がいつになるのかわからなかったが、それはさほど重要な問題ではなかった。アレスにとって未来は明らかで、いまは決まった答えに向かって方程式を解いているようなものだったからだ。

アレスは滅多に眠らなかったし、寝たとしても途切れがちだった。アレスは自分にあてがわれた部屋のデスクに向かい、妻からの手紙を読み返し、彼女の映像を眺めた。数々の筋書きを思い浮かべ、どうすれば結果が変わっていたか繰り返し考えてもみた。だが、結局のところ自分は役目を果たしただけであり、たとえ自分がせずとも、ほかの誰かが先かあとに同じことをしたはずだった。あのアバターは正しかったのだ。いまならそれがわかる。彼は、誕生しては消えていく世界をいったいどれだけ見てきたのだろう。数千？　数百万？　もっとだろうか。

あのアバターは、みなが規範に従って素朴に生きることを勧めていた。アレスは想像してみた。市民全員が知的であると同時に労働者で、どんな命も尊重される世界。そこでは誰もが規範を正しく理解している。

あのときの自分を思い出し、つい苦笑してしまった。自分はこう考えたのだ。〝戦ってやる〟

だが、戦うべき強大な敵など一度も現われず、無力な犠牲者がわずかにいただけだった。人々を悩ませ、一致団結させるような脅威が迫ることもなかった。蛇紋軍《サーペンタイン》が現われず、何の不安もない日々が続くうちに、人々は戦う意志そのものを失っていった。実際、数千年ぶりに暴力に直面したいま、彼らが解決策として選んだのは、アレスを休眠から叩き起こすことだった。野蛮人を打ち負かすため、ほとんど忘れ去られた過去の化石を掘り起こしたのだ。

いや、本当のところ、彼らはできれば戦いたくないのだろう。そこに人間の不幸な現実が見える。何の衝突もなく、挑戦する機会もなければ、心の炎はたちまち消えてしまう。そして、その炎がなければ社会は停滞し、徐々に衰退の道を辿ることになるのだ。もはや、この星の状況を改善する方法はひとつしかなかった――ガンを取り除かなければならない。恐れる気持ちはあった。だが、それは衝突であり挑戦であり、自分が存在する理由だった。もしかすると自分はそのためだけに生きているのかもしれない。

窓辺に近寄り、彼らが築いた驚異的な都市を見渡した――しかも、こうした都市がこの星には何千とあり、地表をほぼ隙間なく覆っているという。綿密に計算された都市だった。古い星の、アレスが生まれ育った都市とは違い、これらの超巨大都市では自然が金属やガラスとほどよく交じり合い、いわば美観と機能を兼ね備えた一枚の絵を仕上げている。百四十七階の自分の部屋から下方に目をやり、ビルの屋上を緑と茶色に彩っている森や広場や庭園を眺めた。屋上の少し下には空中通路が走り、蜘蛛の巣のようにビルとビルとを繋いでいる。その通路を歩行者やポッドが移動するさまは、まるで金属とガラスでできた輝く迷路を虫の群れが這いまわっているようにも見えた。街を照らすライトもやはり計算されているらしく、美しさと機能が最適なバランスを保つように配置されている。一部のビルの屋上には巨大な温室があり、青々と茂る植物が成長促進用のライトと夜の街の明かりに照らされてきらめいていた。

こんなにも先進的な文明社会に、なぜ亀裂などが生じてしまったのだろう――それも、芯に達するほど深々と。

街の反対側で爆発が起き、空中通路が揺れて落下した。ビルが粉々に崩れていく。一帯が瞬く間に火に呑まれ、立ちこめる煙が光とガラスと金属の絵を掻き消した。

アレスの背後でドアが開いた。「第四、第六区画で爆発がありました、将軍」

手早く着替えを済ませると、アレスはすぐさま新設の軍を率いて現場に向かった。彼らは戦闘区域の手前で行進を止めた。また爆発が起き、逃げ出す市民と悲鳴の波が押し寄せてきた。

アレスの傍らにいる兵士が咳払いをし、静かに言った。「始めますか？」

「いや、しばらく放っておけ。我々がどういう者と戦っているのか、世界に見せてやるのだ」

39

目を覚ますとケイトはびっしょり汗をかいていた。からだじゅうに痛みも感じる。だが、もっともつらいのは肉体の痛みではなかった。全身が鉛にでも変わってしまったように、ひとつひとつの動きが重い。からだを引きずるようにしてベッドを下り、服を身につけた。部屋を出てみると、ほかの者たちのあいだに漂う雰囲気も似たようなものだった。ミロが悲しみをあらわにする姿を見たのは、これが初めてかもしれない。彼は床から目を上げようともしなかった。ポールとメアリもすっかりまいっているようだった。何日かまえ、モロッコの山中から命からがら逃げ出し、初めてアルファ・ランダーを目にしたときのように。

その三人の姿がケイトの気持ちを動かし、覚悟を決めさせた。彼らには私が必要なのだ。彼らのために強くならなければ。そう思うと、どこからか新たな力が湧いてきた。

「まだ終わりじゃないわ」ケイトは言った。「私に計画があるの」

「本当か？」ポールが訊いた。思った以上に驚いた声が出てしまったという様子だった。

「ええ」ケイトは彼らを連れて共有スペースからブリッジへ移動した。それからスクリーンを起動し、映像の向きを変えて外の景色を映し出した――焼け落ちた都市の跡だ。「外へは出ないでと言ったでしょう。この星はアトランティス人科学者の記憶のなかで見たことがあるの。彼女はここへ降りたことがある――この船で来て、外へ出ていった。思うに、彼女はこの星を見張る集団か何かに殺されたのかもしれないわ。そして復活した。だからヤヌスは記憶を消したのかもしれない。それに、だから私は記憶を再生したときに……」

「具合が悪くなったんですね」ミロが怯えた声を出した。「だめです、ドクタ・ケイト」

「仕方ないのよ」ケイトはスクリーンを調整し、ビーコンが大気圏に突入して、いまは一本の白い筋だけが残っている場所を映した。「実は、ビーコンが落ちたせいで私たちはここに閉じ込められてしまったの。悪い知らせよね。でも、いくつか選択肢はあるわ。この着陸船の通信アレイは無傷で残っている。それに船もちゃんと動く——ここから飛び立って軌道上まで行くことができるのよ」

「この船はどの程度の距離を飛行できるんだ?」ポールが訊いた。

「残念ながらあまり遠くへは行けないわ。この着陸船にはワームホールを生成する機能がないから、超空間移動ができないの。でも、信号を送ることは可能よ——助けを求めてみることはできる。ビーコンがなくなったいま、この星は外からも見えているしね」

「それに、この星は厳重に見張られているんだよな」ポールが言った。「少なくともむかしは誰かが見張っていた」

「そのとおりよ」ケイトは言った。「まさにそこから手をつけようと思っているの。アルファ・ランダーと同じで、この船には適応実験室がある。ヤヌスがパートナーから隠したがっていた記憶はすべてメモリ媒体に保存してあるわ。それを実験室で再生して、この星に関する情報がないか探ってみようと思うの。ここがどんな星で、誰が見張っていて、どうしたら助けを呼べるか調べるのよ」ケイトはポールとメアリに顔を向けた。「アトランティスのシステムの使い方を学べるよう、ここの端末をプログラムしておいたわ。あなたたちならすぐに覚えられるはずよ——デヴィッドやミロも、何日もかからずに使えるようになったから」そこでつい口調が変わってしまったが、とにかく話を続けた。「システムの使い方を覚えたら、例の二つのシグナルを調べてみてほしいの。メアリが地球で受信したものと、蛇紋の戦場から送られてきたもの。うまくいけばそちらが突破口になるかもしれないわ。何かを摑めれば」

「私は何をすれば？」ミロが訊いた。

「あなたには私の手伝いをしてもらうわ。私が記憶再生タンクに入っているあいだ、バイタルを監視してちょうだい。そして、もし何か起きたらポールに知らせて、彼が船の医療システムを操作できるように協力してあげて」

ミロが頭を振った。「私は賛成できません。デヴィッドも賛成しなかったはずです」

「デヴィッドとは……私たちがここへ来るまえに話したの。蛇紋の戦場を見たことで、彼は状況の深刻さを悟ったのよ。そして、わずかでも望みがあるなら、たとえ危険でもチャンスに賭けるべきだと考えるようになっていた。これはそのチャンスなの。もうひとつはシグナルの解析。それが私たちの脱出計画よ」

ケイトはミロとともにブリッジをあとにした。若者はもう反対しなかったが、ケイトがタンクに入ることを恐れているのは明らかだった。デヴィッドとともに瀕死のケイトを見つけたときとそっくりな、黄色く光る巨大なタンクに入ることを。ケイトは努めて平静を装い、ふたたびタンクに足を踏み入れた。だが、いまいちどあの仮想の駅に立ち、いまはすべての記憶が揃っている案内板を目にすると、じわじわと恐怖がこみ上げてきた。記憶のなかでいったい何が起きるのだろう？　からだにどんな影響が出るのだろう？　しかし、ほかに手はなかった。

ひとつめの記憶を選んで読み込んだ。ヤヌスが抜いた記憶のなかで、いちばん早い時期のものだ。

駅が消え、ケイトはどこかの研究室に立っていた。目の前にヤヌスが立ち、壁に投影された星を指差しながら何やら興奮気味に話している。左手には窓が並んでおり、その向こうに夜にきらめく大きな都市が広がっていた。縦横に走る空中通路がビルを繋ぎ、街は活気に溢れている。つかの間、ケイトはその光景に目を奪われていたが、しばらくするとその驚きが消えていった。そして、それと入れ替わるように状況が呑み込めてきた。とくに考えずとも自分がいまいる場所がわかる。アトランティス人の新たな故郷だ。自分のことも知っている。自分の仕事、自分の望み。この記憶はほかとは違う。ほかの記憶では、行動こそ科学者のものだったが、思考はある程度ケイトがコントロールできていた。しかしいまはそれができないのだ。

この記憶では、ケイトはアトランティス人科学者の思考を余すところなく読み取ることができた。そして、その思考がケイト自身のものと交ざり、ついにはそれを押し出してしまった。ケイトは消え、ただの傍観者として科学者の過去を観察し、感じ取り、追体験しているにすぎなかった。この女性の名はイシスだ。ケイトの意思とは関係なく、彼女の人生が明らかになっていく。ケイトが最後に考えたのは、もしイシスが記憶のなかで死んだら自分はどうなるのだろう、ということだった。一万二千五百年まえに、彼女が地球で死んだことを知っていたからだ。

ヤヌスがそれらの星の画像をまたひととおり表示した。「これらの星のすべてにヒト科動物がいるんだよ」

「現在の状況はわからないでしょう」イシスはすぐに指摘した。

「たしかにそうだ。この調査が行われたのは、大移住期と同じぐらい遠いむかしだよ。しかし、もし人口を激減させるような出来事が何もなければ、これらの星にはいまも人間が存在している。それどころか、先進的な文明が築かれているかもしれないし、想像もつかない進化を辿っているかもしれないんだ。よく考えてくれ。進化遺伝学者にとって、これは一生に一度の大チャンスじゃないか」

ヤヌスは効果を狙うようにそこで間を置いた。「おれには、きみ以上にいっしょに来てほしいと思える相手はいないんだ、イシス」

イシスは顔を背け、街が見える窓と向き合った。「その気持ちはうれしいわ、ヤヌス。

たしかにすごいチャンスだと思う。でも、私たちの星はいまこんな状態なのよ。その最中に宇宙へ長旅に出るなんて、私にはやっぱりできないわ」

「きみが労働者問題についてどう感じているかは知ってるよ」

「平等問題よ」イシスは訂正した。

「もちろんだ」ヤヌスが頷いた。そして「平等問題さ」と、労働者支持派がスローガンのように使うそのことばを繰り返した。それは、彼を含め、知的職業者側がプライベートではけっして口にしないことばでもあった。

イシスが黙っていると、彼は先を続けた。「平等問題はおれたちがいてもいなくても結果は変わらない。おれたちは歴史を創れる、アトランティスの理想を追求することができるんだよ。おれたちはこれを〝原点《オリジン》探求計画〟と呼んでいる」

「蛇紋の禁に引っかかるにきまってるわ」

「法が変わるかもしれない」

「そういう話があるの？」

「まだ噂にすぎないが、規制が緩和されそうだという話を聞いたんだ。労働者の反乱に対処するために」彼が慌てて言い直した。「いや、平等問題に」

「興味深いわ」

「準備は万端だ、イシス。すでに調査船団の船の改造も済ませている」

「冗談でしょ」

「本当さ。もちろん古い船ばかりだが――」

「大移住直後に、新たな監視線の地図を作るために使われた船でしょう？　それからは一度も飛んでいないのよね」

「大丈夫だ。実際にテストしてみたからな。それに、そのうち新しい船も造れるはずだ」

にわかには信じる気になれず、イシスは頭を振った。

「また明日にでも話せるか？　討論会でのスピーチが終わったあとで」

「かまわないわ」

本音を言えば、イシスはヤヌスの提案にかなり魅力を感じていた。一生に一度の大チャンス、まさにそのとおりなのだ。だが、この星を揺るがしている平等問題に背を向けるなど、やはり身勝手なことだと感じてしまう。

明日のスピーチのことを考えた。願望を交えて言えば、自分が発表する研究は、この大論争の流れをひっくり返し、社会が進む方向を変える可能性があった。ハイリスクな賭けであり、ビルから空中通路へと足を踏み出すころには、イシスは早くも緊張を覚えはじめていた。イシスは夜にビルのあいだを歩くのが好きだった。ガラスの通路を歩いていると、街の上を飛んでいるような気分になる。そして、ときどき無性にガラスの外を見つめたくなる。

向こうの方で火柱が上がり、その直後にビルが崩れ落ちた。そしてもう一棟。空中通路が支えをなくして次々と落下していくのが見える。通路網が一斉に震えたように感じたときだった。続けざまに爆発が起き、轟音がイシスの方へ波のように迫ってきた。地面は足元のはるか下方、三百メートル以上も離れたところにある。

通路の入口と出口に素早く目をやった。出口のほうが近い。イシスは床を蹴ってそちらに駆けだした。前方のビルが震えて通路も揺れ、床に亀裂が走って天井のタイルが降り注いできた。

イシスは両手で頭を護ってどうにか通路を渡りきった。エレヴェータは動いていなかったので、人が溢れる階段に自分もからだを押し込み、ビルから必死で脱出しようとする群衆の流れについていった。

地上階に着くと、武装したマスク姿の一団が彼らを暗い待機場所へと追い立てていた。ときおり大声を上げて先を急がせ、列からはみ出した者をすぐさま押し戻している。

人の流れが絶えたころ、捕獲者のひとりが前に進み出てこう言った。「おまえたちはもう市民ではない。おまえたちはもう、知識封建主義のもとに数千年にわたって我々を苦しめてきたエリートの一員ではない。おまえたちはいまや道具にすぎない。革命のための道具なのだ。おまえたちには番号が振られる。そして、この平等運動の人質になってもらう」

40

　この三時間、アレスは病室を巡り、火傷や骨折や、破片による負傷で治療を受けている市民たちとことばを交わしていた。小さな病院はパンク寸前だった。廊下は混乱の渦に呑まれ、誰もが大急ぎで走りまわっている。その嵐のなかで、アレスは人々の心を鎮める灯台のような存在だった。そして、目の前に広がるその悲惨な光景が、アレスに確信を与えていた。やはり自分の決断は間違っていなかった。やるべきことをやらねばならない。

　スタッフのひとりが病院に付属する建物へとアレスを連れていった。普段はオフィスとして使われている場所だが、いまは仮設の精神科病棟になっているという。

　アレスには、どの部屋にいる市民も同じ病状のように見えた――みな植物状態にある。

「彼らは復活症候群を患っているのです」医師が言った。

　初めて聞く病名だった。案内係がアレスの表情に気がついた。

「あなたの時代にはなかった病名ですね。おそらく、このような症状自体が存在しなかったでしょう。この病気の患者は、精神的な問題により、復活後の人生を受け入れることができなくなっているのです。もっと具体的に言うと、彼らの脳はある特定の記憶を受容できずにいるということです。このケースでは暴力的な死の記憶ですね。復活症候群の患者は、我々の生活スタイルの変化とともに増えていきました。許容できる感情の範囲が変わったことが原因のひとつかもしれません。それに、復活を繰り返すことも危険因子になります。この患者たちのなかには、テロ攻撃の第一波で死んだ際には症状がまったく見られないか、ごく軽い症状しか見られなかった者たちがいます。しかし、その彼らも今回復活したときには緊張病性昏迷に近い状態にありました。いずれにせよ、この症候群の患者は今後爆発的に増加する可能性があるのです」

アレスは頷いた。話を聞く限り、あと二、三千年もすれば復活に耐えられる者はひとりもいなくなるのではないかと思った。

イアフォンのスウィッチが入り、副司令官の声が響いた。「将軍、新しい展開がありました。テロリストが人質をとったようです」

アレスはにんまりした。〝これで事態が動きだす〟

イシスは緊張していたが、周囲の人々ほど怯えてはいなかった。これで世界中が反労働者勢力の側にまわってしまうだろう、とイシスは思った。彼らの反乱は終わる。これが最後の決め手になって、ついに市民は強硬な手段に出るだろう。それがどんな手段かは想像するしかなかったが。不穏な筋書きを頭から追い払い、列から一歩前に出た。

「おまえは二九三八三番だ」男が言った。「繰り返せ」

「二九三八三番」イシスは言った。

行列の向こう側で、男が二人、何やら言い争いをしていた。

「おまえはおれたち全員の墓穴を掘ったんだぞ」

「おれは救ったんだ、リュコス。根性なしのおまえに代わってやるべきことをやったのさ」

相手の男、リュコスとイシスの目が合った。彼は、イシスを知っているかのようにぴたりと動きを止めた。

番号を振っているマスク姿の男が列から次の者を呼び、イシスに言った。「先へ進め、二九三八三番」

重い足取りで前方の集団に合流しようとしたが、そこでリュコスに止められた。彼はイシスの腕を引き、先ほど口論していた男のもとへ連れていった。「おれはこういうことを言ってるんだ」リュコスがこちらを指差して言った。「この人が誰だか知ってるか？」

「もちろんだ。人質さ。おい、おまえは何番だ？」

イシスが口を開こうとすると、リュコスが遮った。「答えなくていい。いいか、彼女はドクタ・トレイティア・イシスだ。進化遺伝学の研究者で――」

相手の男が両手を上げた。「申し訳ないが、進化遺伝学者の知り合いはあまり多くない——」

「彼女はな、おれたちに知識層と同じ能力を与える遺伝子療法を開発した人だ」はたと動きを止めた反乱者のリーダーに、リュコスは続けて言った。「彼女は明日の討論会でその研究を発表することになっている。いや、なっていたと言うべきだな。いまはこうして人質にしてしまった。彼女はずっとおれたちの主張を支持してくれていたんだ」リュコスがこちらに顔を向けた。「まだ支持してくれる気があるといいんだが。それに、一部の活動家が野蛮な方法をとってしまったことについて、おれたちからの謝罪を受け入れてくれるといいんだが」そう言うと、彼はイシスが何か口にするのを待った。

「その……ええ、受け入れるわ」

「では、いますぐきみを解放しよう」リュコスが言った。「それから、できれば明日は予定どおりスピーチをしてもらえないか？」

イシスは頷いた。「わかったわ」

リュコスがイシスをその場から連れ出した。

もうひとりの男が二人に叫んだ。「もし連中がまともに耳を貸すとしたら、それはおれたちが人質をとったおかげだからな」

リュコスはイシスを連れて廊下を抜けた。彼が何も言わないでも、見張りの者たちはひとつ頷いてすぐに道をあけた。最後の検問場所を通ってビルをあとにし、二人きりになったところで、彼が言った。「きみをこんな目に遭わせて本当に申し訳なかった。もう統制がとれなくなっているんだ。研究を発表してもしなくても、このことは彼らに伝えてくれないか。何か手を打つ必要がある。今回の方法を支持しているのはほんの一部の人間だ。だがおれたちは、必要とあらばどんな犠牲も払う覚悟でいる」

評議会はすっかりパニックに陥っており、アレスは大いに満足していた。彼らは思ったとおりの方向に進んでいる。

アレスは上座に坐り、ノモスの話を適当に聞き流していた。

「革命主義者たちはきみの軍を完全になめきっているぞ」

「まるで戦力になっていないじゃないか」ほかの議員も言った。

「そのとおりだ」そう答えると、アレスは立ち上がった。

「解決策はあるのですか、将軍?」女性の議員が訊いた。

「明日の討論会で答えよう」

議員のひとりが会議テーブルに拳を叩きつけた。「いま聞かせてもらいたい。このままでは明日までもたないかもしれんぞ。諸君、意見を出してくれ。労働者だけに感染する病原体を作るのはどうだ? それとも、被害が拡大しないうちに占領された区域を〈番人〉

に爆撃させるか？」

場内が一気に騒然となった。アレスはひとりドアから抜け出した。不思議なもので、明日から戦いが始まるとわかったその夜は、いつになく深い眠りが訪れた。

41

翌日の討論会でアレスは議長用のボックス席に坐り、発表者たちが入れ替わり立ち替わり中央のステージに立って自説を叫ぶのを見つめていた。講堂は三千人の出席者で埋まっており、会の模様は世界中の数百億人の視聴者にも中継されていた。政治家なら誰でも夢見る瞬間だろう。議題は今後の社会のあり方を決定づける重要な問題で、ここで票を得られれば、自分の名は人々の脳裏に刻まれる。己のつまらない名前と顔が歴史データに保存され、永遠に世に残されることになるのだ。彼らはスポットライトを奪い合い、まさに足を引っ張り合って、一秒でも長く栄光の時を手に入れようともがいていた。そして、時間の半分は時間についての言い争いで消費されていった——この発表者の持ち時間はあとどれぐらいだとか、まえの者は超過していたとか、いままさに時間を無駄にしている者からは削るとか。なぜ労働者勢力との歩み寄りに失敗したのか、この光景を見れば理由は明らかだ。

　とはいえ、状況が状況なだけに、どの陣営も事態の緊急性は認識しているようだった。そして、大半の者が過激な解決策を打ち出していた。

　議論は一日中続いたが、アレスはいまだに無言を通していた。自分の解決策は最後に発表したかった。それが結論になるはずだからだ。

　夜の部が始まってすぐに、ひとりの科学者が壇上に上がった。本当は昼の部に発表する予定だったのだが、姿を現わさなかったのだ。労働者支持派のなかには、昨日の暴力の激化を目にして主張を引っ込めた者も数多くいるため、評議会は彼女もそのひとりだろうと考えていた。だが、どうやらこのイシスという科学者は思い直したようだ。数人の発表者が彼女のために時間を捻出し、その時間を使って、彼女は自分が手がける世界規模の研究プロジェクトについて説明した。何でも、アトランティス人全員のゲノムを解読したのだという。イシスはそのデータをほかのヒト科動物のゲノムと比較し、なぜアトランティス人が他の種族とは異なる進化を遂げたのか、その原因となった遺伝子を探り当てたということだった。比較に用いられたヒト科動物のゲノムは、最初の故郷の星が崩壊するまえ、いまでは探査時代と呼ばれるようになった時代にアレスの遠征船団が集めたサンプルだった。

　イシスは、このアトランティス遺伝子を操作すればすべてのアトランティス人の認知能力を平等にできる、と主張した。そして、簡単な遺伝子療法だけでそれが実現するという話に至ったころには、会場中が彼女の提案に乗り気になっていた。アレスは愕然とした。

すぐさま椅子から立ち上がり、ボックス席に備え付けられた演台に向かった。場内のざわめきが退《ひ》き、アレスのマイクのランプが緑に変わった。照明が暗くなったのか、そこにいるのはアレスと眼下のステージに立つイシスだけになったように感じられた。彼女の背後の大スクリーンには、画面いっぱいにDNAの二重螺旋構造が映し出されている。それを目にしたとき、アレスは改めて自分が正しいことを確信した。

「おまえが話していることは大変動に繋がる」アレスは口を開いた。「シンギュラリティだ。かつてそのような技術を追求した星を、種族を、我々はひとつだけ知っている。その結果彼らに何が残ったか。宇宙に絡みついて全人類を絞め殺そうとする、恐るべきヘビだけだ」

「これは制御不能な技術ではありません。ほんの少し修正するだけなんです」イシスが言った。

「そのあとは？　たとえそれが成功しても、必ず他者より賢い者は存在する。人より足が速い者もいれば、容姿が優れた者だっているだろう。その場合は遺伝子を平等にしなくていいのか？　誰が線引きをする？　私が遺伝子的に劣っているか、治療が必要か、いったい誰が決めるのだ？　私が一万年後にまた目覚めたときには、おそらくアップデートが必要になるのだろう。だが、私はいまのままがいい。そういう場合、自分の遺伝子に対する権利はどうなる?」

「治療は強制ではありません。任意です」

会場が一斉に騒ぎはじめるのを耳にし、アレスは薄笑いを浮かべた。彼女を追い詰めた。ここにいる者たちは抜本的な解決を望んでいる。強制せずに部分的な解決で済ませるなど、空き缶を道路に蹴り出すのと変わらない。問題を先送りにしているだけなのだ。

「私の解決策は任意ではない」アレスは言った。

会場中のボックス席や桟敷席から声が上がり、スウィッチの入っていないマイクに向かって同じことを叫んだ。「どういう解決策だ?」

「私はかつて同胞たちをこの星へ連れてきた。そして、大移住時代の創設者たちとともにある目標を立てた。ひとつの星でひとつのまとまった社会を築き、それを永遠に存続させることだ。反蛇紋法は我々自身から我々を護るために記された法であり、誰もこれを破ることはできない。破らせてはならない」アレスはまばらに上がった声を無視した。「とはいえ、ひとつの星にひとつの社会という理想を平和的に実現するのは不可能だろう。だが、同胞たちのあいだで戦いが起きるのも見たくはない。私は戦わないし、戦える者などいないはずだ。そこで、我々は二つの星でひとつの物語を紡ぎたいと思う。明日の対立を回避し、あらゆる市民に平等とチャンスを与える方法だ。我々が大移住後に造った船がまだ残っている。科学調査船、輸送船、採鉱船から成る船団だ。知ってのとおり、我々は監視線内にある星をすべて地図にした。労働者階級の新たな故郷にできる星はたくさんある。彼らにはそこで自分たちの世界を築いてもらいたい。むろん、蛇紋の禁を守ることが条件だ。これを守れなければ、彼ら自身も我々も危険にさらされるからな」

さっそく質問が飛びはじめ、アレスも次々とそれに答えていった。〝採鉱船を改造し、新たな星を人の住める場所に作りかえさせる。自然災害がなく、宇宙の脅威からも護られた安住の地になるだろう〟〝輸送船は〈番人〉の製造工場まで人員や部品を運ぶのに使っている。移住者たちを新たな星まで運ぶのにも使えるはずだ〟議論はその後すぐに、出ていくアトランティス人を何と呼ぶかという話に移っていった。ある陣営が、強制的に追い出すのだから〝追放者《エグザイル》〟と呼ぶべきだと指摘したからだ。分離主義者はどうかと言う者もいたが、面白いがちょっと過激だろうという話になった。そして、あれこれ意見が出た末に呼び名は植民者に落ち着いた。むろんそう名づけたとしても、けっして探索や植民のために星から出ていってはならない、という蛇紋の禁は守らせることになるのだが。

主な質問が片付き、議題が細々した問題——例えばどこの区画から先に移すかとか、各人が持ち出せるものは何かとか——に移ったところで、アレスは議論の輪から抜け出した。

「投票権はおまえに託す」ノモスにそう言い残して会場をあとにした。

彼らは真夜中にアレスを起こした。彼らに一万年も眠らされ、そのあいだに星をめちゃくちゃにされた身としては、皮肉なものを感じずにはいられなかった。

「もうすぐ投票だ」ノモスが言った。「ただ、譲歩が必要になった。まとまった票をもつ陣営が、探査活動に関する規制を緩めろと言ってるんだ。深宇宙探査用の科学調査船を使いたいらしい」

「目的は？」

「彼らは〝オリジン計画〟と呼んでいるが、要は原始的なヒト科動物を調査したいようだ」

アレスはしばし考え込んだ。厄介ごとを引き起こす可能性はある。「いいだろう。ただし条件が二つある。まず、軍事用ビーコンを飛ばしている星には近づかないことだ。宇宙にはそういう星がいくつかあるが、近づけば命はない。次に、使う船は一隻だけにしろ。何百隻もの船で銀河をパレードするのは危険だからな」

数時間後、彼らはふたたびアレスを起こした。第二の移住を強制する法、〝アトランティス平等法〟が僅差で承認されたという報告だった。

42

〝追放法〟が調印された日は、イシスの三十五年の人生で最悪の日だった。イシスは何度も思い返した。もっとうまい説得の仕方があったのではないか。データの見せ方が悪かったのではないか。あの討論会の場で、なぜアレスを言い負かすことができなかったのか。

周囲の世界は変わったが、いい方向にではなかった。投票後の影響としてもっとも危惧されたのは労働者層からの報復だったが、それらしい事件はまるで起きなかった。少なくとも、知識層が攻撃されたことはない。アレスの戦略には隙がなかった。労働者の革命指導者たちはあっさりと人質を解放し、その注意を内部に向けた。そして、強制移住に反対する労働者を徹底的に迫害した。その方法は残忍で、連日のように悲惨なニュースが報じられたが、為政者たちは無視を決め込んでいた。少数ながら、知識層のなかにはひとつの社会を願って反対しつづける者もいた。だが、その大半は暴動やテロ攻撃を経験していない都市の市民で、大量殺戮を生き延びた犠牲者たちは固く口を閉ざして追放の日を待ちわびているだけだった。

投票の一週間後、リュコスがイシスの研究室を訪ねてきた。驚いたことに、彼はイシスに礼を言った。それからは定期的に彼と会うようになり、会うたびに、イシスは再会を楽しみにする気持ちを強くしていった。

イシスはいつも自分たちの側の動向を伝えた。追放後の社会に知識層が無理なく適応できるよう、オートメーション技術の規制が少し緩和されたことなど。

回を重ねるごとに話題は減っていったが、それでもイシスは彼に会うのが楽しみだった。そして、ある日船が現われ、労働者たちを永遠に連れ去ってしまうことを恐れていた。

イシスが計画を思いついたのは、ある会話の最中だった。リュコスが、労働者勢力のリーダーたちが労働者の定義を明確にしようとしている、という話題を持ち出したのだ。

「収入や職種、それに配偶者の仕事まで基準にしている」リュコスが言った。

「遺伝子を基準にしようとは考えていないの？」

「それはないな」

「議会はもう移住先を決めたのかしら？」

「ああ。アレス将軍とそのチームがすでに環境の整備を始めているようだ。場所は知らされていないがな」リュコスが答えた。

「突き止めることはできる？」

「たぶんな」

イシスは計画を打ち明けた。すべてを話し終えると、リュコスは長いこと黙り込んだ。

「とにかく考えてみて」イシスは言った。

翌日、イシスはヤヌスを訪ねた。

「考え直したの。私もぜひオリジン計画に参加させてもらえないかしら」

彼とは違う動機で情熱を抱いていることに、多少のうしろめたさを感じたが、その問題は後回しにしようと決めた。

アレスは調査船の窓に立ち、眼下に広がる青と緑と赤に覆われた惑星を見つめていた。巨大な機械が地表を這いまわり、大地を掘り起こして赤い土煙を空に巻き上げている。環境整備重機が山を動かし、アトランティスの追放者《エグザイル》のための新天地を造成しているのだ。

「地質調査を続行しています、アレス将軍。北半球のプレートですが、あと四千年は問題ないようです。そのままにしておきますか?」

「いや。四千年経っても彼らには対処できないだろう。いまのうちに手を打っておけ」惑星規模の災害は進化を促すことがある。そうなっては危険だ。彼らにはこの地で平穏に暮らしてほしかった。それが計画に欠かせない要素なのだ。

移住当日、アレスは月の展望デッキから輸送船の船団を眺めていた。遠くで燃える白い星へと船が向かっていく。宇宙に広がる船団を一望してアレスは息を呑んだ。腕の毛が逆立つのを感じる。心はひとつの思いで占められていた——私は勝った。

オリジン計画の船は、最後の追放者《エグザイル》を運んだ船団が戻ってきてから一週間後に飛び立った。出発のセレモニーは盛大に行われた。識者や政治家たちは、この調査旅行はアトランティスの新たな探査時代——あくまで反蛇紋法の厳しい制限のもとでの探査だが——の幕開けを告げるものだと喧伝《けんでん》した。科学者チームの目標は、監視線内の星々をまわって銀河一帯に存在する人類を調査し、進化の秘密や、〝原点の謎〟そのものを解き明かすことだった。そして多くの者が、それがわかれば蛇紋のリングがなぜ〝原存在〟の力を利用できるのかもわかって、蛇紋軍《サーパンタイン》を倒すヒントが得られるはずだと考えていた。だからこそチームは、ずっと禁止され、数千年のあいだ語られることさえなかった調査旅行を行う機会を与えられたのだ。ヤヌスが言ったことで、正しいことがひとつある。このプロジェクトはイシスが研究を続けるのに最適な環境を与えるだろう、という話だ。もっとも、本当の動機はオリジン計画とはべつのところにあるのだが。

初めて科学調査船の内部を巡ったときは、とにかく圧倒された。大昔の船は途方もない大きさだったのだ。何百もの研究室が並び、中央には、ひとつの星の生態系をそっくり再現できる巨大なARC室が二つあった。移住してすぐのころに建造されたこの船は、監視線内の恒星や惑星をくまなく調査するために使われた。実際に現地まで飛ぶのはたいてい探査機や偵察ドローンだったが、船には大規模な科学調査チームが乗り込んで追跡調査を行っており、アトランティスの安全を脅かす可能性のある星は入念に調べられたのだ。また、巨大なARC室に星の生態サンプルを収めて持ち帰り、新たなアトランティスの故郷で専門家に調査させるということも行われていたという。

そのように、むかしは科学調査のために使用されていたARC室だが、イシスやヤヌスの時代には観賞用として役立てられることになった。アトランティスの市民が、故郷にいながらにしてほかの星を訪れてみたいと熱烈に望んだからだ。そして、オリジン計画の船がどこかに着陸するたびに、次は何が運ばれてくるかが世間の話題になった。そうした注目はプロジェクトへの支持や資金を集めるのにも役立ったし、実際のところ、それこそがARC室の中身を確保する大きなモチベーションになっていると思われた。一方、イシスの印象で言えば、アレスや評議会が求める科学者への定期的な検査はやる気を萎えさせる要素だった。彼らが帰郷したときは必ず二ダースほどの専門家チーム――感染病の専門家やナノテクノロジーの研究者、精神分析医など――がやって来て、ひとりひとりを徹底的に検査したのだ。だが、彼らが何か有害なものを故郷に持ち帰ったことは一度もなかった。やがて世間は、彼らがARC室に入れて持ち帰るものにも徐々に興味を示さなくなっていった。しまいにはどの星も似たり寄ったりだという話になり、ヤヌスやチームは、何とか人々の関心を取り戻そうと少しでも風変わりな種を探しまわらねばならなくなった。しかし、そのがんばりも虚しく、ARC室の見物客の列は短くなる一方だった。

何年も経つと、世間の目には調査データさえも似たり寄ったりに映りはじめた。どの星へ行こうと、新たに見つけたヒト科動物の特徴が人々の興奮を誘うということはなくなった。

世間の無関心は、やがて科学者チームにも影響を及ぼすようになった。

当初チームには、数千人の応募者のなかから選び抜かれた五十人の科学者がいた。イシスもヤヌスに頼まれて選考を手伝ったのだが、自分はついていると心底思ったものだった——応募者のなかには、イシスよりもずっと経験豊富で、調査旅行へ同行するにふさわしい者が大勢いたからだ。ただし、調査にかける思いはイシスのほうが強く……動機もだいぶ異なっていたが。

五十人で始まったチームは徐々に二十人に減り、それが十人になり、五人になって、最後は二人だけになった。ヤヌスとイシスだ。去った者たちを責める気にはなれなかった。科学者たちはみな、人や物が溢れた賑やかな世界で育ったのだ。深宇宙の調査に伴う惨めな孤立や、一度に何年も眠る人工休眠、延々と繰り返される同じ実験などが、彼らの神経をまいらせてしまったのだろう。それに、たとえ調査に嫌気が差していなくても、アトランティスの星に帰りたくなるのは当然だった。というのも、故郷の星には新たな知的ルネサンスの波が押し寄せてきていたからだ。ひとつにまとまった社会に訪れた新しい時代。その魅力に抵抗できる者は、ヤヌスとイシスのほかにはいなかった。気づくと彼らは二人きりになっており、理由は違っても、どちらもそれをよろこんでいた。

「宇宙にはもう、きみとおれしかいないみたいな気分だな」ヤヌスが言った。彼の背後のスクリーンに惑星一六三二が現われ、船が近づくにつれて、その紫と赤と白のマーブル模様の星が大きくなっていった。

「ええ」イシスは答えた。「おかげで研究に没頭できるわ」

その後、三週間の調査のあいだ、ヤヌスはほとんど口を利かずにひとりで惑星一六三二のサンプルを採取した。彼を傷つけてしまったことはわかっていたが、嘘をつくよりましだと思った。どうしても必要なときまで、嘘は取っておく。そして、そのときは目前に迫っていた。

休眠チューブに入る直前になって、ヤヌスがようやく沈黙を破った。「次の星で会おう、イシス」

イシスは頷いた。チューブが閉じ、霧がからだを包んでいった。

次の惑星、一七〇一は、イシスがずっと待っていた星だった。そこなら圏内だ。

チューブから出てきたヤヌスはいつもの彼に戻っていた。二人にはほんのわずかな時間だったが、外では二年が過ぎていた。船に取り付けられたベル型の時間膨張装置と、休眠チューブのおかげで、軽く昼寝でもする感覚で時空を飛び越えられるのだ。

「第一期調査のあとで、かなり変わった種が現われたようだな」ヤヌスが言った。「アルファ・ランダーで行こう。ARC室の出番かもしれない」

「了解」そう答えると、イシスは自分の端末を起動して画面をスクロールし、逃げるための口実を探した。「先発の探査機が、第七惑星の衛星のひとつに化石化した生命の痕跡を見つけたみたいよ。私はデルタ・ランダーでそっちのサンプルを採りに行っていいかしら？」

　ヤヌスはしぶしぶ了承し、こう付け足した。「定期的に無線で連絡をとり合おう」

「わかったわ」

　デルタ・ランダーを選んだ理由は二つあった。ひとつは、短距離超空間移動ができる着陸船はそれだけだということ。もうひとつは、復活用救命筏《ラフト》が積まれているということだ。

　恒星系の端まで来たところで、イシスは二十三年間待ちつづけた瞬間移動をした――追《エグ》放者《ザイル》が住む星を目指して。

　デルタ・ランダーのビュースクリーンに、まだ黎明《れいめい》期にある文明社会が映し出された。集落は小さくて軌道上からは確認できないが、ビュースクリーンの拡大画面を通し、素朴な村の外れに農場が広がっているのが見える。追放者《エグザイル》たちは少しずつ自分たちのユートピアを築き上げていた。故郷の星とはまったく異なる種類の。

　無線で連絡をとって待ち合わせをし、地表に下りた。着陸直前に復活用ラフトも射出しておいた。イシスは着陸船を降り、その場に立って待った。

　そこは小さな集落から数キロ離れた岩の荒野だった。数分後、岩陰からリュコスが現われた。かつて少年の面影を残していたその顔には、長年の過酷な暮らしを感じさせるシワが刻まれていた。だが、その表情はいまも変わらずイシスを惹きつける魅力を放っている。

　考えるまえにからだが動き、声を発する間もなくそちらに駆け寄っていた。イシスに勢いよく抱きつかれて彼がよろめいた。

「おいおい」彼はイシスの肩を掴んでからだを離し、顔を覗き込んだ。「きみはあの日からちっとも歳をとってないな」

「休眠装置のおかげよ。あなたもすぐにわかるわ」

イシスは二、三メートル先にある長方形の物体を顎で示した。

リュコスが半信半疑の顔で装置を眺めた。「こいつは何なんだ？」

「復活用ラフトよ。大きめの船に積まれていて、船が危険になったら外へ射出されるの。もし乗員が死んでも、あれで復活して救助を待てるのよ」

リュコスが頭を振った。「むかしの星を思い出すな。ここでの生活はもう少しシンプルなんだ」

彼の口調に何かが混じっていた。ためらいだろうか？　恐れているのか？　「計画を中止したくなったの？」

「いや……ちょっとな。ここでの暮らしはわりと順調なんだよ。当時……話し合ったときは、追放されればおれたちは自滅すると思っていた。だが、力を合わせてようやくここまで来た。いまは絆と目標があるんだ」

「それが消えるわけじゃないわ」

「おれには二十年以上もまえの話だからな。もう一度聞かせてくれないか」

イシスは容器を取り出した。「レトロウイルスよ。好きなところにまけばいいわ。できれば人の多い場所がいいわね」

彼がその銀色の筒を手に取った。「何だか恐ろしげに聞こえるな」

「何も恐くないし、具合が悪くなったりもしない。このウイルスが私たちをまたひとつにしてくれるのよ、リュコス。また同じ星で暮らせるわ――みんないっしょにね。ひとつの星にひとつの社会よ」

「どういう仕組みなんだ？」彼が眉を上げた。「簡単に頼む」

「私は、言ってみれば進化の引き金を引く遺伝子を突き止めたの。アトランティス遺伝子と呼んでいるけど。もう少し具体的に言うと、これは一セットの遺伝子群で、遺伝子の発現に影響を与えるの。そこが重要な点よ。そして、私の療法を使えばこの星にいる全員のアトランティス遺伝子を修正できるわ」

「おれたちは変わるのか？」

「少しずつね。私が定期的に検査して、何か問題があれば調整する。見てわかるような変化じゃないわ。脳の神経回路がわずかに変わるだけだから。主に情報処理能力やコミュニケーション能力、問題解決能力に関わる領域が変化するの。この療法はここにいる全員の潜在能力を引き出してくれるわ。いつかきっと、この行動のおかげで人々がまたいっしょになれたと評価される日が来るはずよ」イシスはそこで口を閉じたが、リュコスは何も言わなかった。「私を信じてる？」

「もちろんだ」リュコスは即答した。

「それじゃあ、また数分後に会いましょう」イシスは微笑んだ。「現地時間で言うと一万年後だけど」

リュコスがどうするのか、イシスは軌道上から見届けずにはいられなかった。彼は銀色の筒を手にして小さな村へ戻っていった。やがて夜の陰が星に広がり、復活用ラフトを隠してある岩の荒野を呑み込んだころ、リュコスが手ぶらで戻ってきてラフトに足を踏み入れた。

イシスは大きく息をついた。期待に胸が膨らんでいた。ワームホールを開いて惑星一七〇一に移動し、母船に戻った。

ヤヌスはひと目でイシスが元気になっていることに気づき、自分も快活に言った。「楽しい旅行だったようだな」

「ええ」

「おれもだよ。ARC‐D室に積み荷を入れた。きみもびっくりするぞ」彼がいくつかの画像をスクリーンに映した。「飛翔爬虫類で、光合成する皮層を有しているんだ。しかも、狩りをする夜間には姿が見えなくなる」

「すごいわ」

二人は帰郷後の展示についてあれこれ話し合った。どうやって見物客を保護するかとか、これでプロジェクトへの関心も再燃するだろうとか、調査に同行したいという科学者だって出てくるかもしれない、とか。

最後にヤヌスが言った。「そろそろ惑星一七二三へ向かおうか？」

イシスは頷いた。二人はまたガラスのチューブに入った。霧が足元から湧き上がり、ふたたび時間が飛び去っていった。

43

何かがおかしいと最初に気づいたのは、アラームが鳴ったときだった。チューブが開いて霧が晴れていく。イシスはいつものようにヤヌスより先にチューブを出た。ふらつく足で冷たい金属の床を進み、操作パネルから立ちのぼる青白い霧を操った。いったい何が起きたのだろう。

「超空間トンネルが崩れたのか？」ヤヌスが訊いた。彼は目をこすりながらチューブを転がり出て、イシスのもとにやって来た。

「いいえ。すでに惑星一七二三に到着しているわ」

スピーカーが流すメッセージが狭い空間に反響した。「ここは軍事隔離区域です。直ちに避難して下さい」

イシスもヤヌスもブリッジへと急いだ。ビュースクリーンに下方に浮かぶ惑星が映っていたが、その姿は、数千年まえに探査機が捉えたものとはまるで違っていた。濃い緑と茶と白で覆われていた場所に、いまは荒れ果てた大地だけが広がっている。真っ黒なクレーターがその大地にぽつぽつと穴を空けていた。海は緑が強すぎるし、雲もやけに黄色っぽく、陸地には赤と茶色と淡い黄褐色しか見当たらない。

船の声がブリッジに響き渡った。「避難飛行経路を算定しました。実行しますか？」

「いいえ」イシスは首を振った。「シグマ、探知ブイの警報を止めて。このまま対地同期軌道を保ってちょうだい」

「無茶をするな」ヤヌスが言った。

「この星は攻撃を受けたんだわ」

「そうとは限らない」

「調べてみるべきよ」

「自然災害かもしれないだろう」ヤヌスが言った。「彗星や小惑星の群れがぶつかったのかもしれない」

「そうじゃないわ」

「なぜそんなことが――」

「これは違う」イシスはビュースクリーンの画像を拡大し、衝突クレーターのひとつを映した。「それぞれのクレーターから道が延びているでしょう。都市があったのよ。これは攻撃の跡だわ。きっと小惑星群を人為的に落として、運動エネルギー爆撃を行ったのよ」画面を切り替えた。不毛の大地に荒廃した都市が現われた。どのビルも無残に崩れ落ちている。「主要都市の外にいる住民も、環境の激変で死滅させられたんだわ。あっちに行けば答えがわかるはずよ」イシスはきっぱりと言った。

ヤヌスが諦めたようにうなだれた。「ベータ・ランダーを使うといい。ARC室がないぶん機動性が高いだろう」

イシスは都市の外にベータ・ランダーを着陸させた。不発弾が残っているかもしれないし、廃墟に潜む危険も無数に考えつくからだった。もしこの着陸船が破壊されたら、復活できる場所がなくなってしまう。そうなれば永遠の死を迎えるしかない。都市の外に駐めておくことが唯一の安全策なのだ。

船外活動スーツを着て着陸船を降り、崩壊した都市を目指して進みはじめた。

道すがら、惑星一七二三の謎について考えた。第一期の調査報告によれば、この星には系統が近接した二種のヒト科動物がいた。それらの種の進化過程は、アトランティス人の調査範囲にいるほかのヒト科動物と大差なかったため、とくに注目されることはなかった。

しかし、この星で何かが起きたのだ。そして急激に進化が促された。彼らは大飛躍を遂げ、高度な文明を築いたが、結局は爆撃を受けてすべてを吹き飛ばされることになった。

そう思うとイシスは悲しくなった。この星は、アトランティス人がずっと待ち望んでいた存在になり得たのだ。仲間の星に。そんな星が見つかれば、人々の宇宙探査への関心もふたたび高まっていただろう。とはいえ、誰かは間違いなくここに文明世界があることを知っていた。あるいは文明が崩壊したあとに発見したのかもしれないが。いずれにせよ、その者が軌道上にアトランティスの軍事用ビーコンを配備したのだ。

考えられる可能性は二つしかなかった。実は第一期の調査報告がでたらめで、最初に発見したときからこの星は破壊されていた。もしくは、調査後に文明が誕生して崩壊し、それに気づいたどこかのアトランティスの組織が事実を隠すことを選んだ。

イシスの通信装置にヤヌスの声が届いたのは、歩きはじめて二時間ほど経ったころだった。緊迫した、怯えたような声だった。「接近してくる飛行物体がある」彼はそこでしばし沈黙した。「こいつは〈番人〉だ」

イシスは身を硬くして待った。雲を破って番人が現われるのを覚悟するように、じっと空を見つめていた。

「母船はスキャンしただけで通過した」ヤヌスが言った。「まだ進んでいる。イシス、そこを離れたほうがいい」

「了解」イシスは着陸船に引き返しはじめた。

「番人が何かを発射したぞ。大気圏に向かっていく。運動エネルギー爆弾が――」

通信のシグナルが乱れ、やがて完全に途絶えた。頭上の雲を突き抜けて燃える物体が迫ってくるのが見えた。真っ赤に焼けた火かき棒が空を切り裂いて落ちてくる。走りだしたが、すぐに足を止めた。逃げても無駄だと気づいたからだ。標的がこの星なのか自分なのかはわからないが、なぜ番人は爆弾を落とすのか。そう思いながらじっとその場に立っていた。

刻々と熱が強くなり、イシスは地面に崩れ落ちてからだを丸めた。痛みに炙《あぶ》られ、毛穴から噴き出す汗がスーツの熱に焼かれて瞬時に蒸発した。終わりはすぐに訪れた。そして、次の瞬間にはまた目を開け、湾曲したガラスの外を覗いていた。イシスはベータ・ランダーの復活用チューブのなかにいた。

ケイトは目を開けた。長い時を越え、ケイトもまた同じ星でベータ・ランダーに乗っていた。目の前にはやはり湾曲したガラスがあったが、こちらは実験室の黄色く光るタンクのものだった。

ケイトは床に横たわっていた。頭はミロの膝に乗っている。ケイトがそのなかに浮かび、イシスの記憶を目にし、追体験したタンクが開いていた。底に血だまりができている。私の血だ。遠いむかしにイシスがこの星で迎えた死。それは実際に経験したことのように生々しく感じられた。すぐにケイトは、その記憶が肉体にダメージを与えたことを悟った。からだがほとんど動かない。

ポールとメアリがそばに立っていた。彼らの顔に浮かんだ恐れを目にし、ケイトは自分の認識が正しいことを知った。

44

ふたたび目を開けると、ケイトは金属の台に仰向けに横たわっていた。知っている感覚だった。アルファ・ランダーにもこれと同じタイプの手術台があり、あのときも手術を受けた直後にその上で目覚めたのだ。

ポールが心配そうな顔でこちらを見下ろしていた。「危なかったよ、ケイト。ベータが、きみの余命はもう一日もないと言うんだ」

ケイトはからだを起こした。「この星で起きたことを見たわ」気づくとメアリやミロもそばにいた。三人に向け、アトランティスの星で見たことや、彼らの社会がどのように分裂していったかを話して聞かせた。

「なぜ〈番人〉はこの星でイシスを攻撃したのかしら？」メアリが訊いた。

「わからないわ」ケイトは答えた。「仕方がないのよ。「次の記憶を見ればわかると思う」三人の顔に不安の色が広がった。そのことについてはもう話したでしょう」話題を変えることにした。「信号のほうは何か進展があった？」

「そう言っていいのかどうか」ポールが壁のパネルに近づき、一枚の静止画を呼び出した。何やら、テレビの砂嵐に色がついたような画像だ。彼は驚くほど滑らかにパネルを操るようになっていた。いったい自分はどれぐらいタンクに入っていたのだろう？　何にせよ、ケイトはポールの知能に対する評価をさらに上げた。

「この静止画は、信号の四つの値をCMYKに置きかえたものだ。ためしにRGB――つまり赤、緑、青――とnull《空文字》にも置きかえてみたが、そちらはもっとわけのわからない画になった。ほかにも動画に置きかえるとか、いろいろ試したが、同じ理由で却下した」

「これは冗談だけど」メアリが言った。「ほら、じっと見ていると何かの形が現われてくる絵があるでしょう？　これも同じじゃないかって話していたの」

「実際にしばらく見つめてみたんだ。だが何も変わらなかった」ポールが言い足した。「そういうわけで、おれたちはゲノムの配列と見るのがいちばん妥当だと考えている。おれはレトロウイルスじゃないかと推測しているが」

「私もそう思うわ」ケイトは言った。「もしかすると、脳の神経回路を変える療法かもしれない。それで遠方の誰かと交信できるようになるのかも。あるいは、亜空間の量子ビーコンのような働きをするのか」

「〝量子もつれ〟を利用したテレパシーね」メアリが言った。

「ええ」ケイトは頷いた。「私たちがレトロウイルスを注射した瞬間、信号を送った相手に返信が届くのかもしれないわ」

「きみには何か心当たりがあるのか？」ポールが訊いた。

「いいえ。でも……」ケイトは、イシスが追放者《エグザイル》に与えたレトロウイルスのことを考えた。それに、アトランティス人の〈番人〉や蛇紋軍《サーパンタイン》との戦い。「答えに近づいている気がするの。次の記憶ですべてわかるかもしれない」

反論が出るまえに彼らを適応実験室から連れ出し、廊下を抜けて医療室に向かった。そして、ゲノム合成システムの使い方を説明した。ここでもケイトはポールの呑み込みの速さに感心させられることになった。

ゲノムの配列を読み込むと、ベータが進行状況のカウントを始めた。三時間とかからずに信号が表わしているレトロウイルスが完成するようだ。自分もそのころには、アトランティスの星の秘密を突き止められているといいのだが。

ケイトはタンクに戻って銀色のヘルメットを被り、ヤヌスが消そうとした記憶をふたたび調べはじめた。

衝突が起こした地震がベータ・ランダーを激しく揺さぶったが、ほっとしたことに船は無事なようだった。揺れが退きはじめたころ、復活室のドアが開いてヤヌスが駆け込んできた。衝突の直後にポータルで着陸船へ移動してきたのだろう。ヤヌスがそんな危険な真似をするのは珍しいことだった。

チューブが開き、イシスは外へ転がり出た。ヤヌスがからだを受け止めようと腕を広げたが、それを払って言った。「大丈夫よ」

「ここを出ないと」

彼に連れられてポータルへ行き、そこから母船に戻った。ヤヌスがすぐさま次の行き先を入力し、まだ休眠チューブにも着いていないうちから超空間トンネルを開いた。

「なぜ番人は私を攻撃したの？」イシスは訊いた。

「わからない。もしかすると、あの星は蛇紋軍に侵略されたのかもしれない」

「あり得ないわ」イシスは言った。「だとしたら、彼らは監視線を突破したことになる。もしそうなら私たちの星にもとっくに現われているはずよ。惑星一七二三の破壊跡は最近のものじゃなかったもの」

「報告する必要があるな」

「危険だわ。それに、軍事用ビーコンで隔離されている区域には近づくなと言われていたでしょう」アレスから、とイシスは思った。しばしその事実について考え込んだ。

「番人が誤作動を起こした可能性はないか？」ヤヌスが言った。

「考えにくいわね。思うに、誰かが番人をプログラムして、一七二三にいる者はすべて殺せと命じたんじゃないかしら」

「恐ろしいことを言いだすな」

「事実、あの文明社会は恐ろしい目に遭ったのよ」

それからはどちらも口を開かなかった。イシスはいつしか追放者《エグザイル》の星とリュコスのことを考えていた。彼はいまも復活用ラフトの休眠チューブに横たわっている。万が一を考え、計画を変更して約束より早く彼のもとに戻ろうと決めた。「とにかく、もう少し考える時間が必要だわ。そのあいだに先へ進みましょう。次の行き先はどこ？」

「二三一九だ」

イシスは調査地の詳細を呼び出し、惑星二三一九の位置を確認した。追放者《エグザイル》の星から離れすぎていた——これではデルタ・ランダーで行けない。データベースを調べて都合のいい星を探した。

「一九一八はどう？　第一期の調査では三種のヒト科動物がいたわ。進化の過程を比較するのも面白いんじゃないかしら」

ヤヌスは少し考えてからこう答えた。「そうだな。そうしよう」

惑星一九一八が見えはじめたころ、イシスは自分がいい選択をしたことに気づいた。そこは恒星系の第三惑星で、生物がいない岩だらけの衛星がひとつあり、最近になって惑星規模の気候変動が起きていた。北半球と南半球の二つの小規模大陸のあいだに細い地峡が隆起し、広大な海洋が二つに分かれたようだ。その結果、海流が変わり、中央の大陸に棲息する何種もの霊長類に影響が及んでいた。ヒト科動物のうちの何種かは住み慣れたジャングルを離れて草原に棲息地を移したようだ。そして、環境と食生活の変化が彼らのゲノムにも変化を引き起こしていた。

「いまのところ、遺伝子的に興味深いヒト科動物が四種ほど確認できる」ヤヌスが言った。「分類番号を振ろう。亜種8468、8469、8470、8471だ」

さらに数時間かけて着陸まえの予備調査を行った。この星を隠すビーコンも完全稼働し、全システムに異常がないことが確認された。手順に従い、母船を衛星の裏側の地中深くに埋める作業も開始された。

「アルファ・ランダーを使いたい」ヤヌスが言った。「本当はアルファじゃなくても事足りるが、ARC‐C室がまだ空だからな。ここで何か見つかるかもしれない」

イシスは頷いた。自分はデルタ・ランダーさえ使えれば問題なかった。

地表に降りると、二人はDNAのサンプルを採取し、一連の実験を行い、データを第一期の調査結果と比較した。

「目覚ましい成長ぶりだ」ヤヌスが言った。「それに多様性に富んでいる」

「本当ね。ちょっと長期的な観察をしてみたいわ」イシスは精いっぱいさりげない表情を作り、ヤヌスの答えを待った。「故郷のほうでは誰も気にしないでしょう？　最近は私たちの帰りを待ちわびている人もいないようだし」

「まったくだな。それに、たしかに長期的な比較調査は面白そうだ。どれぐらい間をあけてサンプルを採る？」

「一万年でどうかしら」

ヤヌスは最新のデータと初回の調査結果を見比べた。「うまくいきそうだな」彼が微笑んだ。「科学委員会には、しばらく戻らないと伝えておこう」

二人の科学者は準備を整え、休眠チューブに引き揚げた。なかに入る直前、イシスは自分のチューブのタイマーを五千年後に設定した。目覚めたらすぐにポータルで母船へ戻り、デルタ・ランダーで追放者《エグザイル》の星に向かうつもりだった。ひと目でいいから無事を確認したかったのだ。

だが、五千年後に覚醒作業が開始されることはなかった。

イシスはまたもやアラームで目を覚ました――緊急事態を知らせる暗号通信が届いたのだ。休眠チューブの記録を確かめた。まだ三千四百八十二年しか経っていない。ヤヌスとともにアルファ・ランダーの通信室へ急いだ。

最初に届いたのは、彼らの故郷の星が攻撃を受けているという緊急メッセージだった。すぐさまイシスの頭に惑星一七二三で〈番人〉に攻撃された記憶が蘇った。

「見てくれ」ヤヌスが言った。「番人に指令が送られている。監視線にいない番人はすべてアトランティスの星に集められたようだ」

イシスは部屋を歩きまわった。

「きっと蛇紋軍《サーパンタイン》が侵略してきたんだ」ヤヌスがささやいた。

「だとしたら、ここも安全ではないわね」

「そのとおりだ。だが、ここから出ることもできない」

それからは二人ともほとんど口を開かず、ただそわそわと落ち着かない時間を過ごした。

イシスの意識は故郷の星から追放者《エグザイル》の星へと向かっていた。

ふたたび緊急信号の受信を知らせるアラームが鳴り、二人は急いで通信室に戻った。

新たに届いたメッセージは短いものだった。故郷の星が滅びたというのだ。その場に隠れて次の連絡を待て、という簡単な指示もついていた。

「おれたちは完全に孤立してしまったということだな」ヤヌスが言った。

悲しいはずの場面で、イシスはヤヌスから満足感しか感じ取れなかった。

45

ようやくからだが動くようになってきた。この数時間、ドリアンは会議ブースでアレスの記憶を再生していたが、肉体にかかる負荷は大きくなる一方だった。上体を起こし、宇宙の闇に広がる〈番人〉の組み立てラインを見つめた。もうすぐアレスの秘密がすべて明らかになる。彼の動機も、彼がなぜ地球に来たのかも、人間に何をさせたがっているのかも。

アレスが自分の星で起きた反乱をどう片付けたか。その対応ぶりにドリアンは感心させられていた。地球で起こした洪水やそのまえの疫病に比べれば、たしかに派手さはないが、それでもアレスが知略に長《た》けた軍人だということはしっかり証明されている。

ドリアンは会議ブースに戻り、アレスの最後の記憶を読み込んだ。

追放が終わってから、アレスの心はふたたび深い空虚感に支配されるようになった。ふと気づけば、またもやこの世界に自分の居場所はなかった。自分が創った世界でよそ者になる。その皮肉はアレスも充分に感じ取っていた。だが、やるべきことをやったという確信が揺らぐこともなかった。この茫漠とした摑みどころのない人生で、その点だけは常に守り抜いてきたのだ。アレスの周囲では、知性溢れるユートピアという、彼の星がずっと夢見ていた世界が急速に現実のものになりはじめていた。

しかし、世界がいくら変貌を遂げてもアレスの状況は何ひとつ変わらなかった。アレスはあくまで遺物であり、時代からも、人々の輪からも外れた存在だった。

もはや戦うべき戦争も、偉大な軍事作戦も、自分が存在する理由もない。

アレスは改めて死の許可を求めたが、要求はまたしても却下された。彼はふたたび太古の復活船が収められた墓へと歩くことになった。セレモニーは以前にも増して盛大に執り行われた。詰めかけた観衆、耳を聾《ろう》さんばかりの騒音、まばゆいカメラのフラッシュ。

そして、そのすべてが過ぎ去った。あるのは湾曲したガラスとチューブのなかを漂う霧と、かすかにその気配を感じる、時代の移り変わりだけだった。

アレスのまわりで箱船が揺れた。地震だろうか？　そんなはずはない。地殻変動はすべて人為的に制御されている。

チューブが開き、アレスは船から走り出た。暗い空を見上げると、向こうの方に閃光が見えた。三角形の大きな船が次々と下りてくる。前方の都市では立て続けに爆発が起きており、空中通路が裂けてビルが倒れていた。巨大な都市が一斉に崩れ落ちようとしている。

熱風が押し寄せ、崩壊の音が大気を埋めて、アレスの感覚を狂わせた。時間が凍りついたように動かない。まるで悪い夢を見ているようだった。自分が数々の犠牲を払って創り上げた世界。それが目の前で無残に破壊され、熱と光と轟音の渦に呑まれて粉々に砕けていくのだ。爆音がからだの奥底を揺さぶり、アレスは思わずあとずさった。とても自分の手に負える状況ではない。その瞬間、アレスは己の無力さを思い知った。そして、正体のわからぬ力、かつて見たこともない強大な敵を前に、たったひとり取り残されたように感じた。

一隻の船が箱船のそばに着陸し、マスク姿の兵士たちが降りてきてアレスを取り囲んだ。

〝兵士がいる。いまここに〟

どういうことか理解しようとした。あり得ない。〈番人〉は……。

兵士のひとりが進み出て、アレスの前にホログラムを投影した。アトランティスの星の周囲で激しい戦闘が繰り広げられていた。何万もの番人が戦っているが、最初の星のときと同様、彼らの敗北は時間の問題に思えた。歴史は繰り返す、アレスは思った。番人の破片が徐々に増え、ここにもまた、恒星まで延びる残骸の荒野が生まれはじめていた。

敵の船には見覚えがなかった。蛇紋軍《サーペンタイン》の船ではない。蛇紋のものよりずっと小さく、番人と戦うのに適している。まるでそのために設計されたかのように。

男がマスクを外した。リュコス。

アレスはその反逆者のリーダーを知っていた。反乱が起きたころに彼とも交渉したことがあるのだ。まるで話が通じない野蛮な集団のなかで、この男はいちばん分別を備えていた。

「おれたちを裏切ったな」リュコスが言った。

「何のことだ」アレスはすぐさま言い返した。「なぜ我々を攻撃する?」

「あんたが先に攻めてきたんだろう、アレス。番人に攻撃をやめさせろ。おれたちの要求はそれだけだ」

アレスはいくつもの可能性を検討し、切り捨て、必死で逃げ道を探った。「わかった」頭のなかでひとつの計画がまとまりはじめていた。「番人の制御システムは箱船のなかにある。まずは番人の動きを止めるから、それからきちんと話し合おう」

リュコスがじっとこちらを見つめた。「おれもついていく――嘘じゃないか、この目で見届けさせてもらう」

二人は無言で箱船を収めた石の殿堂を進んだ。あの広大な部屋に差し掛かったとき、アレスは自分の計画に欠陥があったことに気づいた。たったいま命を落とした要人たちがチューブを埋めはじめていたのだ。この復活船は、全滅レベルの惨事が発生した場合、重要な市民を復活させるように設定されていた。アトランティスの文明を絶やさないための安全策なのだ。

チューブがさらに埋まっていった。いくつかのチューブが開き、なかにいる者が転がり出てきたが、彼らは死体のようにばったりと床に倒れただけだった。復活症候群だ、アレスは思った。労働者の反乱で一部の者が発症したように、彼らもまた、過酷な死のトラウマに耐えきれなかったのだ。あれからどれぐらい経ったのだろう？　数千年か？　ユートピアでの安穏な暮らしに慣れきってしまったいま、もはや暴力的な死を乗り越えられるアトランティス人など皆無なのかもしれない。彼らは壊れてしまったのだ。ひとり残らず。チューブが埋まっては開き、次々と動かない肉体が吐き出されていった。

復活作業を止めなければならない。彼らの煉獄の苦しみを終わらせなければ。彼らは二度と目覚めることができない。だが、安全を守ってやることはできる。自分は兵士だ。それが自分の務めであり……使命なのだ。

それに気づいたとたん、アレスのなかに情熱と意欲が蘇り、全神経が研ぎ澄まされた。床を蹴って飛びかかり、一撃でリュコスを殺した。それから廊下を駆け抜けて箱船のブリッジへ行き、延々と繰り返される復活を止めた。これで人々はチューブから出ることなく眠りつづけることができる。

アレスは番人の制御システムにアクセスした。そして、追放者《エグザイル》の船と戦い、自分の脱出を援護するように命じた。

46

アレスは長いこと箱船のブリッジに立ち、超空間の青白い波がビュースクリーン上を流れ去っていくのを見つめていた。古代の遺跡のようなその船は実に素晴らしい動きを見せた。軽々と惑星の重力を振り切ったかと思うと、次の瞬間には超空間に滑り込み、あっという間にアトランティスの戦場を抜け出していたのだ。

大昔の船がまだ動くかどうか不安だったが、まったくの杞憂だった。ありがたいことにかなり頑丈に造られているようだ。遠いむかし、この箱船をくれたあのアバターはいつかこうした日が来ることを知っていたのだろうか。このことも考慮に入れて船を授けたのだろうか。

あの大移住の日以来、アバターに会ったことは一度もなかった。あのとき彼はアレスの考えを責め、重大な裏切りになると言った。だがアレスはそれを無視し、同胞の安全を守るために自分の計画を推し進めた。そして、その計画のせいで手痛いしっぺ返しを食らっている。自分の手で自分の星が滅びる原因を作ってしまった。その思いが頭から離れなかった。

物思いに沈みながら、重い足取りで暗い金属の廊下を進んだ。アバターとの会話を思い出すうちに、あることばが鮮明に蘇った。

〝我々は自分たちの社会を分裂させてしまった。きみの時代まで残っているのは、もはや蛇紋軍《サーパンタイン》だけだろう〟

自分たちが同じ過ちを繰り返したことはわかっていた。アトランティスの社会もやはり分裂してしまったのだ。だが、アレスなりに予防策は講じたはずだった——反蛇紋法だ。無数のチューブが並ぶ薄暗い部屋まで来ると、アレスはリュコスが入っているチューブの前で足を止めた。反逆者は険しい目元をしていた。この男がどんな秘密を抱えているのか、もうすぐわかるはずだった。彼の記憶は復活作業の過程でデータ化されており、アレスはそれを目にすることができるからだ。

適応実験室のひとつへ行き、黄色い光で満たされた大きなガラスタンクに入った。リュコスの記憶が現われはじめた。

アレスが見つめるまえで、リュコスが追放者《エグザイル》を運ぶ船団の船に乗り、アトランティスの星から植民地へと旅立った。その星でリュコスたちは彼らの社会を築きはじめた。質素だが、農業と勤勉に支えられた安定した社会だった。数年が経って集落が大きくなると、リーダーが選出されるようになり、そのなかでリュコスは人々を導く存在になっていった。

ある日、リュコスはひとりで山中に入っていった。そこに待っていたのはアトランティスが科学調査に使う着陸船で、その傍らに、アレスも知っている科学者が立っていた。イシスだ。

アレスが二人の会話をじっと見ていると、リュコスが彼女から容器を受け取った。彼はそれを使ったあと、復活用ラフトのチューブに潜り込んだ。それからは定期的な中断を挟んで長い休眠が続いた。

一方、追放者《エグザイル》たちは秘密の組織を作っていた。進化が加速しているという事実を知るリーダーたちの組織だ。彼らは折に触れてリュコスに報告を入れた。やがて、集落があった場所には村ができ、それが町に、都市にと変化して、ついにはアトランティスの故郷のものに匹敵する巨大な都市が地表を覆うようになった。

アレスの目から見ると彼らの文明の発展は急速で、あたかも、一本の芽が伸びて色とりどりの花が咲き乱れるまでを追ったコマ撮り写真を眺めているようだった。

次の記憶では、リュコスはチューブを飛び出して岩陰から山の斜面へと駆け寄っていた。彼はその場に立ち、火の玉が空を切り裂いて次々と都市に落ちていくのを見つめていた。地平線が、灰と炎に包まれていた。

認めたくはないが、アレスは自分にもその大殺戮に対する責任があることを知っていた。大移住の直後の時期に自分が〈番人〉をプログラムし、こう指示していたのだ。もしどこかの種族が一線を越えて文明を発展させた場合、その種族を攻撃しろと。純粋な形のアトランティス遺伝子をもたない種族はすべて攻め滅ぼせと。実のところ、アトランティス人の特異性を支える遺伝子を突き止めたのは、イシスが最初ではなかった。大移住後に科学者チームがあちこちのヒト科動物のサンプルを集め、アトランティス人の進化に影響を与えた遺伝子群を特定していたのだ。そして、アレスは彼らのデータを使い、今後敵になりそうな種族を見極めていたのだった。

初めてこの計画が頭に浮かんだとき、アバターは裏切りだと言ってアレスを責め、警告した。だが、アレスは自分の考えを正当化した。生き残るためにはやむを得ないのだと。先進的な文明社会はすべてアトランティス人の脅威になる。彼らはかつてのアトランティス人のように監視線を破りかねないし、もっと悪ければ、アトランティスの新しい故郷を直接攻めてくるかもしれない。あるいは蛇紋の過ちを繰り返し、テクノロジーの暴走を許して自分たちの文明を支配させてしまう可能性だってあるだろう。新しい監視線の内側に存在できるのは、たったひとつの先進的な種族だけだ。だからアレスは番人をプログラムし、純粋な形のアトランティス遺伝子をもたない新興の種族を——アトランティスではない文明社会を——殲滅《せんめつ》しろと命じたのだ。

アレスはリュコスの記憶を通し、番人がプログラムに従って追放者《エグザイル》の星に運動エネルギー爆弾を降らせるのを見つめていた。これまで数々の星にしてきたように、彼らは都市を跡形もなく吹き飛ばし、惑星の気候を変え、ひとりの生存者も許さぬほどに世界を破壊し尽くした。

しかし、リュコスの記憶は、追放者《エグザイル》が荒廃した世界で生存のために戦った事実を伝えていた。イシスがその誕生を手伝った種族は、打たれ強く、強固な意志をもっていた。彼らは地下に潜り、かつて地上にあった巨大都市にも負けぬほど洗練された都市をそこに築いてみせた。どうやらイシスの療法は、上昇を続ける知能と、それ以上に危険なものを有する種族を作り出したようだ。何があっても生き抜こうとする、生存への強い意欲をもつ種族を。彼らは数多《あまた》の難問を乗り越えていった。アトランティスの復活技術を会得すると、リーダーたちはそれを使って時代を飛び越え、荒廃した星から脱出する準備を進めていった。そして、ついにやり遂げた。地下から何千隻もの船が出航し、宇宙に現われた番人たちに立ち向かい、そこでの衝突に勝利して飛び去ったのだ。

番人はどこまでも彼らを追いかけた。追放者《エグザイル》と番人の戦いは激化と鎮静化を繰り返して何千年も続いた。やがて追放者《エグザイル》の船団は、形勢が有利になったのを機に、一気にアトランティスの星までやって来た。かつての迫害者たちのもとへ来て、自分たちを長年にわたって苦しめ、虐殺している番人を力ずくで止めさせるためだった。

アレスが見つめる前で、リュコスが箱船を収めた古い聖堂のそばに三角形の船を着陸させた。そして、彼が兵士たちとともにアレスを見つけ、そこから二人の記憶が重なった。

アレスは黄色いタンクから足を踏み出した。アトランティスの星が滅んだ責任は、自分だけにあるのではなかった。イシスにも責任があるのだ。それに、流れを変える鍵を握るのもイシスだった。

復活用チューブが並ぶ部屋で、アレスはドアの前に立ち尽くしていた。何という皮肉だろう。自分たちを護るために使った非情な手段が、結果的には我が身を滅ぼす敵を育ててしまったのだから。そして、文明を発展させて平和を享受した自分たちは、応戦することもできないほど心が脆弱《ぜいじゃく》になってしまった。

たとえ病を治せたとしても、その先どうやって同胞たちを立ち直らせればいいのか、アレスにはわからなかった。だが、いまはそれ以上に差し迫った問題があった。追放者《エグザイル》の船団は刻々と能力を上げて強くなっている。彼らは間もなく番人を圧倒し、この箱船を見つけ出すだろう。時間はほとんど残されていない。それに、番人が消えれば蛇紋軍《サーペンタイン》がなだれ込んできて、追放者《エグザイル》もアトランティス人もすべて消されてしまうのだ。

選択肢は限られていた。新しい武器が必要だった。最終兵器となるテクノロジーが。

イシス。鍵は彼女が握っている。

47

ケイトは黄色いタンクの外を見つめ、イシスの過去を探る最後の旅に出る覚悟を決めた。いよいよ次の記憶で、あのアトランティス人が地球にいる本当の理由がわかりそうだった。そして、うまくいけばアレスを止める手がかりが摑めるかもしれなかった。

故郷からつらい知らせを受け取ったあと、イシスはひたすら何もない時間を生きていた。何度チューブから出ても新たな情報が届いていたことはなく、時の経過を感じさせるものといえば、この調査地にいるヒト科動物のデータぐらいのものだった。イシスとヤヌスは彼らの初期の集団が世界各地に広まり、興隆し、適応し、死に絶え、復活するのを何度となく見届けた。調査記録は着々と増えていき、二人は自分たちが唯一できる作業を繰り返した。データを分析し、新たな実験を考え、それを実施するために定期的に外へ出ていくのだ。ヤヌスは相変わらず冷静に黙々と調査を進めており、熱のある感情はもっぱらイシスに向けていた。だが、そんな環境にあってもイシスは彼の気持ちに応えられなかった。とはいえ、イシスにも変化がなかったわけではない。時間が経つほどに、この星に住む新興の種族への思い入れを強くしていたのだ。アトランティスの故郷に起きた悲劇のせいか、リュコスと過ごした時間のせいかはわからないが、イシスの胸の内では何かが溢れ出し、感情のうねりを止めることができなくなっていた。しかし、そのはけ口はどこにもなかった。結果としてイシスは、新たな情報が届くのを待ちわびながら、ますます調査にのめり込むようになっていった。

中央の大陸で新たなヒト科動物のグループが誕生した。彼らの分類番号は亜種８４７２になった。彼らは急速に進化し、道具を用いる力やコミュニケーション能力を発達させていた。

「彼らに注目しよう」ヤヌスが言った。

「そうね」

ほかの観察対象と同様、二人はこの新しい亜種も追跡し、周期的な休眠から覚めるたびに彼らの人口レベルを確認した。

あるとき二人は、人口変動警報《ポピュレーション・アラート》で目覚めさせられた。イシスはすぐさま何が起きたかを見て取った。赤道そばの島で火山が大噴火を起こし、大気に広がった灰がいくつかの大陸の気温を低下させたのだ。その火山の冬は新しい亜種の人口を激減させていた。彼らは絶滅寸前だった。

そして、最後の生存者である二人からサンプルを採取したとき、イシスは重大な決断を下した。洞窟のなかで生存者を見ているうちに、彼らを見殺しにすることができなくなったのだ。イシスには彼らを救うことができた。それに、アトランティスの星を攻め滅ぼした者は、監視線の内側にいる何百種もの人類を次々と襲っているのかもしれなかった。そんなときに、この種をむざむざと絶滅させるわけにはいかなかった。自分の研究で救えるとなればなおさらだ。

イシスは生存者たちをアルファ・ランダーに連れ帰り、追放者《エグザイル》に使った療法に調整を加えたものを、彼らにも施した。

「何をしてるんだ？」

振り返ると、ヤヌスが施術室の戸口に立っていた。

「その……実験しているの」

「何の実験だ？」

「脳の神経回路をつかさどる遺伝子を調整するのよ。これで彼らが生き残るチャンスは大幅に増えるわ。私の研究は――」

「そんな真似は許されない」

「やらなくちゃいけないの」イシスは言った。「もしかしたら、私たちの仲間の人類はもう彼らしか残っていないかもしれない。彼らを絶滅させるわけにはいかないのよ」

ヤヌスは反論を続けたが、最後には、注意深く経過を観察するなら、という条件つきで了承した。

その後、とくに何ごともなく幾度かの休眠周期が過ぎた。イシスとヤヌスが見守るなか、その亜種の人口は回復していった。彼らは中央の大陸の外へと出ていき、棲息範囲の面でも知能の面でも発展しつづけた。本当に目覚ましい進歩だった。だが、イシスが誇りを感じれば感じるほど、ヤヌスもそれと同じぐらい懸念を募らせていった。

「このままでは手に負えなくなるかもしれない」ヤヌスが言った。

「そんなことはないわ」

「遺伝系統を整理してコントロールするべきだ。休眠中に突然変異が起きないとも限らない。目を覚ましたら敵意ある文明社会が築かれていた、ということだってあり得るだろう」

この度はイシスが譲った。彼らはアルファの骨に放射性チップを埋め込み、最初の部族のそばにチップが存在しつづけるようにした。

休眠周期がまた幾度か過ぎたころ、彼らはふたたびアラームで起こされた。接近する船がある。

「アレス将軍だ」ヤヌスが言った。「箱船が来る」

アレスは南極にある大陸の厚い氷の下に船を埋めた。ヤヌスとイシスはポータルで彼の船へ向かった。

アレスはポータル室で彼らを待っており、怒気をはらんだ目でいきなりイシスにこう言った。「おまえが我々の同胞を虐殺したんだ」

「おれたちはずっとここにいたんだぞ」ヤヌスが即座に言い返した。

アレスが壁のパネルを操作した。ホログラムが現われ、リュコスの記憶が再生された。三人が見つめる前で、イシスが追放者《エグザイル》の星に降り立ち、彼に遺伝子療法を授けていた。追《エグ》放者《ザイル》の文明はその後急速に発展していき、やがて、〈番人〉によって壊滅状態に追い込まれた。だが、その惨禍からしばらく経つと、追放者《エグザイル》たちは灰のなかから立ち上がった。そして宇宙へ飛び立ち、待ち構えていた番人を討ち破った。最後に映されたのは、追放者《エグザイル》がアトランティスの星を包囲し、無数の市民を殺している記憶だった。

イシスは膝が震えるのを感じた。アトランティス人をひとつにしたくて行ったことが、想像を絶する戦いを引き起こし、ついには同胞を滅ぼす結果になってしまったのだ。

ことばが出ず、からだが動かなかった。

ヤヌスが硬直した声で言った。「偽物だ」

「偽物ではない。ここのチューブにリュコスがいる。何ならやつに確かめてみろ」

不覚にもイシスは感情を表に出してしまった。ショックで我に返り、いますぐポータル室から走り出たい衝動に駆られた。ヤヌスがこちらの表情に気がついた。その瞬間、彼の顔にかつてないほど剝き出しの感情が表われた。彼が感じた痛みは、ホログラムを目にしたときにも負けぬほど激しいもののようだった。

「この記憶は本物よ」イシスは静かに言った。

「だとしたら」ヤヌスがアレスに目を向けた。「あんたがおれたちの同胞に番人をけしかけたってことじゃないのか。滅亡の原因はあんただろう」

「番人は、あらゆる脅威から我々を護るために造られたのだ」

「追放者《エグザイル》は脅威じゃない。高度な文明社会を築いていただけだ。ほかにも文明が存在する星を見かけたぞ。やはり爆撃されていた。あれもあんたとは無関係だと言うのか？」

「そうは言わない」アレスが答えた。「私は無数の脅威から我々を護ってきたのだ。私がいなければ、我々はとうのむかしに死に絶えていただろう。彼らを脅威にしたのは彼女の療法だ。彼女がゲノムさえ変えなければ、彼らが襲われることはなかった」

イシスはただその場に立ち尽くすことしかできなかった。

「何が狙いでここへ来た？」ヤヌスが訊いた。

「おまえたちの調査記録を読んだ。ここの人類にも似たような遺伝子改変を行ったようだな」

「ああ」ヤヌスが言った。「絶滅から救うためだ」

「なるほど。だが、前回の実験は我々を絶滅させかけたようだぞ。私もおまえたちのちっぽけな探検に参加させてもらおう。歴史が繰り返されないように見張る必要があるからな」

アレスとヤヌスの口論はしばらく続いた。イシスには何時間にも感じられる長さだった。そして、最後はヤヌスが折れた。箱船を離れるまえに、イシスはアレスの方を振り返った。

「リュコスに会わせてほしいわ」

「おまえたちはもう充分に会ったと思うがな。それに、戦争の捕虜には面会を認めないものだ」

48

アレスが到着してから数週間は、イシスもヤヌスも、まるで何ごともなかったように元どおりの生活を送っていた。実験も以前と同じように進めていたが、ただし、そこには常にアレスがいて、たいていは無言でじっとこちらの作業を覗き込んでいた。無言と言えば、ヤヌスもほとんど口を開かなかった。話すとすれば目の前の作業に関することだけで、人生をかけた仕事への興奮や情熱といったものは、もうどこにも存在しないようだった。そんな彼の様子にも、自分が同胞にしてしまった行為にもイシスは追い詰められていった。まるで暗い井戸の底にいるような気分だった。ランダーの壁や、けっして出られないこの小さな星が徐々にのしかかってくるようで、閉塞感と真の孤独がイシスを苛《さいな》んだ。振り返るとアレスが冷たい目でこちらを見つめている、ということもよくあった。だが、彼はけっして近づいてこなかったし、何かを口にすることもなかった。

ある日、ヤヌスが外へ出ているあいだに、アレスから呼び出しがあった。イシスはしぶしぶポータルを抜けて箱船に行った。頭のどこかには期待もあった。〝考え直したのかもしれない。リュコスに会わせてくれるのではないか〟船が予備休眠室へ向かえと指示してきた。リュコスがメインの復活室ではなく予備室に隔離されているというのは、いかにもありそうな話だった。イシスの胸で期待が膨らみはじめた。

しかし、ドアが左右に分かれた瞬間、イシスは愕然とさせられることになった。一ダースのチューブが半円形に並んでおり、それぞれに違うヒト科動物が収められていたのだ。

「おまえの興味を惹きたくてな。おまえは野蛮人が好きだろう」

イシスは素早くうしろを向いた。「あなたに彼らを捕まえる権利はないわ」

「彼らの身が危ないんだ。実際、おまえのおかげで彼らは宇宙でもっとも危険にさらされた種族になってしまった。蛇紋軍《サーパンタイン》はいつか彼らも同化させるだろう。ただし、先に〈番人〉がこの星を見つけて彼らを抹殺しなければの話だ。むろんそれだって、我々が追放者《エグザイル》に発見されずに——」

「あなたは彼らを誤解している——」

「おまえはあの場にいなかっただろう、イシス。追放者《エグザイル》の船団が我々の星に何をしたか、おまえもその目で見るべきだった。やつらは残忍だ。恐ろしく能力が高いが、抑制が利かない野蛮人。おまえの療法が作り出した怪物だ。おまえの実験の犠牲者だな。亜種８４７2と同じだよ」

「私に何の用なの？」

「おまえにチャンスをやりたいんだ、イシス。罪を償うチャンスをな」

イシスが何も答えずにいると、アレスはさらに言った。「すべての過ちを正し、我々の同胞をまたひとつにし、ここの人類も救う。そういうチャンスがあるのだ」

「何をするの？」

「彼らの進化を導くんだよ。この戦いを終わらせる存在を作り出せばいい」

イシスは抵抗したかった。いますぐこの部屋を走り出て、二度と戻ってきたくなかった。だが、自分の犯した過ちを正せるということばには、抗うことのできない力があった。とにかく最後まで話を聞いてみることにした。聞くだけなら害はない。イシスはそっと言った。「続けて」

「遺伝子のサンプルは集めたが、私には必要な種を設計する技術がない。おまえならできるだろう。それに、おまえが必要とする情報は私がもっている——番人がどうやって標的のＤＮＡや蛇紋のウイルスを識別しているかだ。この情報は、大移住以後、ずっと誰にも明かさずにきたものだ」向かい側にあるスクリーンにＤＮＡの配列が映し出された。「蛇紋ウイルスだ。大移住以前に、アトランティスの遠征船団が感染させられた。これが鍵になる。私の情報とおまえの遺伝子工学の技術を合わせれば、我々は宇宙の進路を変えることができるだろう」アレスがこちらに近づいてきた。「我々が作り出す種族はアトランティスの世界を復活させてくれる。もし断わるなら、おまえは完全に我々を殺すことになるんだ」

アレスはどのボタンを押せばイシスが動くか、すべて知り尽くしているようだった。そして、楽器でも奏でるように巧みにそれを押していった。彼はイシスが何にも増して欲しているものを掲げていた。償い。人々をふたたびひとつにし、追放者《エグザイル》の安全を取り戻せるチャンス。イシスは自分に言い聞かせた。よいことをするためなら、ときには悪人とも手を組まねばならないのだ。もっとも、頭のどこかにはただの詭弁だという思いもあったが。

その後、イシスは密かにアレスに協力するようになり、またしてもヤヌスに隠し事をする羽目になった。アレスも予想したように、彼は反対するにきまっていたからだ。アレスが情報を隠し、研究の完成に最低限必要な知識だけを出していることはわかっていた。彼は何かにつけてこう言った。番人と蛇紋に関する情報は機密事項で、知る者の数を極力抑えなければならない。イシスにすべての詳細を明かせば、無数の星が危険にさらされる。

イシスは自分が利用されていることに気づいていた。だが、もはやどうすることもできず、選択肢はないと感じていた。何年も経ってしまったいまは、ヤヌスに打ち明けることもできなかった。二度と彼に裏切られた痛みを味わわせたくなかった。

幾度も休眠周期が繰り返された。休眠チューブに入るたびに、イシスはアレスのことばが嘘でないことを願い、今度目覚めたときこそ彼がこう告げてくれることを祈った。亜種8472の準備が整った。アトランティス人がひとつになる日も近い。

しかし、イシスはあるとき警報で目覚めることになった。休眠チューブの外のスクリーンに人口変動警報が表示され、それを目にした瞬間、イシスはアレスの裏切りの大きさを知った。世界中でヒト科の亜種が絶滅しかけていたのだ——四種の亜種のうち、彼の兵器である８４７２を除く三種がいちどきに。

たとえ真実に気づいていたとしても、ヤヌスはそれを口にしなかった。彼はただ予想どおりの行動に出た。救えそうな種を助けに向かったのだ。のちにネアンデルタール人と呼ばれることになる、亜種８４７０だった。アルファ・ランダーは、後代にジブラルタルと名づけられる地域の沿岸に着水した。ヤヌスとイシスはスーツを身につけて船を降り、最後のネアンデルタール人を連れて帰った。

爆発が船を揺らしたのは、二人が戻ってすぐのことだった。船体が引き裂かれ、ヤヌスとイシスのからだも揺さぶられた。彼らはネアンデルタール人をチューブに入れてブリッジへ向かった。

「アレスが裏切ったんだ」ついにヤヌスが言った。

イシスは答えることができなかった。その沈黙ですべての真相を悟ったのかもしれないが、ヤヌスは何も言わなかった。彼は操作パネルに向かった。ランダーを封鎖し、それから母船の不正使用防止システムを起動して、アレスが船を使おうとした時点で船内に閉じ込められるよう設定した。また爆発が船を揺さぶり、気づくとイシスは壁に叩きつけられていた。朦朧としながらも目を上げると、ヤヌスが近づいてきて膝を突き、こちらの顔を覗き込んだ。彼のヘルメットの奥にかすかな感情が浮かんでいた。裏切られた痛み。苦しみ。何もかも説明して許しを請いたかったが、もう声が出なかった。彼がイシスのからだを引き上げた。スーツの外殻の支えで軽々とイシスを肩に乗せると、彼はランダーの廊下を抜けてポータルに行き、箱船へと移動した。イシスが最後に記憶したものは、こちらに銃口を向けるアレスの姿と、ヤヌスの腕から滑り落ちながら死んだという事実だった。

ケイトは大量の汗をかいていた。呼吸をするたびに、溺れているような息苦しさを感じた。これで、すべての記憶を目にしたことになる――生まれたときからもっていた記憶も、ヤヌスが隠そうとした記憶も。ケイトはその先のことも知っていた。アレスはあの日、箱船でヤヌスも撃ったが、彼の命を奪うことはできなかった。ヤヌスはポータルに逃げ込み、ジブラルタル海峡に沈んだアルファ・ランダーに戻ったのだ。だが、そのままモロッコのそばに沈んだ断片に閉じ込められてしまった。彼はどうにかランダーのもう一方の断片にパートナーを蘇らせようとしたが、死亡のシグナルがないと復活は認められなかった。それから何年も、彼女を復活させるためにあらゆる方法が試されることになった。

そして、ついに諦めたとき、ヤヌスは船に取り付けられた時間膨張装置に放射線を放つよう指示をした。アレスとイシスが行った遺伝子改変をすべてもとに戻す放射線だ。人間のゲノムを、〈番人〉からも追放者《エグザイル》からも、アレスからも狙われない状態にしたいと願ってのことだった。

それからヤヌスはひたすら待ちつづけた。ランダーも一万二千五百年のあいだ水底に眠っていたが、やがて、イマリ・インターナショナルという組織がジブラルタル湾の地下を掘りはじめた。プラトンが書き残した伝説の都市、アトランティスを見つけようとしたのだ。彼らは第一次大戦の傷痍軍人で鉱山技師の、パトリック・ピアースを雇った。そして、彼のチームがのちに〝ベル〟と呼ばれる時間膨張装置を掘り出したとき、スペイン風邪が解き放たれ、一億人近い人間が命を奪われた。ピアースは、自分が見つけたチューブに死んでしまった妻を入れた。彼女のお腹にいた赤ん坊が誕生したのは、一九七八年のことだ。ピアースはその子をケイト・ワーナーと名づけ、それから三十五年のあいだ、アトランティス病が流行するそのときまで、彼女はイシスの記憶を無意識の領域にもちつづけることになった。その記憶の断片は彼女の人生を決定づけた。彼女は主に脳の神経回路を研究する遺伝学者になり、認知能力に作用する療法を開発することに力を注いだ。つまりケイトは、人生をかけてアトランティス遺伝子を修正し、イシスの仕事を完成させようとしていたのだ。そして、過ちを正したいという彼女の願いを叶えようとしていた。自分がなぜそういう生き方をする必要があったのか、ケイトはようやく完全に理解していた。

ケイトは目を開けた。

背中にタンクの冷たい床を感じた。ミロの腕が肩にまわされている。鼻から垂れる血が床に溜まっていった。

「こんなに無茶をするなんて、ドクタ・ケイト」
「いいのよ。おかげで私たちがするべきことがわかったわ」

49

ドリアンは、自分の命が残りわずかであることを悟っていた。会議ブースに仰向けになり、じっと天井を見つめた。そして、これまで目にした記憶や自分が知っていることをひとつずつ思い返していった。どこかにアレスの次の動きを読む手がかりがあるかもしれない。

アレスは、アルファ・ランダーを攻撃した日にイシスを殺したが、ヤヌスのほうは仕留められなかった。生き延びたヤヌスはどうにかイシスを復活させようとし、必死であれこれ試すうちに、ジブラルタル沿岸のチューブに自分以外の者の復活データをすべて送ってしまった。そして、アルファ・ランダーのベルがスペイン風邪を解き放ったとき、イマリの幹部である父がドリアンをチューブに入れることになった。ドリアンは一九七八年にチューブを出たが、目覚めたときには変わっており、無意識の領域に埋め込まれたアレスの記憶に支配されるようになっていた。アレスのあらゆる憎しみ、イシスに対する敵意が、ドリアンの心の奥底に棲みついていたのだ。ドリアンはずっと見えない敵を恐れてきたし、人間はまだその強大な脅威と対決できるほど進化していないと信じていた。そしていま、自分が正しかったことが判明した。蛇紋軍《サーパンタイン》、追放者《エグザイル》、番人《センティネル》――そのすべてが脅威なのだ。それに、アレスも。彼は自分の目的のために人間を利用しようとしている。どんな計画かはいまだにわからないが、その計画を実現するには人間が鍵になるのだろう。

ジブラルタルで船を攻撃したあと、アレスはイシスが開発を手伝ったレトロウイルスをばらまいた。インドネシアの大火山を拡散の道具にして。それからポータルで科学者の母船に向かったが、そこで彼は、ヤヌスが仕掛けていた罠にはまって閉じ込められることになる。アレスは、リンクを使って南極の箱船にアバターとして現われた。そして、チューブで生まれ変わってから約三十年後、ようやくそこへ辿り着いたドリアンと接触した。アレスが科学者チームを襲撃してからおよそ一万二千五百年後のことだ。ドリアンは箱船からケースを運び出した。そのケースが放つ放射線は、アトランティス病の流行が最終段階を迎えるなかで、人間の遺伝子変化を完成させた。また、ケースはポータルも作り出した。ドリアンはそれを使って母船に行き、アレスを救出することになったのだ。

ところが、その後数週間のうちに、アレスは地球をめちゃくちゃにしてしまった。世界を戦争状態に陥らせ、大洪水を起こしたのだ。ドリアンにはひとつの確信があった。アレスの狙いはけっして軍を築くことではない。むしろ、人間を弱体化させているように見える。だが、何のために？　餌か何かにしようというのか？　それとももっと長期的な計画なのだろうか。いや、それでは筋が通らない。

　どうにか立ち上がり、足を引きずりながら白く光る会議ブースを出た。巨大な組み立てラインが見える広い窓の前で足を止めた。〈番人〉を製造する筒が宇宙の暗闇の奥へと果てしなく伸びている。毎分数千隻の番人を造っていたそのラインが、いまは停止していた。だが、番人の数は増えているようだ。ドリアンは窓に近づいてみた。夜空で何千匹ものホタルが瞬いているかのように、あたり一帯で小さな青白い光が弾けていた。ワームホールが開いたり閉じたりしているのだ。それぞれのホールからは番人が出てきており、一秒に数千隻の勢いで増えているようだった。空が黒い球体で埋まりつつあった。星はほとんどすべて覆い隠され、彼らが到着したことを告げる光も次第に見えなくなってきている。何かが起きているのだ。彼らはここに集まり、何かを待っている。

　通信室まで行き、番人の配備に関するデータを呼び出した。どのシステムもこちらをアレス将軍と認識しているため、ドリアンが目にできない情報はなかった。配置図を確かめた。蛇紋軍からこの宇宙のエリアを護っているはずの監視線が崩れはじめていた。かなりの数の番人が監視線を離れてこの工場に向かってきているようだ。古い監視線のそば、あの軍事用ビーコンがあった蛇紋の戦場では、蛇紋軍の艦隊が集結していた。スクリーン上の艦隊はただの点の集まりだったが、ドリアンは口のなかが乾いていくのを感じた。垂れてきた鼻血を拭った。自分に残された時間はあとどれぐらいだろう。世界を救うために、自分にできることはあるのだろうか。

ナタリーはドアが閉まる音で目を覚ました。キルトのベッドカバーの下から滑り出し、そっと窓辺に近づいた。山小屋のひんやりした木の床が足元できしんだ。

四台の軍用車のうち、三台にエンジンがかかった。とたんにヘッドライトが窓を照らしたが、ライトはすぐに方向を変えてマツの木が並ぶドライヴウェイに入り、ノースカロライナの山道の方へと去っていった。ナタリーはちらりとベッドを振り返った。マシューは分厚いキルトを被ってまだぐっすりと眠っていた。

寝室のドアに向かいかけたが、足が凍えていることに気づいた。靴を履き、セーターを着て部屋を出た。

トマス少佐は暖炉のそばに坐り、コーヒーを飲みながらラジオを聴いていた。

「何かあったの？」

「ちょっと物資のことでな」彼が言った。「コーヒーは？」

ええ、と頷くと、ナタリーは彼の向かいにある丸太作りの椅子に坐り、暖炉にからだを向けた。「ここの物資が切れてしまったの？」

「いや、ここにはまだある。だが政府は違うようだ」彼がラジオを指差した。コーヒーを注いでもらっているあいだ、ナタリーも放送に耳を傾けた。

〝これはアメリカ合衆国政府による放送です。健康に問題のない市民は直ちに最寄りの消防署へ出頭して下さい。合衆国政府、および食糧供給施設が武装勢力によって攻撃されています。軍事訓練を受けている市民をとくに必要としています。ぜひ祖国の防衛に協力して下さい。直ちに最寄りの消防署へ出頭して指示を受けて下さい。食事は提供されます。市民の命を救うために――〟

トマスが年代物のラジオのダイアルをまわして音量を下げた。「ゆうべから内容が緊迫してきている。戦いが激化してるんだろう。この様子だと、イマリ軍が優勢そうだな」

「あなたは行かなくていいの？」

「ああ。ここが狙われるのは時間の問題だろうからな」

ことばに詰まり、ナタリーは大きく息を吸った。

「それに、おれはここにいたいんだ」

アレスは復活船のブリッジに立ち、浮上を始めた太古の船から南極の氷がすべて滑り落ちるのを見届けた。

大気圏を上昇しながら、自分が破壊したその惑星を見渡した。巨大な嵐が吹き荒れ、海岸線は水没した都市の瓦礫に覆われて、まるでゴミだらけの沼地のようになっていた。

この光景を目にすれば、敵は大よろこびで飛んでくるだろう。このちっぽけな星に来てから、多少計画が狂うこともあったが、ようやく本来のコースに戻ることができたというわけだ。ここまで来ればもう邪魔される心配はない。

箱船が大気圏を抜けたところで、アレスは軌道に浮かぶビーコンに狙いを定め、一発でそれを破壊した。非力な小さい星は、これでいつでも蛇紋軍《サーパンタイン》から見えるようになった。間もなくやつらがやって来て、いよいよ最終戦争が始まるだろう。

箱船に行き先を入力し、超空間トンネルを開いた。しばしその場に立ち、青と白と緑の波がスクリーン上を流れ去るのを見つめていた。あたかも、運命のカウントダウンが始まったかのようだった。

やがてアレスはブリッジを離れた。暗い金属の廊下を抜け、この数週間、時間の大半をそこで過ごした部屋に向かった。

リュコスがベルトで繋がれて壁にぶら下がっていた。顔面や胸元に乾いた血がこびりついている。アレスが部屋に入っても、彼は顔を上げようとしなかった。

「協力してもらった礼を言いたくてな」アレスは言った。

リュコスは無言のままじっと一点を睨んでいた。

アレスは壁のスクリーンを起動し、リュコスを拷問して作った映像を映した——追放者《エグザイル》の船団に向けた、偽の救難信号だ。

リュコスがわずかに顔を上げて画面に目をやった。

「当然だろう」アレスは言った。「わざとではなくても、おまえとイシスは我々の文明を二つとも破壊してしまったんだ。おまえには事を正すために協力してもらわねばならない。そのときは近づいている」

ドアに引き返そうとしたが、リュコスがそれを止めた。「おまえはおれたちを甘く見ている」

「違うな。かつておまえたちを甘く見てしまったんだ。同じ失敗はしない。おまえたちがまだアトランティスの星にいて、市民を殺しはじめたときに、全滅させておくべきだった。我々のミスだ。和解しておまえたちを再出発させてしまったんだからな。おまえたちは、見逃してもらったお返しに星に戻ってきて、我々を虐殺するような連中なんだ」

「仕方がなかった。おれたちは番人を止めたかっただけだ」

アレスは画面を切り替えた。スクリーンに現われた超空間が数秒後に消え、それに替わって巨大な宇宙の工場と番人の大群が映し出された。

リュコスの顔にはっきりと恐怖の色が浮かんだ。

「おまえたちを甘く見たりはしていない。私はおよそ五万年かけて新たな番人の軍を築いてきたのだ。新しい番人はおまえたちの船との戦いに適している。それに、監視線にいるものも一隻残らず呼び集めた。もうすぐこの宇宙に存在するすべての番人がおまえたちの船団に襲いかかるだろう。とても勝ち目はない。ついさっき、おまえの救難信号を送ったところだ」

スクリーン上で、番人の大群がいくつも飛び去った。

「せいぜい数時間で決着がつくだろう」アレスは言った。

「蛇紋軍は――」

「そっちのことも考えてある。おまえには現状を知らせておきたかっただけだ。これを見せるためにおまえを生かしておいたんだからな。片がついたら、たっぷりと残骸を拝ませてやろう」

アレスはリュコスのわめき声を無視して部屋を出た。いよいよそのときが近づいている。計画を進めているあいだは、圧倒的な勝利感や達成感が待っているものと思っていた。だが、いまのアレスが感じているのは、自分が歩いているこの廊下のように暗く冷たい感情だけだった。

最後の同胞たちが眠る部屋で立ち止まった。長いことイシスやリュコスを責めてきたが、イシスはすでに殺したし、リュコスにも復讐を果たした。間もなくリュコスの仲間への報復も終わるだろう。それでもなお、アレスの心にはいまだに埋まらない虚しさがあった。

ドッキング作業が終わると、アレスは箱船を降りて古い工場を歩きはじめた。だが、展望デッキまで来たところではたと足を止め、すぐさま警戒の目を周囲に走らせた。誰かがここにいたようだ。いや、いまもいる。あたりにアトランティスの食糧の包みが散乱し、床には乾いた血痕があった。

血の痕を追い、角を曲がった。それは通信室まで続いていた。アレスはドアを開けた。隅にドリアンが倒れていた。目は半開きで、顔にはリュコスと同じようにべったりと血がこびりついている。アレスは会議ブースに目をやった。ドリアンは記憶にアクセスしたのだ。すべて見たのだろうか？　それならそれでかまわない。こちらが脱出するまえにケイト・ワーナーが蛇紋軍に連絡をとってしまうこと、それさえ防いでくれればよかったのだから。彼は最後にもう一度役目を果たしてくれた。これで完全に用済みだ。

「おれを騙したな」ドリアンがかすれた声で言った。「おまえはおれを裏切った。おれたち全員を」

「だったらどうするというんだ、ドリアン？」

ドリアンが握っていた手を開いた。金属の物体が滑り落ち、テーブルの陰に転がっていった。アレスは足を踏み出した。そして、その正体に気づいた直後、手榴弾が爆発した。

50

デヴィッドが覚えているのは、ヘビの紋章がある船が戦場に現われ、軍事用ビーコンの脱出ポッドの脇に寄ってきたところまでだった。おそらくそこで気を失ってしまったのだろう。あるいは、ガスを使われたのか。

目を覚ますと、デヴィッドはどこかの部屋の柔らかいベッドにいた。壁は真っ白で、ライトが明るく灯っている。監房なのか病室なのかわからなかったが、感覚としてはその中間ぐらいだった。目につくものと言えば小さなはめ殺しの窓だけで、外には宇宙空間が広がっていた。その景色が見えたとたん、デヴィッドははっとして動きを止めた。宇宙船が何重にも輪になって連なり、はるか彼方まで広がっている。土星の輪を思い起こさせる眺めだったが、こちらの輪は船が繋がってできていた。蛇紋の船。いったい何隻あるのだろう？　数億か、数十億か。デヴィッドが乗っているのは輪の中心にある船だった。まるで獣の腹のなかにいるようなものだ。

ドアがスライドして開き、意外にも、人間の男に見える者が微笑みを浮かべて静かに入ってきた。髪はブロンドで、それをぴったりとポニーテールにしている。顔つきは若々しいが、おそらく四十歳前後だろうと思われた。

「起きたようだね」

「ああ」デヴィッドはその先をどう続けるべきか迷った。自分は救助されたのだろうか？　それとも捕まったのか？　とりあえず、当たり障りのない質問から始めることにした。

「ここはどこだ?」

「第一リングのなかだ」

「第一リング?」

「それはおいおいわかるだろう。きみたちのコミュニケーションのとり方はよく知らないんだが、おそらく私をどう呼ぶべきか訊きたいだろうね」

「まあ……」

「二四七番と呼んでくれ」男が手を差し出してきたので、ためらいながらもそれを握った。

「妙な呼び名だよな。だが、我々には名前が必要ないんだ。だからきみのような相手に出会ったときは便宜的に用意する。私は第一リングの二四七番リンクだ。名前に関してはとくにそれ以上の話はない」

「なるほど。その、おれはデヴィッド・ヴェイルだ」

二四七番が両手を上げてあとずさった。「もちろん知ってるとも。きみのことは何でもな。きみの仲間のことも知っている。きみは、ここではかなり話題になっているんだ」

何を言うべきかわからず、デヴィッドは黙って目を細めた。

「知ってのとおり、我々はきみを大昔の戦場で発見した。きみたちがアトランティス人と呼んでいる種族、その彼らと我々がかつて接触した場所だ。不思議なのは、きみが彼らのDNAをもっていて、我々のDNAももっていて、しかも、まったく新しいDNAまでもっているという点だよ。とにかく珍しい遺伝子の構成をしている。これまで一度も見たことがない配列だ」二四七番が微笑んだ。「我々はあらゆる配列を目にしたと思っていたんだがな」

デヴィッドは相変わらず口を閉じていたが、頭のなかでは警報が鳴りはじめていた。こいつらはかなり怪しい。この生き物は外見とは違う。経験を積んできたおかげで、デヴィッドはすぐにぴんときた。これは尋問の手法だ。

二四七番が眉を上げた。「おいおい、そんなふうに思わないでくれ。尋問する気なんてさらさらない――いや、そうか、説明しよう。我々は心が読めるわけじゃない。きみの肉体が放つ放射線を読めるだけだ。きみの頭が私に放送電波を飛ばしてくるようなものだよ」彼がまた微笑んだ。「私から止めることはできないんだ」

「何が狙いだ？」

「狙いなんてない。ただのひとつもな。我々は純粋にきみを助けたいだけだ」

「助けるとはどういうことだ？」

「きみをリングに迎え入れるということさ」

「迎えてもらうつもりはない」

「わかっている」二四七番がにこやかに言った。「さっきも言ったが、きみのことはすべて知っている。きみの記憶を見せてもらったからな。だが、きみはリングのことを何も知らない。我々は、きみたちの仲間を何百万人も、あるいは何十億人も救えるチャンスを与えたいんだ」そこで二四七番は間を置いた。「もっとも、はっきり言えば、きみが本当に気にかけている人間はひとりだけのようだが」

正面の壁が変化し、デヴィッドの視点から見た映像が現われた。そこはフランス窓がある寝室で、小さなベランダの向こうに海が広がっていた。ジブラルタルだ。ケイトがベッドに横たわり、優しい、魅力的な瞳でじっとこちらを見上げている。

「我々なら彼女を救える」二四七番が言った。

自分でも気づかぬうちに、どうやって、ということばを口から漏らしていた。

「彼女の肉体はたしかに壊れかけているが、リングでは問題にならないんだ。リングは時空の外にある。そこではどのリンクも死なない。我々は原始的な生物学を超越した存在だし、彼女もそうなれる。もちろんきみもだよ。きみたちは永遠にいっしょにいられる。終わらない生をともに生きられるんだ。それだけではない。我々が創ったリングは、〝原存在〟と呼ばれる量子的存在の力を利用することができる。もし我々が宇宙に存在するあらゆる生命体、つまり、原存在と繋がるリンクをすべて集結させられれば、我々はこの量子的存在を完全に操れるようになるだろう。そして、真に不滅の力を手に入れられるだろう。我々のリングは時空を取り囲んでいて、何ものも手出しはできない。ぜひきみも我々に加わりたまえ」

「やはり狙いがありそうだな」

「きみにも加わってもらいたいだけだ。きみを助けたいんだよ」

向かいの壁がふたたび変化し、蛇紋の戦場が現われた。ビーコンが、最後のひと欠片《かけら》まで残骸の荒野に呑まれていくのが見えた。恒星の前では船の輪が回転し、青白いワームホールを作り出している。ホールから船の列が途切れなく流れ出し、続々とべつのホールに吸い込まれていった。

「この船団はきみの星へ向かっている。我々は長いあいだ数多くの隠された星を探してきた。きみの星もそのひとつだ。我々の船団はいま、監視線の内側にあったあらゆる星に向かっている。ちなみに、監視線はもともと我々の文明社会が作ったものだ。この第一リングを生み出した星さ。我々の星は分裂してしまった。一部の者が過去に執着したからだ。原始的な存在、死を迎える存在から脱却できなかった。いまのきみのようにな。彼らは〈番人〉を造って、ほかの人類世界のために時間稼ぎをしようとした。だが、その番人ももう引退だ。退却しはじめているよ。いや、とうのむかしに退却を始めていた。新たに監視線を築くたびに範囲が狭くなっていったし、何度築いても我々に破られたんだからな」

「あんたたちの船団はおれの星を攻撃するつもりなのか？」

「我々は解放と言っている」

男なのか何なのかわからないが、とにかくデヴィッドはその相手をじっと観察した。

「おれの星の人間はどうなる？」

「きみたち次第だ。反撃する力はないだろうがな。きみの星はめちゃくちゃだ。きみたちが味わっている苦しみを考えてみるといい。仲間同士で何をしているかを。きみたちの苦しみ。我々はそれを終わらせることができるんだ。ほら、きみも自分の人生を振り返ってみろ」

また壁が変わった。デヴィッドが見つめる前で、人生の断片が現われては消えていった。次々と再生されるその記憶は、大半が悲しいものだった。父の葬儀に出ている子どものころの自分。部屋に逃げ込み、暗い日々のなかで孤独に安らぎを見出した。ビルに向かって走る大学院生の自分もいた。崩れたビルの下敷きになった、九月十一日の記憶だ。必死で立ち直ったあとはＣＩＡに入ったが、そこでも殺されかけ、死の淵から這い上がることになった。そして、クロックタワーに入った。その後も様々な記憶が現われた。ドリアンとの戦い。セウタのイマリ基地の制圧。地球を呑み込んだ大洪水。最後は着陸船に逃げ、そこからビーコンに辿り着いた。

「きみはいつでも負ける側にいるな、デヴィッド。気持ちだけに従って、虚しい戦いをしてきた。一度くらいは頭を使うんだ。我々の仲間になれ。ケイトにはきみが必要だ」

「それに、あんたにもおれが必要だってわけか？」

「そんなことはない。我々には誰かの助けなど必要ないからな。何があろうとリングは存在する。だが、もしきみが加わってくれれば、きみの星の人間を同化させる助けにはなる。最初に言ったように、きみのような存在は初めて見た。きみは完全に新しい種なんだ。それに、おそらくきみは原存在と特別なコネクションをもっている。もしそれを使えれば、このあたりでの仕事のやり方さえ変わってくるだろう」二四七番がにやりとした。「もう少し説明しよう。きみの肉体に含まれている粒子は、きみがこれまでに接触したすべての人間の粒子と〝量子もつれ〟の状態にある。そして、きみのそうした粒子はすべて、量子エネルギー、すなわち原存在とも繋がっている。我々のテクノロジーはきみの理解を超えているだろう。だが、もしきみが一《いち》リンクとしてリングに加わってくれれば、我々はきみの原存在とのコネクションを使えるようになり、さらにはきみと繋がりのある者たちとも接触できるようになるんだ。まずはケイト、そして残りの人間たちへと、ドミノ倒し式にな。我々の読みが正しければ、リングはきみの量子もつれを通して一瞬のうちに広がるだろう」

「それが目当てだったのか。原存在とのコネクションだか何だか知らないが、要はおれに魂を売れと言ってるんだろ？」

二四七番がうんざりした顔をした。「きみはいちいち過激な言い方をする——」

「だが事実だろう」

「まあな」

「もし断わったら？」

「我々は余計な手間はかけないんだ、デヴィッド。かなり長いあいだ続けていることだからな。もし断わられても、どのみち同化はさせる。同化させられなければ殺すまでだ。我々の船団も、きみの星に着き次第、きみの同胞を皆殺しにするだろう。我々は同化できない者をすべて殺すんだよ。この宇宙には、先進的な種族が共存できるような余裕はないからな。残れるのはひとつの種族だけであり、それは我々リングだ。賢くなれ、デヴィッド。ケイトのことを考えろ。彼女が何を望むかを。きみがリングに加われば、あの船団はきみの仲間のリンクたちを乗せて帰ってくる。もし断わるなら大殺戮が待っている。ケイトも死んでしまう。もちろんきみもだ」

「加わるか殺されるか、二つにひとつだってことか？」

「それがこの宇宙の仕組みなのさ、デヴィッド。きみが認めたくなくてもな。さあ、どうするんだ？」

デヴィッドは窓に目をやり、果てしなく続くリングの列を見つめた。ここから脱出することは不可能だ。デヴィッドにとって、この決断は、自分がこれまでどんな信念をもって生きてきたかを問われる問題だった。自分は、人は誰でも違う生き方をする自由があると信じてきた。そう、自由を守ること。そのために生涯をかけて戦ってきた。一方の手には自由と死が、もう一方の手にはケイトと同化があった。そして、どちらの手にも世界の運命が乗っていた。だが、デヴィッドはこうも信じていた。世界がこれまで懸命に戦ってきたのは、同化を受け入れるためなどではない。人間は、果てしなく続く鎖の輪にされるために戦ってきたわけではないのだ。迷いはなかった。「断わる」

その瞬間、白かった部屋の壁が崩れて黒くなり、心地よかったベッドが硬い金属の台に変わった。デヴィッドはベルトで繋がれていた。二四七番の人間の顔が薄れていき、灰色の肌が現われた。皮膚の下で何やら小さな機械がうようよ蠢《うごめ》いている。

「それならそれで仕方がない」

デヴィッドは首に針が突き刺さるのを感じた。

51

ベータ・ランダーの医務室で、黒っぽい金属の床を行ったり来たりしながら、メアリは考え事に没頭していた。壁のスクリーンが赤いブロック体の文字を点滅させた。

「できたわね」そうつぶやいたとたん、ふいにメアリは、自分がこの瞬間を恐れていたことに気づいた。船がレトロウイルスを完成させてしまう瞬間を。数日まえ、自分が受信したシグナルに記されていたウイルスだ。なぜ恐いのだろう？　長年の仕事がついに報われる瞬間ではないのか。もしこのウィルスが地球外知的生命体と交信する手段になるなら、これは世紀の大発見だ。これまでの研究も、数々の選択も、すべて正しかったことになる。テーブルに片肘を突いていたポールが、はたと顔を上げた。彼は先ほどから眠りと覚醒のあいだをふらふらさまよっていた。ポールがそれに気づいていないことを知り、メアリはにっこり笑ってみせた。

「何だい？」

メアリは親指を舐めて彼の額をこすった。「自分の顔に落書きしてるわよ」

ポールがテーブルにペンを放った。「そうか、ありがとう」彼の目がスクリーンの文字を捉えた。「完成したようだな」

「ここからはどうすればいいの？」メアリは訊いた。

「きみがその医療ポッドに入れば、ベータが療法を施す。ケイトを手術した装置と同じものだよ。何か問題が起きたときも、ポッドが対処してくれるはずだ」

「あなたは療法を試さなくていいの？」メアリは訊いてみた。

「ああ。いや、少なくともそのつもりはなかったよ。きみの発見だからね。きみが最初のひとりになりたいだろうと思って」

「そうね――数日まえならそう思ったかも。きっとチャンスに飛びついていたわ。ファースト・コンタクト。これまでの苦労がすべて報われる、栄光の瞬間だもの。だけど、気づいたことがあるのよ。私たちが……別々の道を歩くようになってから、私はひたすら研究に打ち込むようになった。ほかに何もないから仕事に没頭したの。でも、ずっと何かを探していた。異星人とも、望遠鏡が捉えるシグナルともまったく関係がない何かを」

「きみが言ってることはよくわかる。ただ、もしケイトがタンクで目を覚まさなかったら、脱出するための選択肢はこれしかなくなる。やめるならここに閉じ込められることになるぞ」

「ええ、わかってるわ。あなたはどう思う？　正直なところを聞かせて。あなたの直感は何て言ってる？」

ポールが視線を逸らした。「きみにとってこのシグナルがどういうものか、よくわかっているよ、メアリ。研究のためにきみがどれだけ多くの時間と労力を捧げてきたのかも。だが、おれの直感を聞きたいというならこう答える。もし友好的な種族なら、レトロウィルスの信号なんかを宇宙に飛ばしたりはしないだろう。選択肢がなくなることはわかっているが、だとしても、おれたちは待つべきだと思う」

メアリは微笑んだ。疲れきっていたし、恐くてたまらなかった。それでもなぜか、本当に久しぶりに心から幸せを感じていた。「同感よ。それに、あなたといっしょなら待てると思うわ」

ポールがメアリの目を見つめた。「おれもだよ」

「待っているあいだに、きっと二人でできることがあるわね」

メアリと部屋にこもってからどれぐらい経ったのか、ポールにはわからなかったが、そんなことはどうでもよかった。気になったことと言えば、どうすればドアに鍵をかけてライトを消せるか、ということぐらいだったが、その問題はすでに解決済みだった。

メアリは隣で眠っており、シーツが腰のあたりまで下りていた。ポールは天井を見つめた。いつも忙《せわ》しない頭がすっきりし、満ち足りた思いに包まれている。

金属のドアをノックする音が暗闇に響き渡り、ポールははっとしてからだを起こした。メアリもすぐに目を開け、二人とも手早く服を身につけた。ドアを開けるとミロが立っていた。

「ドクタ・ケイトが目を覚ましました。具合が悪いんです」

適応実験室に駆けつけると、ケイトはふたたび円形の医療ポッドから突き出たテーブルに横たわっていた。傍らの壁のスクリーンにバイタルが表示されていた。

彼女に残された時間はごくわずかだった。ポールは手術記録に目を走らせた。タンクで最後の記憶再生が行われたあと、ミロが彼女を医療ポッドに入れたようだ。船はあらゆる手を尽くしていたが、回復は望めない状況だった。長くても、あと一時間しかもたないだろう。

「ポール……」かぼそい声でケイトが呼んだ。

彼女の傍らに行った。

「あのレトロウイルス」

「あれがどうしたんだい？」

「蛇紋のウイルスよ」

ポールもメアリも同時に同じ表情を浮かべた。〝危なかった〟

ケイトが目を閉じると、スクリーンに通信記録が表示された。彼女はどこかの星にメッセージを送っていた。脳内リンクを使って船に指示したのだろう。送り先は記憶シミュレーションで知ったのだろうか。

「追放者《エグザイル》」ケイトが言った。「彼らが唯一の希望よ。私は彼らを救えるわ」

追放者《エグザイル》？　何のことか訊こうとしたが、先にケイトが口早に説明しはじめた。声は相変わらず弱々しかったが。彼女は、アトランティスの社会が分裂したことや、科学者のイシスが追放者《エグザイル》の遺伝子に手を加えたこと、そのせいで彼らが、反蛇紋行動をプログラミングされた〈番人〉の標的になってしまったことなどを話した。

「彼らはもうすぐここに来るはず」ケイトが言った。「そう信じたいわ。私が死んだらあなたが私の仕事を完成させて、ポール」

ポールはスクリーンのDNA配列に目をやり、どうにか説明に追いつこうとした。「ケイト、おれには……無理だ。半分も理解できない」

いきなり船が揺れ、スクリーンの画面が変わって外の様子が映し出された。軌道に百隻近い番人が集まっていた。彼らはこの星を、いや、このベータ・ランダーを攻撃していた。

52

ポールは、自分の手のなかにメアリの手が滑り込んでくるのを感じた。二人は適応実験室のスクリーンを通し、燃える物体が大気圏を抜けてこちらに迫ってくるのを見つめていた。

ベッドの上で感じた、あの、不思議なほど穏やかな気持ちが戻っていた。自分にできることは何もないが、心はどこまでも安らかだった。自分のなかの壊れた部分が、ようやく元どおりになったような感覚がある。

一発目の運動エネルギー爆弾は、着陸船から一・五キロメートルほどの位置に着弾した。一瞬遅れて届いた衝撃波が、ポールやメアリ、ミロ、それにケイトを壁に投げ飛ばした。スクリーン上では土埃や石塊が空高く噴き上がっていた。朽ち果てた都市の残骸も混じっているようだ。

雲の合間から、新たな船団が到着したのが見えた。三角形の船の集団だった。彼らは青白いワームホールを抜けたと思うとすぐに散開し、〈番人〉を攻撃しはじめた。何千という三角形が球体に突進し、かいくぐり、撃ち抜いて、黒い物体をズタズタにしている。番人の破片が大気圏に降り注いだ。

煙や塵でかすんでいてもなお、その戦闘には凄まじい迫力があった。あまりのことに、こちらに迫ってくる運動エネルギー爆弾の存在を忘れてしまうほどだった。

外の廊下から雷鳴のような足音が響いてきた。

ポールはドアにからだを向け、とっさにメアリとミロを自分の背後に押し込んだ。ケイトは一、二メートルほど向こうで意識を失っていた。

足を踏ん張って身構えた瞬間、実験室の入口から侵入者がなだれ込んできた。兵士だ。頭からつま先まで、全身を戦闘服で固めている。顔はヘルメットで隠れているが、ヒューマノイドだった。彼らがこちらに押し寄せてきて全員に何かを注射した。抵抗しようとしたが、力が入らなかった。視界の端から暗闇が広がりはじめ、やがてそれがポールを呑み込んだ。

目を覚ますと、ポールはべつの場所にいた。明るい部屋の、柔らかいベッドの上だ。素早く周囲に目をやった。壁に掛かる風景画、植物、水差しが置かれた円テーブル、ソファ、木の天板に金属の脚のデスク。ホテルのスイートルームのような空間だった。ベッドを下り、寝室を出てソファがある隣の部屋に行った。ずらりと並んだ窓の外で、何千隻もの三角形の船が編隊を組んでいた。

両開きのドアが軽やかな音を立てて分かれ、男が大股で入ってきた。下は薄いカーペットだが足音はほとんどしない。ポールより背が高く、彫りの深い顔立ちで、肌は滑らかだった。黒い髪を軍隊の丸刈りのように短く刈り込んでいる。ドアが閉まると、男が前腕にある何かに触れた。ドアをロックしたのだろうか？

「私はペルセウスだ」

ポールは意表を突かれた。英語を話している。

「きみに打ったあの注射で、我々の言語を理解できるようになったんだ」

「そうか、なるほど。ポール・ブレンナーだ。助けてもらった礼を言うよ」

「ああ。きみからの信号を受け取った」

「おれは送っていない」

ペルセウスの表情が変わった。「送っていない？」

「いや、おれではないということだ。病気の女性がいただろう。彼女が送ったんだ」

ペルセウスが頷いた。「彼女のことはいま診ている。実は、信号が本物かどうかで議論になったんだ。これも罠で、また偽の救難信号が届いたんじゃないかとな。それでこんなに時間がかかってしまった」

「気にしないでくれ」本当のところ、彼が何の話をしているのかさっぱりわからなかった。自分はいま異星人の船で異星人と話している、という現実に改めて気づかされた思いだった。にわかに緊張が膨らみはじめた。できるだけさりげない口調で言った。「あの女性の名はドクタ・ケイト・ワーナーだ。彼女はきみたちを救える」

「どういうことだ?」

「彼女は科学者なんだ。それに、イシスというアトランティス人科学者の記憶も目にしている。彼女はきみたちを〈番人〉から護ることができるんだ」

ペルセウスの顔に疑いの色が広がった。「あり得ない」

「本当だ。彼女は、番人がきみたちを無視するようになる遺伝子療法を開発した。この療法がきみたちを救うはずだ」

ペルセウスの口元に笑いが浮かんだが、けっして好意的な種類のものではなかった。

「かつて、我々追放者《エグザイル》に同じことを言った科学者がいた。遠いむかしにな。たしかにそれで我々の暮らしははるかによくなった。タイミングも実に興味深い。ほんの数時間まえに、新たな番人の大群が攻めてきたところだからな。我々はいま宇宙で生きている。これまで何十回も新たな星に落ち着こうと試みたが、そのたびに番人に発見されてしまったんだ。そうして我々は、常に逃げつづける放浪の民になった。今日現われた新たな番人は強敵だ。

それに、何体倒しても際限なく現われる。我々との戦い方も熟知している。まるで、蛇紋《サーパン》軍《タイン》ではなく我々と戦うために造られたようだ。我々はあちこちで負けつづけている。おそらくこれは最終攻撃で、追放者《エグザイル》を一気に滅ぼすつもりなのだろう。どうだ、疑って当然だとは思わないか？　全滅しそうだというまさにその日に、科学者が我々を救う遺伝子療法を授けると言いだしたんだからな」

ポールはぐっと唾を呑んだ。「おれには事実だと証明する術はない。きみに殺されるのを防ぐ手立てもない。だが、おれの話は本当だ。おれを信じるなら、おれたち全員が生き残るチャンスを手にできる。背を向けるなら、おれたちはみんな死ぬだろう。どちらを選んでもかまわない。ただ、もうひとり女性がいただろう。病気ではないほうの女性だ。おれと彼女は……とにかく、死ぬまえに彼女に会わせてくれないか」

ペルセウスはしばしこちらを見つめていた。「きみは大嘘つきか、抜群に説得がうまいかのどちらかだな。ついてきてくれ」

ポールは彼のあとについて廊下を進んだ。アトランティスの船とは対照的な空間だった。どこも明るく照らされているし、大勢の者がドアからドアへと慌ただしく行き来している。携帯端末を睨みながら歩く者や、口早にことばを交わす者たちがいた。その様子を見ていると、ポールは流行病が発生した日のCDCを思い出した。つまり、危機的状況に直面している雰囲気だということだ。

「この船は第二船団の旗艦だ。我々は非武装船団の防衛を差配している」

ペルセウスは、診療室か研究室だと思われる部屋へポールを連れていった。大きなガラス窓の向こうで、ケイトがテーブルに横たわっていた。頭部の周囲で数本のロボットアームが動きまわっている。

「彼女は復活症候群を患っている」ペルセウスが言った。

「ああ。彼女は命がけでアトランティス人科学者の記憶を見たんだ。そうやって、きみたちのことを知り、遺伝子療法を見つけ出したのさ」ポールは前へ出て、ガラス窓に顔を寄せた。「彼女を助けられるか?」

「何とも言えないな。我々は何万年ものあいだ、復活症候群について研究してきた。故郷のアトランティスの星を包囲したときからだ。あの攻撃を始めたとき、我々はこう思っていたんだ。たとえ市民を殺しても、戦いが終わればみんな復活するだろうと。番人の制御装置を見つけ出してやつらの動きを止めること。それが我々の目的であって、そのあとは、復活用チューブから出てきた市民とかつての故郷を再建するつもりだった。だが、侵略したあとでわかったよ。我々が殺した人々は、百パーセントの確率で復活症候群を発症していたんだ。戻ってこられる者はひとりもいなかった。番人との戦いに追われ、我々は結局、故郷の星の人々を救うことも、目的を果たすこともできずに立ち去ることになった。しかし、それ以後はずっとこの症候群の研究を続けている。我々の願いは、いつの日か仲間の市民とまたひとつになり、彼らの病を治すことだ。そのために治療法の開発を進めてきた。もっとも、ベースにしているのは包囲時にダウンロードしたデータと、コンピュータが作った患者モデルだけだ。だから、実際に治療効果があるのかどうかはまだわからないんだ」ペルセウスが窓の方へ顎をしゃくり、手術台にいるケイトを示した。「彼女は、我々の治療法の被験者第一号なのさ」

「では、彼女に我々全員の希望が託されているというわけだな」

53

首に針を刺されたとたん、蛇紋の船の部屋が消え、気づくとデヴィッドは土に掘られた深い穴の底にいた。〝これは幻覚だ〟そう思った次の瞬間には、土砂降りの雨が降りだした。雨水が穴に流れ込み、みる間に土に染み込んで、ぬかるむ地面にずぶずぶと足が埋まっていった。底に水が溜まりはじめていた。次第に水位が上がっていく。

壁の方へ、一歩ずつ足を引っぱるようにして前進した。真っ黒な泥が重くまとわりついてきた。〝これは現実ではない〟

壁に手を押し当てた。乾いている。これなら何とかなりそうだ。手をかけられる場所を探り、しっかりとそれを摑んで、少しずつ壁をよじ上りはじめた。地表を目指し、デヴィッドはひたすら壁を上りつづけた。どれぐらい経っただろう。雲の隙間からわずかに太陽が覗いており、それが穴の上空をゆっくり横切って、いつしかおぼろな日差しの気配だけを残して見えなくなった。それでもデヴィッドは上りつづけていた。もう三十メートルは来たはずだが、けっして手を休めず、からだの奥底から湧出する力に突き動かされるようにして地上を目指した。

雨はやまなかったが、デヴィッドも止まらなかった。壁がぬかるみはじめ、手をかける場所を確保するまでに時間がかかるようになった。一回一回、泥まみれの手を壁にねじ込んで乾いた土を探り当て、それを摑んでからだを引き上げた。下方では水面が上昇していたが、デヴィッドが上る速度のほうが速かった。また土を摑み、またからだを引き上げた。そして、もうすぐ地表に手が届くというとき、壁の土が動きはじめた。ぼとぼとと泥が垂れだしたと思うと、すぐに大きな塊になって滑り落ち、泥流に呑まれたデヴィッドはあっという間に水中まで押し戻されていた。全身に黒い泥が絡みついており、いくらもがいてもその重みがデヴィッドを水底に引きずり込んだ。からだの自由を取り戻そうと、必死で腕を動かして泥を払った。腕や脚の筋肉が悲鳴を上げ、肺が焼けるように痛んだ。デヴィッドは溺れかけていた。

腕を振り、水を蹴ってもがきつづけた。どうにか水面に顔が出たが、ひと呼吸しただけでまたからだが沈みはじめた。だが、デヴィッドは頭のどこかで察していた。もしこのまま沈んでしまったら、もしここで気持ちが折れ、諦めてしまったら、リングに捕まってしまうだろう。自分の魂、自分が知っている人々、自分が愛する人、そのすべてが彼らに支配されてしまう。自分の魂、ケイト。とたんに爆発的な力が湧き、ふたたび頭が水面に出た。思い切り息を吸い、死にもの狂いで腕を動かした。泥は流れ落ちたが、雨がやみそうな気配はなかった。

手足を広げて水面に浮かぶと、顔に雨が降りかかった。

デヴィッドは悟りはじめていた。自分は逃げられないのだ。服従する以外に生き残る道はないのだろう。しかし、それでも従う気はなかった。やつらはおれを溺れさせるしかない。

ドリアンは目を開けた。湾曲したガラスと、復活船の広大な部屋が待ち受けていた。復活で肉体は蘇ったが、病は癒えていない。ドリアンはからだの奥深くでそれを感じ取っていた。残された時間はどれぐらいだ？　二、三時間か？

正面のチューブにアレスがいて、冷たい視線をこちらに注いでいた。

二つのチューブが同時に開き、二人は互いに向かって歩きはじめた。どちらも一歩も退かなかった。足音が巨大な部屋の奥へと流れていき、床から天井までうずたかく重なって連なるチューブの列をかすめていった。最後の足音が消えたところで、アレスが声を低くして言った。

「愚かな真似をしたな、ドリアン」

「あんたを殺そうとしたことがか？　おれは久しぶりに賢い決断をしたと思ってるがな」

「よく考えてから動くことだ。まわりを見てみろ。ここで私を殺せるはずがない」

「殺せるさ」ドリアンはアレスに突進し、一撃で彼を仕留めた。アレスは不意を突かれた格好で、ドリアンも、追い詰められた獣のような勢いで襲いかかった。たちまちアレスが崩れ落ち、黒い金属の床に血が広がった。

ドリアンはチューブに戻った。それで肉体的な損傷がすべて癒され、時間を巻き戻すことができるからだ。もっとも、復活症候群だけはチューブでも治せない。

向かいのチューブが白い霧で満たされていくのを見守った。どれぐらい経ったかわからないが、やがてその霧が晴れると、チューブのなかに新たなアレスが立っていた。

チューブが開いた。ドリアンはアレスに飛びかかり、ふたたび彼を殺した。

それが十二回繰り返され、チューブの前に十二の死体が転がった。どれもアレスの死体だ。ドリアンは捨て身の覚悟で戦ったし、直感的にアレスの動きもすべて予想できた——もうすぐ自分の命を奪う、この記憶のおかげだろう。

十三回目に復活し、チューブから出てきたとき、アレスが膝を突いて両手を上げた。

ドリアンは足を止めた。

「おまえを治してやる、ドリアン」アレスが顔を上げた。ドリアンが動かないのを見て取ると、立ち上がって話を続けた。「おまえは復活症候群を患っている——おまえの頭が処理できない記憶のせいだ」彼が室内に並ぶ無数のチューブを指差した。「彼らも同じだ。彼らを治すことが私の目標なんだ。そのために多くのものを犠牲にしてきた。おまえも見ていただろう。それに、おまえを蝕んでいる記憶も目にしたはずだ。私がおまえを治してやる、ドリアン。おまえは息子のようなものだ。いちばん身近な存在だ。私は何万年も待っていたんだよ。いつかおまえのような者が現われ、己の力を証明してくれることをな。おまえは私を殺すこともできるし、両方が生き残る道を選ぶこともできる——二人でともに生きる道だ」

死体の山の向こうにホログラムが現われた。宇宙で激しい戦闘が繰り広げられていた。何万、いや、何百万という〈番人〉が戦場に群がり、三角形の船を八つ裂きにしている。

「我々の番人が追放者《エグザイル》と戦っているのだ、ドリアン。勝つのは番人だ。私は長い時間を費やしてこの戦いの準備を進めてきた。追放者《エグザイル》が消えれば、我々がこの宇宙を引き継ぐことになる。一日もあれば決着がつくだろう。これは私の復讐であり、我々の復讐だ。ともに勝利を分かち合おうじゃないか」

ドリアンはホログラムに近づいた。番人の勝利は目前だと思われた。彼らは追放者《エグザイル》の船団を徹底的に破壊し、それが終わったと思うとすぐに次の船団のもとへ飛んでいった。

「どうやっておれを治す？」ドリアンはいくぶん口調を和らげて訊いた。

「ひとまずチューブに戻っていろ。治療法を見つけるまで時間がかかるからな。だが、必ずおまえを治してやる」

「地球はどうなる？」

「もう済んだことだ、ドリアン。地球は我々の海に浮かぶ小石にすぎない」

「見せてくれ。おれの世界はどうなった」

「もうおまえが知っている世界ではない」

ドリアンは走りだし、またもアレスを殺した。

十四回目にチューブから出てくると、そのアトランティス人はすぐにホログラムを起動した。地球が蛇紋の船に包囲されていた。三角形の船が彼らと戦っていたが、勝ち目はなさそうだった。

「追放者《エグザイル》が蛇紋軍《サーパンタイン》と戦っているのか？」ドリアンは訊いた。

「ああ。愚かなやつらだ。連中はあらゆる人類世界のために戦おうとする。リングが襲ってくることはわかっていた。監視線から番人を引き上げさせた時点でな。これも計画の一部なんだ、ドリアン」

「おれたちを兵器にしたのか」

「そうだ。おまえもあの科学者を見ただろう。イシスだ。私は彼女に蛇紋の遺伝子に関する情報を与えた。そして、彼女がある種の抗ウイルス薬を作り出した。それこそが、人間が受け取ったアトランティス遺伝子の正体なのだ。生存のためのテクノロジーとして、かつてこれほど高度なものが宇宙に存在したことはなかった。おまえたちの世界がどうなったか考えてみろ。あれほど急速に発展した文明社会はどこにもない。イシスが追放者《エグザイル》に与えた療法と、蛇紋のウイルス。その二つをこの私が組み合わせたのさ。それがおまえの知っているアトランティス遺伝子であり、おまえたちという存在なんだ。おまえたちは他者と同化することを欲し、共通の目標をもつ統一的な社会を作ろうとし、ときに絶対的な力を手に入れようとする。そこがおまえたちの致命的な弱点で、我々にとっての救いだ。ヘビがおまえたちに噛みつけば、反対に毒をもらうことになるだろう」

「どういうことだ？」

「やつらは同化させるんだよ、ドリアン。私の妻も同化させたし、私の同胞たちも同化させた。大移住以前の我々の星は、そうして滅んでしまった。だが、なかには必ず抵抗する者がいる。そういう相手には、ヘビはさらに深く牙を食い込ませる。彼らの原存在とのリンクを利用したいからだ。やつらは見返りを提示するだろう。彼らが心から欲しているものを。さらには、猛火で包囲し、恐怖のどん底へ叩き落とすような真似もする。折に触れて偽りの救いの手も差し伸べるだろう。だが、もしそれでも彼らが屈しなければ、ヘビは強制同化を試みるはずだ。そのとき彼らのDNAがヘビに流れ込み、それがヘビを内部から破壊する。そこまで辿り着く者がひとりでもいれば、やつらを滅ぼすことができるんだ」

「それがあんたの狙いか。そのために軍隊を」

「そうだ。抵抗できる強い意志をもつ者が出てくることを期待していた。逆境は強さを育てるからな。おまえの星を壊したのも、蛇紋の同化に立ち向かえる者を生み出すためだ。それに、おまえの星が蛇紋軍の目に格好の餌食に映るようにする必要もあった。崩壊寸前の者たち、無防備で、抵抗する力のない者たちで溢れた世界だ」

ドリアンは全身から力が抜けていくのを感じた。巨大な罪の重さがじわじわとのしかかってくるようだった。

「チューブに戻れ、ドリアン。私が動きだすのを待っていろ。おまえのことも、この部屋にいる者たちも、みんな私が治してみせる。私がしたことはすべて、おまえや彼らのためだったんだ。おまえを護ってやる。私が救ってやる」

チューブに戻り、アレスを待ちたい。ドリアンは切実にそう思った。父親が自分を救いにやって来て、自分を治してくれるのを。あの頃もずっと待っていたのに、叶わなかった願い。ドリアンはあとずさりはじめた。左手に死体の山があり、チューブの連なりを視界から隠していた。

「さあ行け、ドリアン。私はおまえを助けに戻ってくる」

もう一歩、うしろに下がった。

アレスが頷いた。

ドリアンはそこで止まった。「まえに嘘をついただろう」徐々に恐怖がこみ上げてきた。強迫的な不安。いまだに癒えない傷。いくつもの場面がまざまざと脳裏に蘇った。あのときの父の姿。幼いドリアンを鞭《むち》打ち、怒鳴りつけ、置き去りにした。ドリアンがスペイン風邪で死にかけると戻ってきて、そのままチューブに入れた。チューブで目覚めた自分の姿も見えた。あのときから自分は変わったのだ。憎み、待ち焦がれ、この復活船を見つけ出した。そこで父を発見したが、父はまたも手からすり抜けていった。アトランティスの装置、ベルに殺されたからだ。そして、アレスはことあるごとにドリアンを裏切ってきた。

アレスがこちらの迷いに気づき、口早に言った。「おまえはまだ何も知らなかった。直面している問題の大きさをわかっていなかったんだ。たとえ話しても理解できなかっただろう」

憎しみが急速に膨れあがった。「あんたが何より恐れているのは、この墓場に永遠に閉じ込められることだよな。けっして死ねず、煉獄をさまよいつづけることが恐いんだ」

アレスが歯を食いしばった。

「あんたはおれを裏切りすぎた」

ドリアンはアレスに突進し、彼を殺した。

そして、死体の数が百に達したとき、いくら待ってもチューブに白い霧は現われなくなった。アレスは戻ってこなかった。

廊下を進んで船のブリッジに行った。パネルを見たところで、自分の予想が当たっていたことを知った。アレスは自分で復活を止めていた。百回目の死を迎える直前に、脳内リンクを使って自分を蘇らせないよう船に指示したのだ。二度とドリアンの手で殺されることがないように。彼は永遠に消滅した。

ドリアンの勝利だった。しばらくは興奮が冷めなかった。かなわぬはずの強敵を倒した。自分のほうが優れた存在だったのだ。だが、やがて現実が戻ってきた。残された時間はあとわずかだろう。〈番人〉の工場へ行き、広い窓の向こうで最後の球体が飛び去っていくのを見つめた。

自分は利用されていた。一個の駒として働いていたにすぎない。しかし、敵のアレスはこの手ですでに片づけた。そうなると、もはやドリアンには何もなかった。自分を助けに来る者はいない。自分を治してくれる者もいない。自分を愛してくれる者もいない。心の奥底では、当然のことだとわかっていた。自分は愛されるに値しないし、愛されようともしなかったのだから。思えば哀れな人生だ。いつも憎しみに溢れていた。そして、最後の敵が消えてしまったいま、残されたものはそれしかない。憎しみは毒と同じなのだ。ヘビの毒と同じで、それは知らぬ間に全身に行き渡り、血管に入り込んで、内部から人間を殺してしまう。それを取り除く方法はひとつしかない。

ドリアンはまた箱船へ歩いていった。チューブが並ぶ部屋で、はるか上方まで重なる人々をしばらく見上げていた。それからブリッジに行き、自分の復活を止めると、重い足取りでエアロックに向かった。減圧室の警報がけたたましく鳴り響いた。船外活動スーツを確認できないと騒いでいるのだ。

警報を止めた。

ドアを作る三枚の三角形が、渦を巻くようにして開きはじめた。南極でも目にした光景だった。あのときこのドアを見て、まるで運命へ誘《いざな》う扉のようだと感じた。今回も同じだ。そう思ったときには、ドリアンは真空の宇宙に放り出され、最後の息を吐き出していた。その死体が、いまは空っぽになった番人の庭へと漂っていった。

54

デヴィッドはじっと水面に浮かんでいた。太陽が昇り、やがて沈んだ。降りだした雨がやんで、上昇した水位がまた下がった。毎回、背中が地面につくたびに、デヴィッドは立ち上がって壁まで行った。そして、土を摑み、からだを引き上げ、また雨が降って泥に押し流されるまで、黙々と壁を上りつづけた。水中でも毎回泥と格闘し、空気を求めてもがくことになったが、それでもけっして諦めなかった。筋肉も、肺も、からだのあらゆる場所が燃えるような痛みに苦しんでいた。だが、デヴィッドは屈したくなかった。

やがて、太陽がいつまでも昇らなくなった。何もない時間が続いた。

また目を開けると、デヴィッドは金属の台に横たわっていた。二四七番が懐柔に失敗したあとに出現した台だった。ベルトは解かれていたので、からだを起こした。窓の向こうに船のリングが見えていたが、様子が違っていた。以前は整然と連なって回転していた輪が、いまは崩れているのだ。船が何隻か固まって漂い、ぶつかり合って、ばらばらと分かれていった。

殺風景な室内には、デヴィッドのほかに誰もいなかった。

開けっぱなしになっているドアまで行った。廊下にも人影はなかった。ゆっくりと、閑散とした廊下を進みはじめた。どのドアも開いており、見たところ、緊急避難システムか何かが作動したような雰囲気だった。

三つめのドアまで来たところで、部屋の隅に死体が折り重なっているのが見えた。彼らはみな二四七番と同じだった——肌は灰色で、生気のない、爬虫類のような楕円形の目をしている。ただし、二四七番とは違い、皮膚の下に蠢く機械はなかった。それは完全に命が消えた死体だった。いったい何が起きたのだろう？　それに、どうすればここから脱出できるだろう？

ケイトはすぐに気がついた。ここはベータ・ランダーではない。目の前に突き出たロボットアームも、明るい手術室も……アトランティスっぽくないのだ。もっと人間っぽいというか、地球風というか。煌々とライトが輝き、光に溢れている。

からだを起こした。背後のガラス窓の向こうに、いくつか人影があった。「気分はどうですか？」スピーカーから声がした。

「生きてるわ」だが、実際にはそれ以上の気分だった。治癒したような感覚がある。

追放者《エグザイル》の科学者たちに連れられて会議室へ行き、そこで施術内容を聞かせてもらった。彼らが長いあいだ取り組んできた復活症候群の研究が、見事に実を結んだのだった。自分もぜひ彼らにお返しができればと思った。

新たな活力と自信が湧いてくるのを感じた。ただ、その裏には深い悲しみが根を下ろしていた。デヴィッド。無理に彼のことを頭から追い出した。自分はイシスの記憶をもっている。すべての記憶を。それが鍵になるのだ。追放者《エグザイル》の科学者や船団の指揮官が集まった大会議室で、ケイトは壁を覆う大スクリーンの前に立ち、研究内容を話して聞かせた——ケイトがいまの時代に行った研究と、イシスの時代で見た研究だ。そして遺伝子療法について説明し、このレトロウイルスを使えば、追放者《エグザイル》たちが〈番人〉の目に入らなくなると語った。

「この療法を施せば、番人は、あなたたちのこともアトランティス人だと認識するようになります」

「我々は以前にも似たようなことを言われた」ペルセウスが言った。

「わかっています。私も見ましたから。でも、今回は違う。私は両サイドの情報をもっているし、すべてを把握している——アトランティス遺伝子をコントロールしている遺伝子についても、それらが放っている放射線についても。番人はその放射線に注目しているんです。そして、アトランティス人とは異なるタイプの放射線だと認識すると、攻撃を開始する。イシスはそのことを知らなかったんです。知っていたら絶対にあなたたちの遺伝子を修正しませんでした。彼女はずっと後悔の念に苛まれていたんですから」

ケイトはいったん退席させられ、会議室の前をそわそわと行ったり来たりしながら結果を待つことになった。数分後、ポールとメアリ、それにミロが廊下の角から姿を現わした。ミロにあまりにきつく抱きつかれ、息が止まりそうになったが、何も言わないでおいた。ポールとメアリも頷きを寄こし、ケイトが快復して心からほっとした、という表情を浮かべた。二人の様子からは、さらに読み取れることがあった。それはケイトをよろこばせると同時に、ほんの少しだけ悲しみも蘇らせた。

「どうなりそうだい？」ポールが訊いた。

「わからないわ」ケイトは答えた。「ひとつだけはっきりしているのは、この評決に彼らの運命がかかっているということ。それに、私たちの運命も」

トマス少佐がナタリーにもう一杯コーヒーを渡した。

「今度はカフェイン抜きにしたよ」彼が言った。「かまわないかい？」

「ええ。正しい判断だと思うわ」

二人ともラジオに意識を戻した。繰り返される放送の内容が変わっていた。兵役経験者に向けた消防署への出頭要請が、いまは、アメリカ全土で勃発した戦闘のリポートになっている。アメリカ軍が勝利したという報告なのだが、ひと言も触れられない地域もあり、ナタリーは最悪の事態を心配した。もしかすると、すでにイマリ軍の手に落ちた都市や州があるのかもしれない。

新たな報告が届いた。通報者は、望遠鏡を覗いていたら空飛ぶ黒い物体が見えた、と主張した。

アナウンサーは、どうにか人々に現実を忘れさせようと、その話題を大げさなほどに笑い飛ばしていた。

ケイトが相変わらず廊下をうろうろしていると、ペルセウスが会議室から顔を覗かせた。

「入ってくれ」

ケイトは部屋に入り、ふたたび木製の会議テーブルの前に立った。

「結論が出た」ペルセウスが言った。「一部の船団にきみの療法を試してみることにした。敗色が濃厚な船団にな。すでに準備を始めている」

「ありがとう」ケイトは言った。ハグしたい気分だったが、そのまえに頼まねばならないことがあった。「ただ、こちらからひとつお願いがあるの」

気まずい沈黙が返ってきた。

「私の星を救ってもらいたいのよ」

「それならもうやっている」ペルセウスの背後のスクリーンに地球が映し出された。百隻ほどの巨大な蛇紋軍《サーパンタイン》の船が、それよりはるかに数の多い三角形の船と戦っていた。「もっとも、勝てる見込みは低そうだが」

「そこに行かせて」ケイトは頼んだ。「負けそうだということはわかったわ。でも、何か私にできることがあるかもしれない」

ペルセウスが頷いた。「あと数分で援軍の船団が出航する。私もいっしょに行こう。それに、科学者チームも同行したいはずだ——番人対策の療法について、きみに訊きたいことが出てくるかもしれないからな」

地球が姿を現わしたところで、ケイトはビュースクリーンに近づいた。ポール、メアリ、ミロもいっしょに来ることを選び、いまは四人が肩を並べて追放者《エグザイル》の船の通信室に立っていた。船はそれから一時間近く戦闘区域の外に待機し、ケイトたちはその場から形勢が何度か変わるのを見届けた。追放者《エグザイル》の船は、番人との戦いを念頭に設計されたものだった。蛇紋軍との戦闘に適しているとはとても言えないようだ。

しばらく戦況を見守ったあと、ケイトは考え事に耽りながら自分に用意された船室に戻った。

たとえ追放者《エグザイル》たちが逆転し、地球を蛇紋軍から救ってくれたとしても、地球人にはまだ問題が残っていた。番人の脅威だ。もしかしたら人間も、追放者《エグザイル》の船団に加わって放浪生活を送ることになるかもしれない。

一方、もし地球が陥落してしまったら、たとえ番人を無害化するケイトの療法が成功しても、ケイトたちだけがこのまま追放者《エグザイル》に交じって暮らすことになるのだった。いずれにしても、とケイトは思った。自分がひとりぼっちであることに変わりはない。デヴィッドがいないのだから。本当にそれほどの価値があったのか、疑問を感じずにはいられなかった。だが、照明を落とした船室のベッドに腰かけていると、やはりあったのだという確信が湧いてきた。自分は全力を尽くしたし、自分の考えも間違っていなかった。いまはそのことに誇りさえ感じていた。

55

ケイトの視線で船室のカーペットに穴が空きそうになったころ、ドアが開いた。

「うまくいったようだ」ペルセウスが言った。「〈番人〉が我々の船への攻撃をやめて撤退した」

ケイトはため息をついた。「うれしい知らせだわ」

「悪い知らせもある。ここではやはり負けそうだ。それに、新たな蛇紋の艦隊がこちらへ向かっているという情報もある。それが到着したら、我々は退却するしかない」

「地球にいる人をいくらか助け出すことはできないの？」

「それは無理だ」ペルセウスが答えた。「残念だが。我々の船は、蛇紋軍《サーペンタイン》と戦うようにも、惑星住民を避難させるようにも造られていないんだ。もっぱら番人と戦うために設計されている」彼はしばしリヴィング・ルームに立っていた。もっと何か続けたい様子だったが、それ以上言えることがないのは明らかだった。彼にできることも何もない。

やがてケイトはクラブチェアに腰を下ろし、静かに言った。「ありがとう。努力してくれたことはわかっているわ」

ペルセウスは戸口で一度立ち止まったが、そのまま何も言わずに出ていった。ケイトはしばらく椅子に坐っていた。何をするべきかも、何ができるのかもわからなかった。両開きのドアが開き、ポール、メアリ、ミロの三人が入ってきた。彼らも同じ話を聞かされたということは、表情を見ればすぐにわかった。

「きみはどうしたい？」ポールが訊いた。

「できることはあまりないと思うわ」ケイトは答えた。

またドアが開き、ペルセウスが大股で近づいてきた。何やら興奮した面持ちをしている。

「ちょっと見てくれ」

デヴィッドはようやく蛇紋の船の司令部と思われる部屋を探し当てた。そこは何百枚もスクリーンが並ぶ円形の空間で、スクリーン上には、あちこちの星を囲む蛇紋軍の艦隊が映し出されていた。見ると、蛇紋の船はただ力なく漂っているだけで、三角形の船に次々と撃ち破られていた。

おそらくリング内のすべてのリンクに何かが感染し、彼らの輪を切断したのだろう。あたかもヘビの首を切り落とすように。それはいい知らせだったが、悪い知らせもあった。自分がここに閉じ込められてしまったということだ。

ケイトは追放者《エグザイル》の船のブリッジに立ち、地球の周囲を漂う蛇紋の船を見つめていた。

「これはきみの療法と何か関係があるのか？　番人の脅威を取り除くという療法と」ペルセウスが訊いた。

「いえ、それはないと思うわ」正直なところ、ケイトにもわけがわからなかった。「まあ、あるかもしれないけど」

「どっちなんだ？」ペルセウスが言った。

「わからないわ」ケイトは懸命に頭を絞った。何かが蛇紋軍を内部から滅ぼした。アレス。彼の兵器。イシスの研究。ふいに、ケイトのなかですべてが繋がった。「私たちよ。人間だわ。私たちが蛇紋を倒す最終兵器だったのよ。私たちのＤＮＡ、アトランティス遺伝子、疫病、そのどれもがこの瞬間のためにあった。蛇紋軍が私たちを同化させたとき、私たちのＤＮＡがウイルスを殺す薬のような働きをしたのよ。だから彼らは死んでしまったんだわ」

「それはあり得ないな」ペルセウスが首を振った。

「なぜ？」

「蛇紋軍はまだ一度も地表に到達していなかったんだ。人間を同化させるチャンスはなかったはずだ」

そんなはずはない。ケイトは自分の説が正しいことを確信していた。

「とにかく、我々は万全を期す必要がある。指導部から、蛇紋の船は一隻残らず破壊するようにと指示を受けた」

「賢明だと思うわ」つぶやくように答えたが、頭はまだ自分の思考を追っていた。

彼らはいったいどうやって同化させたのだろう……。デヴィッド。あの軍事用ビーコンが破壊された時点で、彼らにも蛇紋の戦場が見えるようになったはずだ。彼らはあのときの一部始終を観察していたのかもしれない。もしデヴィッドが彼らに捕まったのだとしたら……。

「どういうことかわかったわ」ケイトは口を開いた。「蛇紋軍は、私たちの仲間のひとりを同化させようとしたのよ。デヴィッド・ヴェイルという人よ。彼を捜しにいかなくちゃ」

「何をするって？」

「彼は蛇紋の船に乗せられているのよ。どこかの船に。すぐに彼の捜索を始めて――」

ペルセウスが両手を上げた。「血迷ったのか？　彼らの船がいったいどれだけあるのか、見当もつかないんだ。数万隻かもしれないし、数億隻かもしれない。それに、彼らのいまの状態は一時的なことかもしれないだろう。罠という可能性だってある。たった一人のためにとてもそんな危険は冒せない」

「いえ、やってもらうわ。私はまだ、あなたたちにとって重要な情報をもっているの」

ペルセウスが怪しむような視線を寄こした。

「番人の工場の場所よ――彼らの制御センターでもあるわ。それに、もし私の読みが正しければ、復活船もそこにある。アトランティス人の生存者全員が乗っているし、あなたたちの仲間も乗っているわ。リュコスよ」

ペルセウスはブリッジに立ち、しばらくケイトの話について思案していた。やがて、彼がこう言った。「高等評議会に掛け合ってみよう。だが、もし捜索が認められても、先に場所を教えるように要求されるはずだ」

ケイトは頷いて了承した。そして、そのときふいに悟った。ヤヌスの計画がいかに深い洞察力に裏打ちされたものであったかを。彼はすべての真相に辿り着けるよう、わざわざ記憶を分割してこの三つの場所に送ったのだ――蛇紋の戦場、番人の工場、それに、荒廃した星に取り残された着陸船。これは、彼が立てた究極の予備プランだったのだろう。アレスを食い止めるための非常事態計画。ケイトは、彼の計画が最後のいまこそ実を結ぶことを願った。

「了承された」ペルセウスが言った。「ただし条件付きだ。我々は、人間の生命反応がないかどうか、先に蛇紋軍の船をスキャンする。反応が確認されなければ、現場の判断ですべて破壊することになる。また、反応が確認された場合、まずはロボットの斬込み要員を送り込み、不審なものが見つかればやはり攻撃を開始する。そして、もしロボットがきみの仲間を発見したときは、厳重に隔離して連れ帰ったうえで、精密検査を行うことになる」

ケイトは彼に駆け寄り、ハグをした。

それからの時間は、ケイトにとって人生でいちばん長い時間だった。ケイトが見つめる前で、追放者《エグザイル》の船団が太陽に向かって蛇紋の船を追い込んでいた。燃え盛る星に近づくにつれ、黒い船体がじわじわと小さくなっていった。ケイトは、こうしたことが数百の星、あるいは数千の星の周辺で起きていることを知っていた。デヴィッドの乗る船がそのなかに混じっていないよう、ケイトはひたすら願うしかなかった。

ポールもメアリもミロも、船室でケイトに寄り添ってくれていたが、口を開く者はひとりもいなかった。病院の待合室の雰囲気に近いのかもしれない。みんながケイトのためにいてくれるのだが、かけることばは見つからないのだ。

蛇紋軍《サーパンタイン》の司令部で、デヴィッドは三角形の船が連携の取れた動きで蛇紋の艦隊を破壊していくのを見つめていた。数百枚のスクリーンのうち、蛇紋の船が映っているのはいまやほんのひと握りだった。まさに大殺戮の光景だ。中央のスクリーンにはデヴィッドを囲むリングが映っており、そこにワームホールが開くのが見えた。三角の船の編隊がついにここにも到着したようだ。

いっときも時間を無駄にする気はないようで、彼らは即座に蛇紋の船の輪を切り裂きにかかった。この調子では、破壊の波はすぐにここまで到達するだろう。

三角の船の編隊が近づいてくるのを目にし、デヴィッドは身を硬くした。頭の片隅では、これも幻覚ではないかという疑念が渦巻いていた。また試されているのではないか。先頭を飛ぶ船が停止し、デヴィッドは自分がずっと息を止めていたことに気づいた。

ペルセウスが入ってきたのを見て、ケイトはすぐさま立ち上がった。

「見つかったかもしれない」彼が言った。「生命反応が一件、蛇紋の中央のリングで発見された」

「彼は……」

「まだ一連の検査をしている最中だが、見たところ健康状態に問題はないようだ」

デヴィッドは除染室に坐り、どうするべきかじっと考え込んでいた。もしこの救出も蛇紋の幻覚だとしたら、やつらは何を餌にする？　穴をよじ上ったときのように克服できるだろうか？　いや、とにかく抗うことだ。心を強くもたねばならない。すべては幻覚だ。

目の前に何を放られても、絶対に抵抗してみせる。

ドアが開いた。明るく照らされた白い廊下に、ケイトが立っていた。下ろされたブルネットの髪がふんわりと肩にかかり、顔は晴れやかに輝いて、目にもいきいきとした力が宿っている。健康的で生気に溢れたその姿は、自分が出会い、愛した人そのものだった。動くことができず、デヴィッドはただその場に立ち尽くしていた。

彼女が駆け寄ってきてデヴィッドを抱き締めた。ミロの腕も巻きついてくるのを感じた。デヴィッドは心を決めた。もしこれが蛇紋の幻覚なら、彼らの勝ちだ。それはあまりに本物に近く、彼女に抗うことなど不可能だった。

ケイトがからだを離し、こちらの目を覗き込んだ。「大丈夫？」

「ああ、もう大丈夫だ」


〈番人〉の工場で、ケイトとデヴィッドは組み立てラインが見える広い窓の前に立っていた。番人が大群をなして戻りはじめていた。いったいどれだけの数になるのだろう、とケイトは思った。数百万隻はあるだろう。

「これをどうするつもりなの？」ケイトはペルセウスに訊いた。

「まだ検討中だ。残りの蛇紋の船を壊すのに使いたいと思っているが。そうできれば何年ぶんも時間を短縮できるだろう。そのあとは、彼らもスクラップにするか、次の脅威に備えて取っておくかだ」

ペルセウスは二人を連れて工場の廊下を進んだ。箱船まで行く道に、乾いた血痕が点々と続いていた。

船の入口の扉が開くのを見て、ケイトは初めてそれを目にした日のことを思い出した。南極の氷の下、約二キロメートルの深さでのことだ。

除染室に入ったところで、ケイトは足を止めた。ここで防護服を脱ぎ、アディとスーリヤが着ていた小さな防護服の隣に置いたのだった。

箱船のなかでは、調査チームがこの太古の船を隅から隅まで徹底的に調べていた。

「リュコスは見つかったの？」ケイトは訊いた。

「ああ。まだ傷の治療を受けているよ」ペルセウスが言った。

「彼に会えるかしら？」

かまわない、と答えると、ペルセウスはケイトたちを連れて薄暗い金属の廊下を抜け、医療技術者たちが何かの装置を準備している広い部屋まで行った。

「リュコス」ペルセウスが声をかけた。「こちらはドクタ・ケイト・ワーナーだ。番人を無害化する療法を開発した人さ。おまえを見つける手助けもしてくれたんだ」

「我々はあなたに借りができてしまったな、ドクタ・ワーナー」

「借りなんてないわ。あなたに伝えておきたいことがあるの。私は単に、イシスが始めた仕事を終わらせただけなのよ。彼女は自分がしてしまったことを心から悔いていた。もし真実を知っていたら、まったくべつの行動をとっていたと思うわ」

リュコスが頷いた。「それは我々全員に言えることだろう。だが、過去は過去だ」

「そのとおりね」ケイトは装置に目を向けた。「もしかして、アトランティス人たちの治療を始めるつもりなの？」

「ああ」ペルセウスが言った。「きみの復活症候群を治した治療法は、おそらく彼らにも有効だと思われる。まあ、結果はすぐにわかるはずだ」

「そのあとは？」

「実は、我々もアトランティスの故郷の星に帰ろうかと考えているんだ。追放者《エグザイル》の星の地表はめちゃくちゃになってしまったし、また地下に潜るのもどうかと思うからな。我々全員で新たなスタートを切れるだろうと考えているよ」

ケイトは微笑んだ。新たなスタートを切ると知ったら、きっとイシスは大よろこびしていただろう。

「ところで、我々にはよくわからないことがひとつあるんだ。きみに知恵を貸してもらえるとありがたい」

ペルセウスは、チューブが並ぶあの広大な部屋までケイトとデヴィッドを連れていった。

入口の扉を抜けてすぐのところに、死体の山があった。すべてアレスのものだ。

「まだ数え終わっていないんだが。死因はほとんどが鈍力《どんりょく》による外傷のようだ。扼殺《やくさつ》と思われるものも数体ある。船の記録によると、彼は自分で復活を止めたとなっている」

「ほかにも死体は見つかったか？」デヴィッドが訊いた。

「一体だけ、外で見つけた」ペルセウスが端末をこちらに見せた。ドリアン・スローンの死体が、組み立てラインを背にして宇宙に浮かんでいた。

デヴィッドがちらりとこちらに目を向けた。

ケイトは、ドリアンとアレスが共有していた憎しみや、彼らが行った行為を思った――彼らがアトランティスの星や、ケイトの星でしたことを。そして、新たなスタートを切る地球のこと、故郷に戻ってともに文明を再建するアトランティス人たちのことを思った。

「どういうことかわかるか？」ペルセウスが訊いた。

「人は誰でも、自分がまいた種を刈り取るんだと思うわ」

エピローグ

ジョージア州　アトランタ

ポールは、かつての我が家を歩きまわるメアリの様子を観察していた。彼女の顔には、驚いたような、面白がるような表情が浮かんでいた。「まだ写真を外してなかったの？」

「ああ……うん」

「外したほうがいいわ」

「もちろん、きみがそうしたいと──」

「新しい写真を飾りましょう」

「新しい写真か。そいつはいいな」ポールは言った。それは、かつて聞いたこともないほど素晴らしいアイデアのように思えた。

玄関のドアが開いた。と、甥のマシューが部屋に駆け込んできて、まっすぐこちらに向かってきた。しがみついてきたその少年を、ポールも力いっぱい抱き締めた。

少し遅れてナタリーとトマス少佐も入ってきた。だいぶ疲れた様子ではあるが、二人の顔には微笑みが浮かんでいた。

ポールはひととおり紹介を済ませた。

「メアリとおれは、この先どうするか話し合ってたところなんだ」

「私たちもよ」ナタリーが、トマス少佐に目を向けて言った。「ダウンタウンの救援事務所に行ってみるつもりなの。何か手伝えることがあればと思って」

別れの挨拶を交わしたあと、メアリとポールは写真を集めてまわった。念入りに、古い写真を一枚残らず取り外し、ドレッサーのいちばん下の引き出しに仕舞った。ただし額縁はまた使うことにした。結婚祝いにもらったものだからだ。

自分の耳が遠くなりはじめているのか、あるいは、絶え間なく響くこの金鎚や電動工具の音に慣れてきただけなのか、ケイトには判断がつかなかった。そして、その騒音――デヴィッドのいつまでも完成しない改造計画の音だ――は、周囲数キロメートルで聞こえる唯一の音でもあった。街の喧騒も、飛行機の音もないし、近くに建つスタジアムもない。デヴィッドの両親の家は、美しい庭がある広い敷地にぽつりと建っていて、見たこともないほど緑が深い森に囲まれていた。

初めは、自分がここを気に入るのかどうかわからなかった。それまで都会以外で暮らしたことがなかったからだ。だが、田舎の暮らしは自分でも驚くほど性に合っていた。単純に、いっしょに暮らす仲間のおかげなのかもしれないが。キッチンの窓からは、ミロがお兄さん代わりになってアディやスーリヤと遊ぶのが見えていた。ミロは数カ月後には出ていく予定で、デヴィッドもケイトもその日が来ることを恐れていた。しかし、彼にはいろいろと大きな計画があるのだ。

デヴィッドが入ってきた。びっしょり汗をかいており、髪は粉を被って真っ白で、耳には鉛筆を挟んでいた。ケイトは彼のそういう姿をとても気に入っていた。

「今日は破壊するほう？　それとも建てるほう？」

デヴィッドはグラスに水を注ぎ、喉を鳴らして飲む合間に返事をした。「解体してるんだ、破壊じゃない。だが、そうだよ。大がかり《メイジャー》な解体《デモ》をしてる」

「じゃあ、今度からあなたのことをそう呼ぶわ。デモ少佐《メイジャー・デモ》。それとも、デモ大佐のほうがいい？」

空になったグラスを調理台に置くと、デヴィッドがいきなり抱きついてきた。「知ってるだろ。この女性が率いる軍隊のなかじゃ、おれはしがない二等兵さ」

ケイトはからだを離そうとデヴィッドを押した。「やめてよ、汗と埃まみれじゃない」

「それがどうした」

電話が鳴り、デヴィッドが片手だけ離して応答した。ケイトはもう一方の手からも逃れようともがいたが、通話が始まって数秒すると、彼のほうが手を離した。

口早に答え、質問し、耳を傾けるうちに、彼の表情がみるみる真剣になっていった。

通話を終えた彼が、ケイトに顔を向けた。「見つかったよ」

それは、永遠に来ないのではないかと思っていた連絡だった。モロッコの船室でデヴィッドに約束してもらったとき、ケイトは余命わずかで、自分はこの日を迎えられないと思っていた。不安が膨らむのを感じた。理由はわかっていた。希望をもっているからだ。

ヘリコプターが水面すれすれでホバリングしはじめた。操縦士がデヴィッドのイアフォンに言った。「着きました」

ケイトが水を見下ろし、その視線をデヴィッドに向けた。デヴィッドは身を乗り出してケイトにキスし、潜水マスクをつけたところで機体から飛び出した。

しばらく水面のすぐ下あたりに浮かび、水没したサンフランシスコの街を見まわしていた。

腕の計器が位置を特定した。デヴィッドは水を掻き分けて潜りはじめた。その低層の建物に着くと、ガラスで切らないように注意しながら割れた窓をくぐり抜けた。ゆっくりと、這うように廊下を進んだ。ヘルメットのライトが行き先を照らしている。ドアはどれも開いていた――ここにいた者はよほど慌てて避難したのだろう。イマリの研究所は、デヴィッドにはまるで正体がわからない奇妙な装置や物体で溢れていた。だが、自分がいま探しているものには馴染みが深かった。中央研究室のひとつに入ったところで、デヴィッドは四本のチューブと対面した。およそ百年まえ、パトリック・ピアースがジブラルタル湾に埋まったアルファ・ランダーから運び出したものだ。まさにこのチューブに、ケイトも、彼女の父親であるピアースも、のちに敵になる二人の男、ドリアン・スローンとマロリー・クレイグも入っていたのだ。四人は一九七八年に目覚め、それ以後、チューブは空っぽだった。ただし、一本を除いては。ドリアンが、ケイトから奪った赤ん坊を入れたからだ。少なくとも、数カ月まえ、南極の基地でドリアンはマーティンにそう語ったという。もっとも、ケイトもデヴィッドもいまだに確信はもてずにいた。ドリアンの話は単にマーティンを翻弄《ほんろう》するためのでまかせだったのか、それとも本当に赤ん坊がチューブに入っているのか。しかし、デヴィッドはモロッコで、ケイトの子どもを見つけ出すと誓っていた――たとえ命を落とすことになっても。

チューブの方へ泳いでいき、一本目にライトを向けた。祈るような気持ちだった。が、光はそのままチューブを抜けていった。空っぽだ。二本目に移った――空っぽ。三本目――やはり空っぽ。四本目を照らしたとき、光線が白い霧にぶつかった。デヴィッドは息を呑んだ。霧が分かれ、赤ん坊が姿を現わしたのだ。男の子が、無垢な表情でそこに浮かんでいた。目をつぶり、手脚をまっすぐに伸ばして。デヴィッドは、自分の口からゆっくりと息が吐き出されていくのを感じた。

カリフォルニアの新たな海岸線にある陸軍基地に戻ったころ、デヴィッドはケイトの不安を感じ取っていた。

「チューブの引き上げは数週間以内にできるという話だよ」デヴィッドは言った。「チューブは独立した動力源で動いているが、やはり慎重に動かしたほうがいい」

「ずっと考えているの……どうするべきだろうって」

「おれもだよ。やっぱり、おれたちの息子には同じ年頃の弟か妹をもたせてやるべきだろう」デヴィッドは眉を上げた。「約束するよ。きみが妊娠五カ月に入るまでには、家の工事を終わらせるってな」

「いいわ、交渉成立よ」

著者あとがき

やりましたね！　ついに三部作の終点に辿り着きました。実を言うと、私自身、ここまで到達できるかどうか自信がもてない時期が何ヵ月か続きました。この作品をどこへ向かわせるべきか、ずっと悩んでいたのです。アトランティスの物語の構想は数年まえから練っていましたし、結局この完結篇はもともと意図していた内容になったのですが、『人類再生戦線』（*The Atlantis Plague*）の出版後から、私はある種の不安を感じるようになっていました。この『転位宇宙』（*The Atlantis World*）は、前二作とは多くの面で違っているからです（今回は舞台として地球がほとんど登場しませんし、物語のベースも、私たちが知る科学や歴史より、起こり得る未来や、私たちのなかに息づく神話などが中心になっています）。

しかし、最終的には、やはり自分が読みたい本を、前二作を愛してくれた読者がきっとよろこんでくれるであろう本を書こうと決めました。みなさんがこの作品を楽しんでくれることを願っていますが、もし、期待が外れた、予想と違った、と感じる方がいてもそれはそれで理解できます。私はどちらかというとホームランを狙いたいタイプです。今回で言えば、大勢の読者にそれなりに気に入られるものではなく、少数のファンに心から愛してもらえる作品を目指すということです。読者としての私も、そうした作品のほうが好きなのです。著者にはそのまま突き進んでほしいと思います――空振り三振に終わる危険を冒してでも、思い切り場外ホームランを狙ってほしいと。短い人生、安打ばかりを狙っている暇はありません。

この一年で、私は執筆についても、人生についても、多くのことを学びました。作家になるのはけっして容易なことではありません。ですがいまのところは、これからも打席に立ちつづけるつもりでいます。今後もみなさんに見守って頂ければ幸いです。

ゲリー

謝辞

実にたくさんの人々がこの作品のために尽力してくれました。心より感謝します。

アンナ。きみがいなければ、これほど早くこの作品を読者に届けることはできなかったし、こんなにまっとうな暮らしをすることも、それを楽しむこともできませんでした。愛しているよ。日々、きみに感謝しています。

編集者のキャロル・デュバート、シルヴィー・デルゼイ、リサ・ワインバーグ。非常に優れた校正、編集をし、重要な指摘をしてくれました。改めて感謝します。私にはけっして発見できないものを見つけ出し、どこを改善すべきか気づかせてくれました。

原書に素晴らしいオリジナル・イラストを描いてくれた、ファン・カルロス・バルケットー。このシリーズを通していっしょに働けたことをうれしく思います。私の作品の世界に命を吹き込み、人々の目を惹きつけてくれたことに感謝します。

世界一のベータ読者の方々。あなたたち全員のおかげで、この作品ははるかにいいものに仕上がりました。次に挙げる方たちに感謝の気持ちを捧げます。フラン・メイスン、シンディ・プレンダーガスト、リンダ・ウィントン、リアン・マクギヴァロン、エミリー・チン、スキップ・フォールデン、デイヴ、ジェイン・マルコーニ、NJ・フリッツ、テリー・デイグル、ミオラ・ハンソン、ジェフ・ベイカー、ショーン・ケルカー、マイケル・ダフ、クリステン・ミラー、デュアン・スペルカシー、ヴァージニア・マクレイン、ヴィッキー・ギビンズ、ブライアン・プッツォ、スティーヴン・ニーズ、ジェニファー、ロン・ワッツ、ケリー・マホーニー、リー・エームズ、ロビン・コリンズ、サンディ・モイラン、ニキータ・ピュハルスキー、ポール・ジェイミソン、テオドラ・リティガン、ケイティ・リーガン。

次の人々の探究心にも感謝します。マイク・コーン、ジェイムズ・ジェンキンズ、ジャレド・ワーサム、キャシー・ベルフォード、マルコ・ヴィヤヌエヴァ、マイケル・シェケルズ、ジョン・スキャンロン、ドナ・フィッツジェラルド。

最後になりましたが、どこにいようと、いつであろうと、読者のみなさまにも同様に感謝します。私が初めて書いたフィクション作品を読んで下さり、ありがとうございます。この三部作の執筆は、苦しいと同時に、それと同じぐらい楽しいものでした。みなさんが楽しんでくれることを心から願っています。お元気で、またお会いしましょう。